LE GOSSE

VÉRONIQUE OLMI

LE GOSSE

roman

ALBIN MICHEL

IL A ÉTÉ TIRÉ DE CET OUVRAGE
*Vingt exemplaires
sur vélin bouffant des papeteries Salzer
dont dix exemplaires numérotés de 1 à 10
et dix exemplaires, hors commerce, numérotés de I à X.*

© Éditions Albin Michel, 2022

Pour Julia, Aurélien, Bonnie et Iris.

« Un jeune chante fort dans le noir sans pitié :
je suis vivant, je suis vivant. »

Pier Paolo Pasolini, *L'Église*

« Je parle de ce ciel que je me crée et auquel
je me voue corps et âme. »

Jean Genet, *Miracle de la rose*

Il est né le 8 juillet 1919 à Paris et il en est fier. Paris ce n'est pas seulement la ville, c'est la plus grande des villes, belle de jour comme de nuit, enviée dans le monde entier, il est un titi, un gosse de sept ans, maigrelet mais robuste, on ne croirait jamais à le voir, la force qui est la sienne. Sa mère et sa grand-mère le surnomment « le roseau » car il siffle souvent, comme le vent quand il traverse les herbes, et quand il est tout seul il se regarde dans le miroir, les mains dans les poches il sifflote les yeux à demi fermés et l'air menaçant, comme les bandits sur les affiches de cinéma ou à la une des journaux, il teste son autorité, il est le petit homme de la maison, il l'a entendu dire une fois.

Il aime regarder les mains de sa mère, rouges et bleues, jaunes et vertes, ça dépend des jours, et les entailles au bout des doigts, ce sont des mains rugueuses et habiles, qui ne se posent jamais. Il aime regarder son visage qui rougit si vite, le bleu de ses yeux avec les paupières trop lourdes, et ses cheveux dorés qui sont bouclés à cause de la vapeur. Sa mère les préférerait lisses, mais la vapeur de l'atelier les décolle en petites mèches qui s'entortillent, des dizaines d'accroche-cœurs, elle dit : « J'ai les cheveux libres et désordonnés comme moi » et elle rit de son rire aigu de Parisienne, car elle aussi est née à

Paris, toute une lignée, oui ! Il n'a jamais connu son père, et son père ne lui manque pas puisqu'il n'en a aucun souvenir. Il regarde la photo du mariage, sur le buffet, elle, si petite à côté de lui, un grand moustachu solide, tout droit dans son costume qui le serre de partout, il se dit que cet homme-là n'a jamais dû courir, il est trop raide, mais il sait que c'est faux. Le visage aussi est faux. Son père n'avait plus du tout ce visage-là quand il est rentré de la guerre, on le lui a dit, un soir où il n'avait rien demandé mais où la grand-mère visiblement avait besoin de parler, ses larmes coincées au bord des yeux. Il était fasciné par ces larmes qui ne tombaient pas, à chaque fois qu'elle clignait des yeux il se disait qu'elles allaient enfin couler, mais rien à faire, et à cause de cela il n'a pas vraiment écouté l'histoire du visage de son père, Paul Vasseur, troisième fils de la grand-mère, qui n'est pas mort au champ d'honneur comme ses deux oncles qu'il n'a pas connus, mais a survécu à toutes les batailles. Quand il en est rentré, il n'était plus un soldat et pas encore son père, et c'est comme un rendez-vous qu'ils auraient eu tous les deux : « Je ne meurs pas à la guerre, je reviens sans visage et sans joie, mais je tiens ma promesse d'homme : j'offre un enfant à mon pays, un fils c'est mieux, et si c'est toi, c'est encore mieux. » Il a du mal à imaginer le joli visage de sa mère à côté de celui de cet homme blessé, un visage « comme un dessin abîmé par la pluie », dit la grand-mère, « une gueule cassée », disent les autres. Paul Vasseur, ancien poilu, lui a permis de naître, et tout de suite après, comme s'il était allé au bout de ses forces, il est mort dans une chambre d'hôpital d'une grippe qu'il avait ramenée du front, un virus espagnol qui flottait dans l'air pendant qu'il faisait ce qu'on lui demandait de faire : tenir son fusil et tirer le plus longtemps possible sur les gars d'en face, qui respiraient le même virus sans y prendre garde, occupés eux aussi à tuer le plus grand nombre de gars en face. C'étaient tous des hommes obéissants et qui avaient l'amour de la patrie, du drapeau et de Dieu, même si de ces trois amours les anciens soldats ne parlaient pas, et quand ils se croisaient on n'aurait jamais dit qu'ils avaient partagé cette passion, ils se regardaient muets, pleins de confusion, ou bien buvaient ensemble et riaient tellement fort qu'on aurait dit des sauvages, des hommes furieux et pas du tout des amoureux.

À tout ça, Joseph ne pense guère. Sa mère, Colette, est gaie pour deux, il est impossible de vivre à ses côtés sans avoir envie de la suivre, d'écouter ce qu'elle raconte, ce qu'elle ramène avec elle quand elle rentre le soir, toutes ces histoires d'oiseaux, de théâtre et de chapeaux, ces choses qu'elle ne dit à personne, des secrets de plumassière, qui se gardent :
– Tu comprends Joseph, chaque maison a ses secrets, c'est pour ça qu'on ne change pas de maison. Ce que je t'ai dit, tu n'en parleras jamais à personne, tu me le promets ?

Il imagine sa mère dans cette maison aux secrets, entourée de tant d'autres filles, presque cinquante, et de très peu d'hommes, parce que plumassière, c'est pour les filles, il faut de toutes petites mains, habiles, légères, et patientes aussi, elles font tout le beau travail et laissent aux quelques hommes de la maison le tri des plumes, la teinture, les livraisons et l'entretien des machines, et il imagine que ces hommes ressemblent à son père sur la photo du mariage, ce sont de gros gars engoncés et patauds, qui obéissent aux filles habiles et pleines de secrets. Son père était mécanicien à l'usine Farcot, très loin, à Saint-Ouen, aux ateliers de forge et d'ajustage. Quand ses collègues et lui sont partis à la guerre, avec cet amour de la patrie, du drapeau et de Dieu, qui les faisait chanter jusque sur le quai de la gare de l'Est, des femmes avec des mains moins fines que celles de sa mère sont venues les remplacer à l'usine et ont fabriqué de gros chars qui ont suivi les ouvriers dans la Somme. Quand il pense à ces femmes fabriquant des chars, il en a presque du dégoût. Elles étaient sûrement pleines de limaille de fer, de gras et de cambouis, tandis que sa mère, même si elle a parfois du duvet dans les cheveux, et jusque dans le nez, même si ses mains sont abîmées et colorées, sa mère, initiée à quatorze ans par une ancienne de quatre-vingt-deux ans, il y a longtemps qu'elle ne balaie plus l'atelier ou ne prépare plus les plumes. Elle frimate. Il adore ce mot. Elle frimate ! Elle met les plumes ensemble pour donner au chapeau sa beauté, elle les coud et ça fait comme un bouquet de printemps, il y a de quoi frimer, oui !

— Si tu avais été une fille, je t'aurais appris le métier, ça t'aurait plu Joseph ?

Quand sa mère lui demande ça, il lui montre ses mains maigrichonnes et les bouge dans tous les sens pour qu'elle voie comme elles sont souples, mais elle fait non de la tête avec un air désolé qui n'est pas si désolé que ça, et pour le consoler elle lui dit :

— Tu as des mains d'artiste mon Joseph, on a ça dans le sang dans la famille !

Et elle embrasse ses paumes, après avoir passé un doigt le long de sa ligne de vie.

— Et tu vivras très longtemps !

À l'école il apprend à compter, à lire, à écrire, à tomber amoureux de la patrie, le monde devient plus grand que son quartier, un espace mystérieux s'ouvre à lui, il comprend que tout a un nom et demande à l'instituteur comment s'appelle ce qu'il ne peut pas nommer, mais l'instituteur ne connaît pas tout, comment le pourrait-il, comment aurait-il le temps et surtout le cerveau pour apprendre par cœur les mots du dictionnaire Larousse, des encyclopédies, des atlas, des herbiers, des planches d'anatomie et des cartes de géographie ? On se croit entouré d'eau, d'étoiles et de tramways, on croit qu'on a une tête, deux bras et deux jambes, mais la vérité c'est que dessous il y a mille mots et mille vies, par exemple on dit « rivière » et d'autres mots surgissent : canaux, écluses, bras, lits mineurs, lits majeurs, les mots jaillissent, c'est comme soulever une pierre et découvrir les vers de terre et les insectes dessous, leur travail invisible et secret. Près de chez lui au bassin de l'Arsenal, le canal Saint-Martin se relie à la Seine, c'est comme ça qu'il y a de l'eau potable chez eux et la grand-mère n'en revient pas.

Tout est nommé et tout a une place avec quelques exceptions. Par exemple, la grand-mère a perdu son mari, elle est veuve. Sa mère aussi a perdu son mari, elle est veuve. Lui a perdu son père, il est orphelin de père. La grand-mère a perdu trois fils, ça n'a pas de nom. Il a vérifié auprès de l'instituteur, ça n'a pas de nom. Certains enfants non plus n'ont pas de nom. Ce sont des enfants naturels, des bâtards, des bas tard, on les bat jusqu'à plus soif, ce sont des souffre-douleur, et il a vu, chez les deux qu'il connaît, cet air de menace et d'attente, comme si tout à coup on allait leur donner quelque chose, une gifle ou un nom, va savoir. Ces enfants naturels ont bien quelque chose de sauvage, un peu comme l'orage quand il ne se décide pas. Celle qui connaît le plus de noms, c'est sa mère, elle l'étourdit quand elle lui parle d'échassier, de paradisier ou de marabout, le monde entier lui envoie ses plus belles plumes, mais là aussi chaque plumassière a sa place, on peut fabriquer des plumeaux avec des oiseaux de basse-cour, ou être comme sa mère dans l'exotique et l'artistique, les théâtres et le music-hall, on peut baisser la tête ou travailler dans l'artisanat et connaître les dernières chansons à la mode.

Il a remarqué qu'une femme avait beaucoup de noms, en plus de son nom de jeune fille ou de celui de femme mariée, elle peut s'appeler catherinette, grisette, midinette, gigolette, laurette, cocotte, ou encore vieille fille pour celle qui n'a jamais eu de mari mais se tient sage, ou traînée pour celle qui, avec ou sans mari, n'est pas sage. Mais il ne sait pas comment on appelle une veuve, comme sa mère, qui a fini depuis longtemps son grand deuil, son deuil et son demi-deuil, mais qui n'est pas sage. Il voit sa joie, qui n'est plus pour lui, même quand elle lui envoie un clin d'œil en réajustant son chapeau avant de sortir, ce clin d'œil est pour elle seule, et sa joie, Joseph le sait, est le signe qu'elle voit un homme, il n'est pas idiot, il sait aussi qu'elle n'en a pas le droit, c'est interdit, illégitime, c'est mal. Comment appelle-t-on une joie interdite, une gaîté dangereuse ? Mauvaise vie mauvaise fille mauvaise fréquentation. Ces mots-là ne vont pas à Colette, rien de ce qui est sale ne va à sa mère, et Joseph reste avec cette jalousie apeurée, cette crainte pour celle qui rajeunit chaque jour, baignée dans la lumière imprudente du bonheur, tandis que la grand-mère s'enfonce dans le tunnel obscur de l'absence et qu'elle l'appelle de moins en moins souvent « mon roseau » mais Lucien, Marius ou Paul, le confond avec ses deux fils aux corps éparpillés dans les champs d'honneur, et avec le troisième, mort contaminé dans une chambre d'hôpital. Elle a installé autour d'elle un monde de fantômes indisciplinés qu'elle appelle avec une adoration rocailleuse. (Car sa voix aussi a changé, peut-être faut-il cela pour parler aux morts, une voix qui vient de la terre, comme eux, et dont ils comprennent le sens même quand les mots ne sont plus vraiment justes.) Elle voit dans la cour des garçons qui n'y sont pas, elle a des manies, des inquiétudes farfelues, souvent le soir elle demande à Joseph :

– Je n'ai pas envie qu'à leur retour, mes gars mangent du chien ou du rat, vois donc ce que Colette a mis dans la casserole.

Il sait qu'il ne la convaincra pas en lui disant la vérité, car à peine a-t-elle entendu la réponse qu'elle lui repose la question, et la fois où il dit : « Maman a cuisiné des pâquerettes », elle rit, alors il comprend qu'il peut déformer la réalité déformée de sa grand-mère, c'est un jeu d'illusion sans fin, mais le mieux, il le comprend aussi, c'est de s'asseoir à côté d'elle et de lui tenir la main. On dirait que cette main dans la sienne la relie un peu à la réalité, même si elle continue à râler contre ses fils qui ne rentrent pas, et contre ses patrons qui abattent leurs propres chevaux et veulent qu'elle les prépare au four, et la trompe des éléphants du Jardin des Plantes qu'ils lui demandent d'acheter et de cuisiner aussi, ses patrons affamés et sans pitié, ses fils fugueurs et sans pitié... 70, 14-18, les guerres éternelles, les peurs obsessionnelles de la grand-mère. Et Joseph voit la vie comme le carton perforé de l'orgue de Barbarie qui déroulerait sans fin une musique simple et lasse, qui dit qu'on naît de soldat en soldat, de guerre en guerre, de soldat en soldat, de guerre en guerre... et on reste avec les femmes même quand on est mort, car elles nous voient et nous surveillent de leur amour endeuillé, pour toujours.

La nuit quand la grand-mère ronfle et que Colette siffle pour qu'elle s'arrête, il siffle à son tour, ce qui les fait rire et parfois ils se parlent tout bas, Colette lui raconte que le siffleur professionnel du Concert Mayol ne fait plus de baisers vingt-quatre heures avant son numéro pour ne pas amollir ses lèvres, que la mère de Mistinguett était plumassière, qu'elle a les chapeaux à plumes les plus hauts qui existent, qu'il y a à Paris une Américaine à la peau noire qui danse nue avec une ceinture de bananes, elle le fait rire, elle le fait rêver, et une nuit il arrive ce qui devait arriver, elle lui dit qu'elle va lui présenter quelqu'un. Il s'appelle Augustin, il est très gentil et ils vont très bien s'entendre. Joseph regarde sur le mur de la chambre les dessins du volet qui lui faisaient peur quand il était petit, jusqu'à ce que la grand-mère lui dise que ces ombres ressemblent au soufflet d'un bel accordéon. Il demande :
– Tu me le présentes quand ?
– Bientôt.
– Pourquoi ?
– Toi et tes questions !
La grand-mère ne ronfle plus mais il sifflote quand même, doucement, au rythme lent de sa respiration, et sa mère dit exactement ce qu'il espérait qu'elle dise :
– Tu seras toujours le roseau chéri, tu sais.
Et les ombres sur le mur ressemblent à ce qu'elles sont : celles des lattes du volet sur la tapisserie à fleurs d'une chambre où grandir, vieillir, aimer sont des verbes qui ne vont pas bien ensemble. Mais dans quelques heures ces ombres auront disparu, et il ne les aura pas vues s'effacer. Il se sera rendormi.

Colette va danser rue de Lappe tous les dimanches, parfois aussi le soir dans les bals musettes et les cabarets qui ont fleuri après guerre, elle a sans cesse les pieds qui battent la mesure d'une musique qu'on n'entend pas toujours, et elle envoie enfin à Joseph de vrais clins d'œil complices. Il n'ose pas lui demander quand elle lui présentera cet homme, cet Augustin, et de plus en plus il a peur que les autres parlent d'elle avec des mots qui ne lui iraient pas, mauvaise fille mauvaise vie mauvaise fréquentation, mais cela n'arrive pas, et l'insouciance reprend ses droits. Après l'école il traîne avec Jacques et Eugène, joue avec eux au ballon dans l'impasse Carrière-Mainguet, fait les commissions et rentre s'occuper de la grand-mère, les beaux jours arrivent et on lui installe une chaise dans la cour, avec Marthe, Jeanne, Émile et son perroquet, elle est bien, c'est une compagnie de son âge, et quand elle s'inquiète de ne pas voir ses fils rentrer, personne ne la contredit, le chagrin fait faire de ces choses, on le sait. Tous trois chantent des chansons anciennes, il est gêné quand la grand-mère chante : « Va passe ton chemin, ma mamelle est française, je ne vends pas mon lait au fils d'un Allemand. » Quel âge croit-elle avoir ? Le monde des mères est inquiétant, elles portent des enfants, et puis elles portent le deuil, et elles sont plus têtues

que le chagrin. Il a toujours vu la grand-mère, Marthe et Jeanne habillées en noir, comment calcule-t-on les années de deuil quand on finit par connaître plus de morts que de vivants, il se le demande parfois. Il se demande aussi, lui qui apprend un mot nouveau chaque jour, combien d'années il devrait vivre pour connaître tous ceux du dictionnaire. Ou pour les avoir tous entendus, même sans les comprendre. Les mots sont répartis par spécialités, les mariniers ne connaissent pas les mêmes que les forts des Halles, mais comment fait-on avec ceux qui ne sont écrits nulle part, ceux de l'argot par exemple, ou ceux des Auvergnats et des Italiens qui se mélangent au français ? Il y a des mots libres qui flottent dans l'air comme le virus de la grippe espagnole ou de la tuberculose, et qu'on attrape pareil, en se fréquentant de trop près. Pour les préserver, l'instituteur leur apprend chaque jour l'hygiène et la morale, dans l'espoir qu'ils ramènent ces leçons chez eux, les diffusent à toute la famille, mais jamais il n'oserait dire à la grand-mère de se laver les mains avant de manger ni à sa mère de ne pas devenir une femme sans honneur. Il préfère qu'elle reste comme ses cheveux bouclés, « libres et désordonnés » comme elle dit, jusqu'à ce dimanche où rue de Charonne, il parle avec Lulu, son copain chanteur de rue, et aperçoit sur le trottoir d'en face l'homme et sa mère. C'est lui, il le sait. Il le sait au poignard qu'il reçoit dans le cœur, cette sensation de danger, comme si on le précipitait dans l'eau du canal, comme s'il disparaissait sans secours.
– Qu'est-ce t'as vu ? lui demande Lulu en se retournant.
– Augustin.
Il n'a pas le temps d'en dire plus, un gendarme arrive et Lulu qui n'a pas le carnet des chanteurs ambulants a filé à la vitesse de l'éclair, le gendarme ne le rattrapera pas, et lui a perdu Colette dans la foule. Tout cela n'a duré que quelques secondes comme si les choses les plus importantes arrivaient en douce,

au moment précis où l'on regarde ailleurs, oui, le temps d'un regard.

– Je t'ai vue dimanche, rue de Charonne avec... le monsieur...
Il le dit à sa mère et elle rougit, comme souvent, et puis elle rit, mais ne trouve pas quoi répondre. Pour la rassurer il ajoute :
– Il avait un très joli chapeau j'ai trouvé.
Alors elle le prend contre elle et le voilà plongé dans son odeur de peau vivante, un peu salée un peu sucrée, cette sueur douce, il voudrait s'endormir contre elle, son cou, sa poitrine, son ventre, ce domaine qui est le sien ; il est maigrichon, à presque huit ans il a gardé la mesure idéale pour être dans ses bras sans dépasser, et Colette est tellement bien ainsi, son fils tenu contre elle, son cœur qui cogne comme quand il était bébé, elle le berce et chante : « J'ai descendu dans mon jardin, pour y cueillir du romarin », et il sent les vibrations de sa voix, la petite humidité qu'elle diffuse sur sa peau, comme lorsqu'on souffle une bougie. Quelque chose va s'éteindre. On dirait, à les voir savourer cet instant-là, qui rappelle un Joseph nouveau-né et une Colette de vingt ans, que tous deux le savent, comme si, très loin en eux, quelque chose se chargeait de cette connaissance. Le temps se brouille, hier et demain déjà ne veulent plus rien dire, quelque chose les avertit. Cela va finir, cela est en train de finir. C'est comme si c'était fait.

Il n'aurait jamais cru qu'Augustin soit si jeune. De dos les hommes se ressemblent, habillés et chapeautés pareil, mais ce visage lisse, ces yeux bleu pâle, on dirait un garçon à peine sorti de l'adolescence, pourtant quand il traverse la rue et qu'il est tout près d'eux, Joseph sent une odeur de tabac flotter autour de lui, qui a travaillé toute la journée à la brasserie Bofinger, il voit les cernes fins, la moustache mal peignée, la fatigue. Augustin lui tend la main pour le saluer, comme s'il était un grand, et tous les trois vont marcher sur le boulevard Beaumarchais. C'est la fin du printemps, le soir n'a pas encore dissipé la lumière, les arbres ont semé des fleurs blanches et roses, le chant des merles cisaille l'air, et Joseph ne sait pas s'il est heureux ou malheureux. Colette et Augustin disent des choses banales avec des voix un peu trop hautes, des rires essoufflés, un jour on sera habitués les uns aux autres, pense Joseph, mais ce soir c'est comme une image qui tremble. Et puis soudain sa mère s'arrête, elle prend une grande inspiration et le présente, comme s'il venait de surgir subitement entre eux :

— Joseph a eu un billet de satisfaction ce mois-ci, et son nom a été inscrit au tableau d'honneur, pas vrai mon Joseph ?

— Oui...

– Et il a manqué de peu la croix d'honneur ! Ce sera pour la prochaine fois, tu verras, tu verras comme il sera fier avec sa médaille ! Et moi aussi. Montre donc à Augustin comme tu siffles bien !

Joseph est pris de court, il ne pensait pas que ça se passerait comme ça, il est étourdi mais heureux aussi, de la fierté un peu incohérente de Colette, alors du mieux qu'il peut il siffle et Augustin siffle à son tour, tous deux se répondent, mais Augustin a la gentillesse d'arrêter le premier, on applaudit le petit garçon puis on se dit au revoir. Augustin allume une cigarette, le visage penché, comme s'il se protégeait du vent. Joseph trouve ce geste follement élégant. Le jour s'épuise, et sa mère est si jolie dans cette lumière qui hésite. Il ne l'a pas déçue, il le voit bien, tout s'est passé comme elle l'espérait. Sur le trottoir, elle lui prend la main et balance son bras, et ils marchent tous deux au rythme de sa joie.

– Vous allez très bien vous entendre, je le sais, il est gentil, et travailleur, et il ne boit pas, ça ! je ne l'aurais pas voulu, non !

Ce qu'elle aurait voulu, ce qu'elle promettait, c'était les bals, les pianos-bars et puis le train pour les pique-niques en famille au bord de la Marne, un Augustin mêlé à sa vie, une présence inattendue, bénéfique pour chacun. Augustin travaille presque chaque dimanche, il n'est pas libre comme Colette le souhaiterait, il n'est pas exactement celui qu'elle avait projeté, il a dix ans de moins qu'elle, et bientôt il devra partir faire son service militaire, comment a-t-elle pu oublier cela ? Après les pleurs, son romantisme prend le dessus, ils s'écriront, se verront en permission, elle lui enverra des colis, tout ce qu'il aime, tout ce qui lui manquera, cela devient une histoire d'amour pleine de douleur et d'enthousiasme ; Joseph regarde sa mère s'exalter et il pense qu'elle frimate, elle fait un joli bouquet avec pas grand-chose... C'est une artiste de la vie.

Augustin à peine parti, elle lui écrit, le criaillement de la plume sur le papier devient la petite musique du soir, les voix qui montent de la cour, les chants épars des grillons, c'est l'avancée de l'été, l'absence et l'amour mêlés, puis surtout l'absence et une autre chose à laquelle Joseph ne prend pas garde. C'est la grand-mère qui devine la première, comme si derrière les dérives de sa mémoire, elle avait gardé au fond d'elle cet instinct, la reconnaissance infaillible du danger. Elle dit que le temps presse, elle a l'obsession de l'eau à faire bouillir, l'obsession du savon, elle ouvre des tiroirs et les referme, elle cherche on ne sait quoi, elle dit qu'elle connaît une recette, une adresse, et puis elle s'endort dans son fauteuil, épuisée par tant de tracas, quand elle se réveille elle houspille Colette et Colette pleure alors Joseph pleure aussi, sans savoir pourquoi, et la vie se remplit de courants d'air.

Bientôt Colette n'écrit plus à Augustin, et les soirées se font silencieuses, comme si un mot, une parole pouvait les briser. Malgré la chaleur de ces premiers jours de juin, Colette se couvre de son châle et ses joues sont si pâles qu'on peut suivre le dessin de ses veines sous la peau. Joseph pense aux oiseaux, leur plumage usé par les intempéries, les vols et les combats, peut-être que sa mère change de peau comme les oiseaux changent de plumes, elle lui a raconté les plumes qui se décolorent, raccourcissent, s'effilochent, et tombent. Et il voit ses lèvres roses devenues blanches, la ride nouvelle entre les yeux, ses pieds qui ne dansent plus. Plus rien ne la soulève ni ne la protège.

Un jour, en pleine semaine, en rentrant de l'école, il la trouve à l'appartement, ne comprend pas si elle vient d'arriver ou si elle se prépare à partir, elle est nerveuse et tous ses gestes

sont brusques, elle se cogne aux meubles, malmène son chapeau (essaye-t-elle de le mettre ou de le retirer?), pourquoi n'est-elle pas à l'atelier, elle marmotte des explications qu'il ne comprend pas, et soudain, la main sur la porte elle lui demande de ne pas l'attendre pour dîner, de faire souper la grand-mère, tout est prêt.
– Mais tu vas où?
– Chez une amie, je t'ai dit, rue Amelot.
– Qu'est-ce qu'elle a?
– Quoi?
– Qu'est-ce qui lui est arrivé à ton amie? C'est grave?
– Mais pas du tout mon roseau, tout va bien.
Elle ouvre la porte, se retourne et dit :
– À tout à l'heure.
Et elle disparaît. Ses pas dans l'escalier. Ses pas dans la cour. Et sur le seuil la plume échappée de son chapeau, que Joseph ramasse, fait tourner entre ses doigts, c'est une parure de pauvre, une simple plume de moineau.

Elle rentre comme elle l'avait dit, elle est fatiguée et se couche sans manger. Joseph s'endort dès qu'il la sait là, la soirée avec la grand-mère l'a épuisé, « Où est-elle donc ta mère? Mais où est-elle donc ta mère? », il a répondu « Rue Amelot chez une amie », une fois, deux fois, dix fois, puis « Dans la cour! », « Au bal! », « Sur la lune! », et devant cette insolence méchante, la grand-mère lui a lancé des regards agrandis par la colère, on aurait dit qu'elle lui jetait un sort. Mais c'est fini, Colette est rentrée. Elle dort à leurs côtés, la chambre reprend sa respiration habituelle.

Le lendemain Colette dort encore, elle n'a pas réveillé Joseph avant de partir à l'atelier, comme chaque matin, et il est très en retard pour l'école. Il va pour la secouer, mais depuis le seuil la grand-mère, debout, étonnamment droite, lui ordonne de la laisser tranquille. Elle perd la tête, elle croit qu'on est dimanche, il n'a pas le temps de lui expliquer qu'on est mardi et que sa mère va se faire disputer par sa patronne, il met sa casquette et s'en va en courant sans même avoir avalé quelque chose, sans avoir embrassé les deux femmes, celle qui dort et celle qui veille. Il court jusqu'à l'école, la cloche n'a pas encore sonné, et il s'étonne du contraste entre le temps bousculé de sa maison et celui, tranquille, du dehors. Dans la classe tout est comme d'habitude, après la leçon de morale (« Soumettons-nous à la règle ») ils récitent en chœur les préfectures et les sous-préfectures, jouent au foot dans la cour, suivent du doigt les phrases dans les livres, ce jour-là il apprend le mot « génie ». Il fait des lignes et des lignes avec les mots « Le génie de Pasteur » et son P majuscule, bien trop penché, ressemble à un champignon.

Avant de rentrer chez lui, il traîne un peu avec Jacques et Eugène du côté des ferrailleurs du passage Thiéré, où travaillent les parents d'Eugène, et quand ils se séparent il se joint à la foule qui chante une chanson qui annonce les chiffres du dernier recensement, il ne comprend pas bien les paroles mais la musique est facile et le chanteur a une voix entraînante, quand c'est fini, les mains dans les poches il dansote sur le trottoir, il prend son temps, fait un détour par l'Arsenal pour regarder les péniches, le linge mis à sécher même les jours de pluie, et les chats qui longent les bords étroits du bateau mais ne tombent jamais à l'eau. Rue de la Roquette il croise Hortense, la fille du Café-Bois-Charbon, comment une fille dont les parents vendent du charbon peut-elle être aussi propre et blonde, c'est un mystère qui l'attire, il a envie de la toucher, la voir de près, il lui fait un petit signe, alors elle met sa main blanche devant sa bouche rose pour étouffer un petit rire. On dirait qu'elle a avalé la lumière.

Quand il arrive dans la cour il y a du monde devant l'immeuble B, son immeuble. Il regarde la concierge, les voisins, ces gens agglutinés et chuchotant, très vite monsieur Blomet, du 4ᵉ A, le voit et pousse sa femme du coude, elle se retourne et tous se retournent les uns après les autres, avec cet air gêné et curieux des pauvres gens devant le malheur des autres. Il hésite à repartir. Puis le courage (ou la curiosité, la fatigue, la faim, il ne sait pas) l'emporte sur la peur, et il s'avance. Quand il passe au milieu d'eux, les voisins s'écartent en le dévisageant comme s'ils le voyaient pour la première fois, et il entend la phrase à la pitié assassine : « Pauvre petit, va. »

Chez lui la porte d'entrée est ouverte, la porte de la chambre est ouverte aussi, maintenant ils n'ont plus rien à cacher, leur maison n'a plus de secret pour personne. Un officier de police est en train d'écrire sur un grand carnet à en-tête. La grand-mère tend la main à Joseph, mal assise sur une chaise, comme si elle venait d'y tomber, c'est une main gelée, tremblante et ferme à la fois, elle lui fait mal.

– C'est son fils ? demande l'officier.

Il manque un bouton à la tunique de l'officier, Joseph le remarque tout de suite.

– C'est son fils, répond la grand-mère.

Il compte les boutons, de bas en haut, de haut en bas.

– Quel est ton nom, petit ?

Un, deux, trois, quatre, cinq, six...

– Marius Vasseur, dit la grand-mère.

Il manque le septième. Entre le sixième et le huitième, il manque un bouton.

– Assieds-toi mon garçon et réponds-moi.

Deux jours plus tard, la grand-mère s'absente une après-midi entière, avec le voisin Émile, au retour elle dit simplement : « Pauvres, jusque dans la mort », puis elle accroche son chapeau à la voilette noire sur la patère et n'en dit pas plus. On dirait qu'une longue fatigue, une fatigue familière et ancienne, l'a rattrapée. Jacques dit qu'elle revient sûrement du cimetière, elle a enterré Colette, c'est certain. Elle n'en parle pas. Elle ne parle de rien, et c'est par les autres que Joseph apprend ce qui est arrivé à sa mère. Avec des mots inconnus, dont il comprend cependant qu'ils font partie de la zone scandaleuse de l'existence, il apprend qu'elle est morte à l'hôpital des suites d'un avortement, un mot qui ressemble à « vomi », à « ment », à tout ce qui dégoûte. Il demande à Jacques ce que c'est exactement, Jacques demande à sa sœur, reçoit d'abord une gifle, ensuite une explication, sa mère est allée voir une faiseuse d'anges et elle a perdu tout son sang. C'est une explication étrange qui ressemble à un rêve dans lequel se mêlent des éléments disparates, l'ange et le sang, un rêve où la frayeur s'allie au surnaturel, sa mère il est vrai avait ce côté fantasque et surprenant, mais la honte ne lui allait pas. Pourtant la honte est comme un halo posé sur Colette, elle l'a avalée et l'a fait entièrement disparaître, on ne prononce plus son nom, on ne la pleure pas, on ne la regrette pas, cependant certaines voisines prient pour son âme, on a même fait une quête afin de faire dire une messe, « pour lui éviter l'enfer », à ce qu'il paraît.

Le silence grandit comme un mur qui se bâtirait jour après jour, il empêche de bouger, et parfois même de dormir, alors Joseph ose demander à la grand-mère où est sa mère, il veut parler de la tombe, du cimetière, quelque part où lui rendre visite, mais elle lui répond « Je ne crois pas à ces sornettes », comme si lui aussi, comme les voisines, pensait au ciel et à l'enfer. Chez eux il n'y a pas de crucifix au mur, pas de missel et pas de messe du dimanche, même si Joseph a été baptisé le jour de sa naissance, comme la plupart des enfants. Jacques lui dit que sa mère est sûrement à la fosse commune, et Joseph espère qu'elle est à côté de son père, à côté de quelqu'un qu'elle connaît, mais il n'est pas sûr que les femmes soient dans la même fosse que les hommes, il n'est sûr de rien, et plus il grandit plus le monde grandit avec lui, il apprend des mots, des situations et des sentiments nouveaux, ainsi, la grand-mère devient sa « tutrice légale ». Et la vie s'organise. Avec l'entraide, la pitié, les curieux et les généreux. Des voisines cuisinent pour eux, on donne même parfois un coup de balai dans l'appartement, et on parle aussi. Colette ne pensait qu'à s'amuser, elle avait ça dans le sang... Elle aurait dû épouser Augustin... Cette différence d'âge, c'est vicieux, on peut le dire... Une femme qui a le diable au corps finit toujours mal et souvenez-vous donc... la fois où... avec le type qui... vous voyez de qui je veux parler... On en tait autant qu'on en dit, des silences lourds, des mimiques de réprobation et de fatalisme.

Bientôt il faut déménager, le loyer est trop cher, mais là aussi les voisins sont secourables, dès que le vieux du sixième part pour l'hospice, la concierge les prévient et ils les installent du mieux qu'ils peuvent dans sa petite chambre sous les toits de l'immeuble A. Ils prennent l'eau à la fontaine au bout du couloir. La vue sur la cour n'est plus la même. C'est comme s'ils avaient changé de rue. Ils sont loin de tout. Perchés au sommet d'une montagne isolée. Pourtant ils sont nombreux à l'étage, les allées et venues sont incessantes, et certaines nuits Joseph guette malgré lui, il y a des rires de filles qui tombent en cascade, des rires osés qui passent mais ne s'arrêtent jamais devant sa porte. Il y a aussi des hommes qui titubent, des cris, des coups. «L'alcool», dit la grand-mère. Et parfois elle ajoute : «Je ne veux plus qu'il m'approche.»

Par la fenêtre trop haute et trop petite, elle n'y voit rien, ses trois fils ne sont plus dans la cour, elle-même n'y descend plus pour passer du temps avec Marthe, Jeanne, Émile et son perroquet, six étages, comment le pourrait-elle ? Face au mur toute la journée, elle regarde le passé qui s'agite et elle remplit son existence de tous ceux pour qui elle n'a jamais été une vieille femme dans une chambre, pour qui elle a été quelqu'un que Joseph ne peut imaginer, même lorsqu'elle lui montre une photo déchirée, une femme fière et sévère entourée de trois enfants, c'est elle bien sûr, et il devine que ce sont ses garçons. Il y a dans cette photo un orgueil, une tendresse opaque, ils sont sérieux tous les quatre, les deux qui sont debout s'agrippent à sa jupe, leurs bouches serrées, le plus petit est assis sur ses genoux, elle tient son buste des deux mains, on dirait qu'elle présente ses fils et les retient à la fois, elle les donne à voir mais d'une façon si peu aimable, si farouche, comme si elle craignait que le photographe ne les lui reprenne une fois la pose terminée. Quand elle montre la photo à Joseph elle pose son vieux doigt sur chaque enfant, mais ne dit pas leur nom, un son étrange, essoufflé, sort de sa gorge, et Joseph comprend qu'elle aimerait partir. Maintenant elle aimerait partir. Ça lui serait égal de le laisser, il en a le pressentiment terrifiant, ce n'est pas seulement à cause de la petite fenêtre qu'elle ne guette plus le retour de ses fils, c'est parce qu'elle est retournée là-bas, elle est retournée dans la photo. Il ne sait pas comment faire pour qu'elle s'intéresse à lui, il regrette le temps où elle le confondait avec Marius, maintenant même quand il s'assied à ses côtés et lui prend la main, il ne la retient plus. De temps à autre elle se tourne vers lui et hoche la tête, il lui demande « Ça va, grand-mère ? », alors ses yeux se plissent, elle le regarde avec une rancune outrée, il sait ce qu'elle aimerait entendre, mais jamais il ne le fera, jamais il ne demandera « Ça va, maman ? », c'est un jeu auquel il ne participera pas. Parfois avant de partir il lui met entre les mains les petits formats, ces partitions de chants qu'elle aimait bien, *Le Clairon, chant du soldat, C'est un oiseau qui vient de France*, elle regarde à peine les illustrations et ne les ouvre pas, mais sa main lisse les couvertures, dans un geste répétitif, le même qu'elle avait quand elle pliait le linge propre.

Il a compris qu'il n'était pas le seul à s'inquiéter, tous autour, les voisins, le concierge, l'instituteur le guettent, il le sent bien, il faut que la vie suive son cours, il faut qu'il soit à l'heure à l'école, que ses habits soient propres et ses leçons apprises, il faut qu'il tienne jusqu'à ses treize ans, alors il travaillera dans un bistrot, ou embauchera à l'usine, ça va aller. Un enquêteur vient les visiter deux fois, il demande à Joseph ce qu'il a mangé la veille au soir, s'ils ouvrent bien les fenêtres et nettoient le sol, Joseph récite les leçons apprises sur la tuberculose, l'air de rien il débite son petit savoir et l'enquêteur l'écoute avec une méfiance glacée, la grand-mère se cache de lui avec une méthode toute simple : elle ferme les yeux jusqu'à son départ, et même quand la porte se referme sur lui, elle attend que Joseph crie à son oreille « Ça y est, il est parti ! », pour rouvrir les yeux. Alors elle le regarde stupéfaite et remue la main comme une enfant, l'air de dire « Oh là là, on a eu chaud ! », « Quelle histoire ! ». Les hommes en général lui font peur, une méfiance teintée de dédain.

L'été arrive, il va avoir huit ans, août est bientôt là et l'année scolaire se termine. On dresse une estrade dans la classe, le directeur et les instituteurs qui ont ôté leurs blouses et mis leurs plus belles cravates s'assoient avec l'air soucieux de ceux qui détiennent l'espoir et la honte de tous les élèves assis face à eux, et à qui ils vont annoncer les classements et les récompenses, les meilleurs et les médiocres, les premiers et les derniers, toute une liste officielle à tout jamais incontestable. Le monde du savoir et de la probité se tient face à ces garçons préparés tout au long de l'année à la compétition, avec les bons points, les images, les croix d'honneur, les billets d'honneur, les tableaux d'honneur, tous ces petits Français qui ayant le sens de l'honneur feront honneur à tous, parents, maîtres et patrie. Honneur. Ce mot s'effondre au pluriel, « déshonneur », car l'honneur on n'en a qu'un, Joseph le sait et le sien s'est teint du sang impur de sa mère, qui a refusé à la France dépeuplée par la guerre un enfant. Il est debout lorsque *La Marseillaise* résonne, la main sur le cœur il pense à elle, ses pieds dansant sans musique, ses secrets de plumassière, ses histoires de loges de théâtre, de danseuses, de chanteuses et d'actrices, c'est là sûrement qu'elle a appris à s'exalter, à vouloir une vie qui déborde. Il comprend qu'il ne montera pas sur la bien nommée « estrade d'honneur », son nom ne sera pas appelé, pas imprimé sur le palmarès, pas cité dans les discours ni par la presse locale, malgré ses bonnes notes, sa bonne conduite, il est oublié, il se dit que c'est mieux comme ça, il faut être discret, ne pas déplaire aux enquêteurs, continuer à grandir et à protéger la grand-mère.

Les fonctionnaires ont relâché leur surveillance, les voisins demandent des nouvelles puis n'en demandent plus, chacun ses tracas, son labeur, et Joseph se débrouille bien, il fait le ménage, cuit les œufs, les pommes de terre et le chou, il rapporte toujours quelque chose des Halles, où il travaille chaque matin à décharger les cageots. En ce mois d'août il goûte une liberté inattendue, l'organisation de sa vie nouvelle allège son chagrin.

C'est Ernest le voisin d'à côté qui le réveille à cinq heures et demie, deux coups frappés contre le mur, puis Joseph l'entend se lever, ses pas lourds sur le plancher et sa toux, si forte, si distincte qu'il pourrait le croire dans la chambre. Il se lève à l'heure où la clarté de la nuit se dilue dans le ciel, comme un tissu lentement tiré. Il pense à Colette, quand il l'aidait à mettre le drap propre le jour de la lessive. Elle le faisait claquer au-dessus du lit, monter haut, et l'encourageait : « Levez les voiles matelot ! » et quand le drap retombait en ondulant, l'odeur du vent mêlé au soleil recouvrait leur lit. Avec Colette tout était drôle et simple, elle aimait regarder le ciel, reconnaître les oiseaux, chanter en fermant les yeux, c'est comme ça qu'il se la rappelle. C'est avec elle qu'il regarde le jour apparaître, la fraîcheur trompeuse par la fenêtre ouverte, puis au fil des heures la pesanteur du jour, cette odeur sucrée et cette chaleur qu'on ne supportera pas longtemps. C'est avec elle qu'il respire au milieu de la nuit les heures brèves où l'air est léger, et quand la grand-mère ronfle et qu'il sifflote, elle est là encore, c'est un écho sans tristesse. Faire revivre Colette est comme se rappeler les paroles d'une chanson, il faut simplement accueillir le rythme et le souffle du souvenir. Il a encore son brassard noir au bras, il ne le retirera jamais, ainsi il y aura toujours quelqu'un pour lui demander de qui il porte le deuil, et puisque personne ne parle d'elle, lui en parlera toujours.

Un jour, en rentrant des Halles, il voit un cuisinier devant la porte des cuisines de Bofinger. Il parle avec le livreur de bière. Joseph hésite. Remet sa casquette en place, rentre ses mains dans les poches, poings serrés. L'air est tout humide soudain, qui pèse sur ses paupières, il avait oublié Augustin, il avait oublié Bofinger, cet endroit où l'on boit la bière à la pression et où on n'a jamais faim. Il s'approche du cuisinier, et son cœur lui fait mal. Le garçon le désigne du menton.
— Qu'est-ce tu veux, le gosse ?
— Il est là Augustin ?
— Qui ?
— Augustin. Il travaille au comptoir.
— Ah, mais Augustin il est à l'armée.
— Il a pas une permission des fois ?
— Ben il les passe pas ici ses permissions, crois-moi !
Le cuisinier et le livreur rient de cette façon qu'ont les hommes quand ils font semblant d'avoir des secrets mais n'en ont absolument pas, au contraire, ce sont des hommes qui ont des vies qu'on devine très bien. Joseph s'en va vite, tandis qu'eux rient encore de la bonne blague, celle qui abîme tout, mais il n'est peut-être pas obligé d'y croire. Mais alors qu'est-ce qu'il faut croire ? Il aimerait revoir Augustin, juste pour pouvoir parler de Colette avec lui, dire des petites histoires d'elle, tristes

et drôles, comme le font ceux qui pleurent des morts respectables. Et puis il lui demanderait comment s'appelle la couleur de ses yeux, le bleu avec un peu de jaune au milieu, ça s'appelle comment ?

Il s'éloigne de Bofinger, il marche longtemps et son quartier lui paraît grand soudain, il y a du monde partout, ceux qui travaillent et ceux qui flânent, les femmes, les hommes et les enfants qui tiennent boutique jusque sur le trottoir – matelas, sommiers, baignoires, robinetterie –, les tabliers déchirés, les chaussures usées, la fatigue jusque dans le sourire, et les femmes aux petits chiens, aux grands chapeaux, aux bottines fines, aux jolies robes, les pauvres dans le soleil cru et les riches sous l'ombrelle et la voilette, ceux qui vendent et ceux qui achètent, ceux qui parlent fort et ceux qui chuchotent, ceux qui font l'article et ceux qui font la loi, les belles maisons derrière les grilles hautes, les taudis au fond des cours, on vit tous ensemble dans nos vies séparées, et Joseph le voit, dans un éclair il voit cette violence, c'est insupportable, il fuit et se met à courir, sans toucher personne, sans rien bousculer il court, se faufile comme un roseau souple dans le vent, il s'essouffle mais il continue encore plus vite, il veut aller au bout de ses forces, entendre sa respiration jusque dans ses oreilles, son cœur, son ventre, il veut imploser, exploser, courir jusqu'à la déchirure, et il pleure soudain, pour la première fois il pleure sa mère, c'est atroce et c'est bon, il sent le bienfait de la douleur, il pleure dans ces rues ces boulevards ces impasses ces jardins ces bistrots ces boutiques ces péniches ces brasseries, il avale ses larmes et sa morve, il court et il n'a pas besoin de gueuler sa peine, il respire si fort, des cris arrachés, la gorge brûlante, il transpire et il court, et quand il ne peut plus ni pleurer ni respirer ni penser, il voudrait s'arrêter mais impossible, ses jambes vont sans lui, il est comme un avion sur la piste bientôt il va s'envoler, il se force à ralentir, ses jambes tremblent, ses joues sont en feu, le monde autour est brouillé, mélangé, indistinct, il ralentit encore, encore un peu plus et enfin il trottine et enfin il s'arrête et il reste longtemps les mains sur les genoux, le buste penché il crache, c'est interdit mais il crache, son cœur et son souffle sont comme en désordre, il lui faut du temps pour dompter cette bataille et se redresser, s'adosser contre le mur et que sa vue s'éclaircisse, que le monde se précise, que l'air se détende et alors il voit où il est. C'est comme une claque, une évidence violente, une vérité, oui c'est la vérité. « Maison Barré. Plumasserie depuis 1835. » Il a tout fait pour l'éviter mais maintenant il est face à elle. Elle est sans poésie et sans ornement. Et il n'y a qu'un mot pour la désigner, le même pour tout le monde, depuis toujours. Imparable et sereine, elle s'appelle « l'absence ».

Et l'absence soudain est partout, elle s'est infiltrée dans sa vie et elle le réveille quand il dort, le surprend quand il est occupé, le sidère aux moments les plus inattendus. Elle est en lui et autour de lui aussi, portée par des femmes qui sourient en chantonnant, des hommes sortant d'un café, des militaires en permission, des inconnus différents et multiples, à travers lesquels elle dit toujours la même chose : le monde est séparé en deux. Le monde est coupé, difficile à comprendre, et il n'y a qu'une chose à faire : s'y habituer.

Le courage de Joseph est invisible et permanent. Sa bonne volonté l'épuise et le renforce. Il se dit « je grandis ». Et il apprend. À faire bonne figure. À ne plus convier sa mère à toutes les heures du jour et de la nuit. À ne plus chercher la couleur exacte de ses yeux. Ne plus se demander où elle est enterrée, si elle a eu très peur, ou très mal, si « son âme est en paix » comme disent les voisines, tous ces soucis qu'on se fait pour les morts. Il prend sa place parmi les vivants, du mieux qu'il peut.

Il rejoint ses copains Jacques et Eugène, leurs jeux dans le jardin Richard-Lenoir, dans le passage Thiéré, il salue Hortense, la fille du Café-Bois-Charbon, même si maintenant quand il la croise il n'entend plus son rire. Mais il continue. Et il prend des décisions. La plus importante est la surprise qu'il veut faire à la grand-mère. Ce sera dimanche, le jour où il ne décharge pas les cageots, où il ne la laisse jamais seule. Le secret le remplit d'une joie inattendue et plus d'une fois il étouffe un rire derrière sa main, alors elle le regarde un peu intriguée, hoche la tête l'air de dire « Je comprends », il est rare maintenant qu'elle parle, mais ils sont devenus si complices, un regard suffit, et même si elle ne répond pas il lui raconte tout :

– Le tripier il force son fils Marcel à boire, oh tu verrais ça ! Hop ! Un verre de blanc tous les matins !

Le regard de la grand-mère lui dit « Continue ! ».

– Il donne le verre à Marcel et il dit : « C'est sans danger mon gars ! Tu l'bois tu l'pisses ! »

Elle sourit, mais Joseph voit bien qu'elle s'en fiche de cette histoire, elle sourit de lui. Elle le protège, c'est pour ça qu'elle ne parle plus, elle ménage ses forces, elle est maligne. Elle lui fait signe de continuer et le fixe d'un regard si têtu qu'un moment il a l'impression qu'au lieu de l'écouter, elle le vérifie, il ne sait plus quoi dire, alors il remonte sa manche et bande son biceps.

– Touche un peu comme j'ai forci ! Des quinze kilos, je porte !

Mais au lieu de palper ses muscles elle lui tapote la joue et il est un peu vexé. N'empêche qu'il est un peu moins maigrichon, il le sait.

Pour la surprise il met une voisine dans le coup, la blanchisseuse qui habite au bout du couloir à gauche. Elle est très laide et très costaude, avec un accent épais qui vient d'une campagne qu'il ne connaît pas, et elle dit oui tout de suite. Cela leur prend presque une heure pour descendre la grand-mère jusqu'à la cour, chacun la soutenant du mieux qu'il peut. Plus d'une fois ils bouchent le passage, font des arrêts, appuyés contre le mur, la grand-mère a ses grands yeux stupéfaits mais elle s'entête, ses pas sont décidés, les efforts lui donnent un air autoritaire. Au deuxième étage un gars sort de chez lui, en gueulant « Y en a qui font la sieste ! » et puis sans demander la permission il prend la vieille femme dans ses bras et en deux minutes ils sont dans la cour. « Où que je la pose ? » Marthe a sorti un fauteuil, et après l'avoir assise, le gars remonte sans un mot. La grand-mère est là, comme avant, au soleil de la cour, entourée de Marthe, Jeanne, Émile et son perroquet. Joseph rejoint ses copains au bord du canal de l'Ourcq où ils pêchent avec les cannes à pêche qu'ils se sont fabriquées et qui cassent très vite.

Il faudra le refaire. Bien sûr tout le monde dit ça, les amis, des voisins, la blanchisseuse, et même le voisin râleur qui le soir remonte la grand-mère comme si elle était légère, un petit fagot de bois.
La nuit qui suit, la grand-mère, pour la première fois depuis bien longtemps, se remet à parler. Joseph est réveillé par sa voix de rocaille, qui chuchote des mots qu'il comprend mal, accrochés à ses gencives sans dents, des mots comme une autre langue.
– Ça va grand-mère ?
Il allume la lampe, la regarde. Elle ne le regarde pas. Elle mâche ses mots incompréhensibles, et c'est pour elle seule.
– Faut dormir. Il fait nuit, regarde.
Elle essaye de se lever. Il lui demande si elle veut le seau. Si elle a soif. Elle ne répond rien. Elle s'emmêle dans les draps, sa chemise de nuit, elle est comme ficelée et a du mal à respirer, Joseph se lève et l'aide à sortir du lit.
– Qu'est-ce que tu veux, grand-mère ?
Elle s'accroche à lui, son corps tremblant, obstiné, qui tente de se tenir droit, elle respire si fort qu'on dirait qu'elle va crier. Elle veut avancer. Joseph la soutient. Ses pieds nus raclent le plancher et il est surpris de sentir la force inimaginable qui

vient d'elle, elle avance à tout petits pas, ses doigts enfoncés dans le bras du gosse, elle est lente mais volontaire, elle va à la porte et secoue la poignée avec une détermination agacée, une force surprenante.
— Qu'est-ce que tu fais ? Mais qu'est-ce que tu fais, grand-mère ?
Elle malmène la poignée, le bruit métallique, heurté, est amplifié par le calme de la nuit, et quand la porte s'ouvre enfin elle constate :
— Quel bordel, non mais quel bordel pour sortir d'ici !
C'est la première fois qu'il l'entend dire ce mot-là. Elle regarde le couloir sombre, désert, si sale. Murmure encore :
— Quel bordel...
Et comme elle semble maintenant se désintéresser de ce qu'elle voit, doucement, Joseph referme la porte. La raccompagne avec précaution jusqu'à leur lit. Elle ne résiste pas. Il l'aide à se recoucher. Elle veut s'asseoir contre l'oreiller. Il n'ose pas éteindre la lampe. Il pense que c'est sa faute, la faute à sa surprise, à la cour, aux amis, aux bras du voisin, aux bras de la blanchisseuse, à tout ce qui a bousculé son esprit. Bientôt elle se rendort, assise, le buste cassé, et Joseph ne tarde pas à s'endormir aussi. Une heure plus tard le voisin frappe deux coups contre la cloison, il est cinq heures et demie. Il se dit qu'il faudrait rester là, ne pas laisser la grand-mère seule. Elle ronfle, la bouche ouverte, et malgré le peu de clarté il voit la bave séchée au coin de ses lèvres et il grimace de dégoût. Il remonte le drap sur ses mains et se détourne, il veut sortir, retrouver la vie du dehors, les Halles, avec l'odeur grossière du poisson, du crottin et du vin, les bœufs écorchés aux côtes muettes, les têtes de veau suspendues, les montagnes de fruits, de fleurs, de légumes, l'orgueil bruyant des voitures et la peine des chevaux mal nourris, les cris, les annonces et les jurons, cette bousculade sans pitié, ce fracas de Paris, sa résonance sous les verrières, dans les

rues alentour, le travail l'éternel travail, dans la nuit qui meurt, le jour qui vient, le besoin de survivre et cette envie de vivre. C'est ce qui le pousse à sortir. Cette envie de vivre qui lui fait aussi mal au ventre qu'une appréhension.

Est-ce que cela va vite, ou très lentement ? Est-ce qu'il a tort de s'habituer au rituel nocturne ? Aider la grand-mère à sortir du lit, à atteindre la porte, à l'ouvrir, et puis l'aider à se recoucher ? Les premières fois il ne pense qu'à une chose : l'empêcher de faire du bruit avec la poignée, ne pas réveiller les voisins, ne pas se faire remarquer. Il croit qu'elle va se souvenir de ça : elle n'est pas enfermée, la porte donne sur le couloir, dehors existe. Mais elle ne se souvient de rien et chaque nuit, à la même heure, comme si quelqu'un, quelque chose la réveillait, elle s'empêtre dans ses mots, dans ses draps, mue par cette urgence : ouvrir la porte. La journée, Joseph a peur de la laisser seule, mais elle dort la plupart du temps, confond le jour et la nuit. Quand il rentre un soir et la retrouve souillée, tentant d'arracher ses jupons, horrifiée d'elle-même, trahie, il va voir leur voisine, la blanchisseuse si laide et si costaude, et lui demande de l'aide. Mais la blanchisseuse n'a aucune envie de laver les jupons pisseux de la vieille femme, elle est non seulement épuisée, saturée de la merde et de la pisse des autres, mais elle vient de rencontrer un gars, un chaudronnier qui vient du Cantal, comme elle, c'est une grande chance, et tous deux ont fait leurs calculs, le mariage serait financièrement un bon arrangement et lui permettrait de ne pas finir vieille fille. Il s'en retourne avec son paquet puant sous le bras, va frapper chez Marthe, il n'a pas besoin d'expliquer, elle le regarde et dit simplement « Pauvre petit, va ». Et cette phrase-là, il aurait dû s'en souvenir, contient les pires présages.

– Je vais les laver une fois, les jupons de Florentine, et puis quoi ? Demain tu me les rapporteras. Et après-demain aussi... Comprends-tu ?

Elle les lui prend quand même, « Va pour cette fois », et lui donne des morceaux de drap déchiré.

– Tu les lui mets dans la culotte, et puis quand elle s'est salie, tu les laves au baquet dans la cour. Avec cette chaleur, en une heure ils sont secs. As-tu compris ?

– Oui j'ai compris.

Ça lui fait toujours drôle d'entendre prononcer le prénom de la grand-mère, qui est comme celui de sa mère, tombé dans l'oubli, des prénoms de petites filles, Colette et Florentine, il les imagine jouant au cerceau, s'endormant dans les bras de leur mère, Colette et Florentine, avant le placement, l'apprentissage, le mariage, la guerre, une ou deux par personne, le noir et le demi-noir. Il chasse le mot « crime » que la voisine qui a organisé la quête pour la messe a prononcé tout en lui traçant, de son doigt, une croix sur le front : « L'avortement est un crime contre la Nation. » C'est ce qu'elle a dit, et parfois en lui tout se confond, le crime, qui a fait perdre à Colette « tout son sang », et la Nation, le drapeau français outragé, mais toute cette histoire ne va pas du tout à sa mère, à la vérité, les êtres qu'il aime semblent s'être disloqués, il ne les reconnaît plus, et quand il nettoie les draps salis par la grand-mère, il ne voit aucune Florentine en elle.

Il tente de suivre le courant nouveau de sa vie, mais ce courant qui lui semble lent et répétitif a une force qu'il ne soupçonne pas. C'est le courant furieux de la vieillesse, qui prend les vivants dans ses filets, les presse, les étreint jusqu'à la déformation, jusqu'à l'asphyxie, et bientôt une personne nouvelle surgit et se débat, suffoque de délires, de défaillances, chaque jour quelque chose en elle se brise, c'est une explosion d'incohérences, jour après jour, heure après heure, le filet se resserre. Et un matin ce n'est plus seulement Florentine qui semble avoir disparu, c'est la grand-mère aussi, à qui il montre la photo déchirée et qui ne la regarde pas, à qui il chante des chansons qu'elle n'entend pas, et il le sait, elle n'a pas seulement « des absences », comme le dit Marthe, elle est *devenue* l'absence. C'est là et c'est pour toujours. Mais « pour toujours » n'existe pas, ça non plus Joseph ne le sait pas encore.

Le mois d'août se termine, c'est bientôt la rentrée des classes, il a hâte, il n'en peut plus d'attendre, retrouver l'école, les livres, les cartes, les mots au tableau, ceux qu'on écrit et ceux qu'on efface, il se jure cette année d'être toujours inscrit au tableau d'honneur, il pense au buste de Marianne entouré de deux drapeaux français, c'est l'école de la République et c'est fait pour lui. Il se prépare, trace des lignes et des lignes de majuscules, de phrases glorieuses, il sort l'encre et le papier qui servaient à Colette quand elle écrivait à Augustin, un jour il découvre, sur un buvard, apparus en pointillé et à l'envers, les mots « amour », « attends », « triste » et « Joseph » aussi. Son prénom écrit par sa mère le remplit d'une joie qui l'enflamme. Il est Joseph Vasseur, descendant et représentant sur terre d'une famille de soldats, d'ouvriers, de bonnes à tout faire, de valets de pied et de plumassière, et il se jure de les représenter toujours, il est saisi par cette mission, la fierté lui fait oublier tout le reste et il la porte droit, comme on porte une médaille.

Il joue au foot avec Jacques et Eugène dans le passage Thiéré, quand Rosalie, la fille de la concierge, arrive en courant, elle crie : « Joseph ! Joseph ! Il est arrivé quelque chose ! » Il est gardien de but et il vient de plonger de tout son long, il a le ballon dans les bras. Contre sa joue il sent les pavés encore chauds de cette journée d'été, leur odeur d'herbe sèche et de rouille, c'est cela qu'il se rappellera, plus que les explications essoufflées de Rosalie, comme si sa vie se concentrait sur cette odeur minérale et animale aussi, oui, il y a cette odeur de chat, et quelques brins d'herbe lui chatouillent les narines. Le soleil est bas à cette heure-ci, il a déserté la cour, mais depuis le sol il le voit s'attarder sur les toits et frapper contre les vitres hautes des chambres de bonne. Et plus Rosalie parle et plus il tient le ballon serré contre lui, personne ne songe à le lui prendre, personne ne conteste l'arrêt du but, mais il refuse de se relever. Il veut rester par terre, à regarder les toits de Paris aux tuiles déchaussées, aux cheminées noircies, il a mal aux yeux à force de regarder le soleil, alors poliment le soleil disparaît derrière les toits, et Joseph pose son front contre le ballon, comme s'il allait lui dire quelque chose, comme si c'était un visage, une âme déchirée à qui confier ses murmures.

Tout s'organise à une vitesse implacable, comme si tout était prêt déjà, les registres de l'administration grands ouverts pour le recevoir. Il a l'impression que c'est lui, le ballon. La course arrêtée, c'est lui, plaqué, tenu fort. Il a perdu, sans s'être douté que la partie avait commencé, et depuis longtemps. Cela s'est mis en place depuis le crime de sa mère contre la Nation, maintenant il le comprend. C'est à partir de là qu'on est venu leur rendre visite, à la grand-mère et à lui, on ne laisse plus les enfants sans soins ni éducation, c'est ce que disait l'enquêteur quand il venait vérifier ce qu'il mangeait, s'il allait tous les jours à l'école et si le linge était propre. Joseph pense qu'il n'aurait jamais dû montrer les jupons souillés de la grand-mère aux voisines, ni laver les chiffons dans la cour, n'aurait jamais dû se vanter de décharger des cageots aux Halles, demander au voisin de le réveiller chaque matin. Il a été d'une naïveté dangereuse.

On lui explique que la grand-mère a été emmenée à l'asile. C'est un mot qu'il connaît, qui entraîne avec lui la peur et l'éloignement. Ceux dont on dit qu'ils sont à l'asile sont ceux qu'on ne revoit jamais, ils font partie des disparus et ce que chacun souhaite, c'est ne plus en entendre parler, ne jamais connaître la honte de la folie qui se transmet comme une malédiction.

Il sait que la grand-mère n'est pas folle. Elle ne criait pas. Ne ressemblait pas à une sorcière, n'avait pas leurs grands yeux exorbités comme il a vu sur les dessins, ni leur ricanement mauvais. Mais elle se levait chaque nuit, par peur que dehors n'existe plus. Il sait qu'à l'hospice les fous sont enfermés, on ne rencontre jamais quelqu'un qui revienne de là-bas, personne qui en soit sorti en ouvrant simplement une porte.

Ils l'ont emmenée pendant qu'il jouait au ballon passage Thiéré. S'il avait joué dans sa cour, ça ne serait pas arrivé. Il aurait tout expliqué aux gendarmes. Et il aurait serré si fort la grand-mère contre lui qu'ils auraient échangé un peu de leurs forces, comme ils le faisaient les jours difficiles. Mais les voisins ont pensé qu'il était préférable de ne pas vivre les adieux, à les écouter tout est pour le mieux, « ça ne pouvait pas durer comme ça », « elle sera mieux là-bas ». Joseph voit bien qu'ils ne le pensent pas, ils le disent pour chasser cette pitié qui les encombre. Il fait celui qui comprend, il est un grand garçon. Et cette fois-ci il n'y a pas d'organisation entre voisins, aucun arrangement comme après la mort de sa mère, il y a la compassion résignée, et le respect de la loi. Il a soudain une révélation quand il regarde ses biceps et les trouve minables (la grand-mère avait raison de ne pas s'extasier, il est toujours aussi maigrichon) : on va l'envoyer à l'école en plein air ! Une école faite pour les enfants comme lui, chétifs et en mauvaise santé. Il n'est pas en mauvaise santé, mais il est chétif, les enquêteurs ont dû le remarquer aussi. Il y a une école pour les garçons comme lui, dans un coin de Paris qu'il ne connaît pas, très loin de la Bastille, il faut être normal pour y être admis, et lui n'est ni bègue, ni sourd, ni illettré, ni indiscipliné, il est chétif, alphabète et très obéissant. On ne laisse plus les enfants sans soins ni éducation. Tout est organisé.

Pourtant, le lendemain de l'arrestation de la grand-mère, quand les gendarmes viennent le chercher, il se pisse dessus tellement il a peur. Mais tout se passe dans le calme. Tout se fait dans les règles. Tout est logique. C'est une autre histoire qui commence, et il est terrifié soudain, il se demande si depuis l'école en plein air, il saura retrouver son chemin pour revenir dans son quartier. Il faut qu'il regarde bien tout, mais ce qu'il voit le déstabilise, il ne peut pas se concentrer. Les voisins s'inclinent presque devant les gendarmes, une courbette pour s'effacer, comme s'ils avaient quelque chose à cacher. Quand Joseph passe devant eux, certains lui murmurent des mots de tendresse et de fatalité. Marthe l'accompagne jusqu'au fourgon, son mouchoir en boule dans son poing, elle dit aux gendarmes «C'est un brave gosse vous savez» et puis elle recule, épuisée par cette audace. Joseph aperçoit Jacques et Eugène, que leurs mères tiennent fort contre elles, les empêchant de lui dire au revoir, d'approcher du fourgon, et il voit comme ses amis sont petits, ils ont l'âge de jouer au ballon, pas celui de désobéir à leurs parents. Il leur fait un signe de la main, et il espère que personne n'a vu qu'il s'était pissé dessus, personne n'a senti son odeur. Il se demande si la grand-mère a eu honte aussi, quand ils sont venus la chercher, si ses jupons étaient propres, si Marthe lui a dit au revoir, si quelqu'un l'a rassurée. Il y a d'autres garçons avec lui dans le fourgon, Joseph les observe et ne les trouve pas chétifs, mais peut-être que le tri n'est pas encore fait.

C'est la première fois qu'il monte dans une voiture. Le bruit que ça fait. Et comme ça va vite. Il ne voit pas dehors. Il ne pourra pas se rappeler le chemin, ce n'est pas grave, il le demandera. Est-ce que les enfants chétifs et normaux ont le droit d'aller vivre chez leurs voisins pendant les vacances? Il tente de se rappeler le nom de famille de Marthe, d'Hortense, d'Émile… Mais son esprit est comme la voiture, il brinquebale, et les bruits de la rue pourtant étouffés sont plus impressionnants que lorsqu'on sait exactement d'où ils viennent. Il ferme les yeux pour ne plus voir les deux gendarmes, ni les autres garçons, leur air hagard, rusé, traqué, il ne veut pas les connaître. Paris invisible danse comme le vent autour du fourgon et le secoue, Joseph entend les klaxons écorchés, les pas familiers des chevaux, les cloches rapides du tramway, il a mal au cœur, il lui semble que la voiture n'en finit pas de tourner, il rouvre les yeux, les gendarmes sont impassibles avec leurs regards paresseux, leurs yeux lourds, ils ressemblent à des bœufs, et Joseph pense aux langues de bœuf dans la vitrine du tripier, l'envie de vomir le submerge. Le fourgon tremble et s'arrête. Les gendarmes pressent les gosses, une claque derrière la nuque, un coup de genou dans les fesses, et tous descendent en se cognant les uns aux autres.

Ils sont devant une bâtisse si longue qu'elle écrase la rue, son autorité est celle de la pierre, grise, solide, infaillible. En file indienne ils entrent dans la cour aux arbres généreux, l'odeur du pollen, amère et poussiéreuse, prend à la gorge. Un homme les dépasse, il marche à grandes enjambées, tirant une fillette par la main, il a un costume chic, une jolie canne et des gants, sûrement c'est son père, pense Joseph, il sait que les pères sont comme ça, ils marchent vite, ils sont forts et ils savent punir leurs enfants, les confier aux institutions lorsqu'ils n'en peuvent plus de leur sale caractère. La fillette se fait presque traîner par son père, son bras pourrait se détacher de son corps qu'elle résisterait encore, celle-là ce doit être une mauvaise tête, une forte tête. Elle se retourne et regarde Joseph un bref instant, farouche, enragée, une mauvaise tête oui, c'est ça. Face à ce duo puissant, eux ne sont qu'un cortège de gamins sur la défensive, des gosses avec des yeux de souris, qui observent à la dérobée. Il y en a un qui boite et un autre qui chouine, il a chouiné tout le long du trajet, deux se tiennent la main, un autre avance aussi vite que s'il y avait une récompense au bout, personne ne se ressemble et tout le monde se ressemble. Joseph ne saurait expliquer pourquoi, il ne trouve pas le mot. Il pense, On est tous moches. Et puis, On est tous sales. Et enfin le mot lui revient, On est tous pauvres. Et il se dit que la fillette peut-être s'est retenue de cracher sur leur passage, elle est riche et son père est puissant.

Dans la bâtisse ils longent des couloirs où leurs pas résonnent sous des plafonds aussi hauts que ceux des églises, il y a du vacarme autour, des pleurs de nourrissons, des voix d'enfants, des bruits de chariots, de vaisselle, de ferraille, il y a tout un monde dans l'immense bâtisse qui a tant et tant de portes, tant et tant de couloirs, tant et tant de fenêtres, il y a sur les hauts murs des portraits d'hommes sérieux, avec de gros favoris et un gros ventre, il y a d'immenses peintures grises, des bustes de Marianne, des drapeaux de la France, ça sent la soupe, le lait, la merde et l'éther, on dirait que le propre n'arrive pas à recouvrir le sale, c'est comme une bataille.

On les fait entrer dans une salle où ils sont attendus par des hommes derrière des bureaux, avec de grands registres, il y a un docteur aussi, qui va les ausculter. On interroge Joseph : y a-t-il dans la famille (grands-parents paternels et maternels, père, mère, frères, sœurs, oncles, tantes, cousins, cousines) la tuberculose, l'anémie, l'incontinence, la syphilis, des crises d'épilepsie, des paralysies ou des troubles de la parole ? Y a-t-il des sourds, des aveugles, des simplets, des aliénés, des suicidés, des alcooliques, des habitués de la morphine, de la cocaïne ? Est-il nerveux, peureux, agité la nuit, fait-il pipi au lit ? Est-il nerveux, peureux, agité le jour ? Sait-il lire ? Écrire ? Compter ? Joseph répond comme il peut, oui, non, je ne sais pas monsieur, je n'ai pas de frère et sœur monsieur, mais on souffle à l'inspecteur des renseignements sur sa famille, qui lui font pincer les lèvres et regarder Joseph avec rancune. De quoi sa mère est morte. De quoi son père est mort. Où est placée sa grand-mère. Et la honte s'accumule et s'inscrit dans son dossier, à gros traits soulignés de rouge. L'inspecteur semble épuisé par cette famille Vasseur. De la main il fait signe à Joseph de passer dans l'autre salle, pour l'auscultation.

Ce qu'il ne faut surtout pas, c'est tousser, Joseph se le répète tandis qu'il se déshabille, pour aller au centre en plein air il faut montrer sa maigreur, rentrer le ventre, baisser la tête mais ne pas tousser. Après l'auscultation, le docteur dit qu'il est valide et n'a pas de maladie contagieuse. Il le savait mais il est rassuré malgré tout, il n'a hérité d'aucune tare congénitale, la famille Vasseur est une famille saine, quoi qu'en pense l'inspecteur. Quand on lui donne d'autres habits que les siens, un tablier et des bas de laine noirs, quand on lui donne des sabots à la place de ses chaussures, il pense que c'est l'uniforme de l'école en plein air. Mais quand il voit que tous sont habillés comme lui, il comprend qu'il s'agit d'autre chose. Quand on lui fait un carnet à son nom, quand on lui dit son matricule, il comprend qu'il entre dans un monde bien plus grand qu'une école. Il sait où il est. Il ne voulait pas le comprendre mais bien sûr il le sait. C'était écrit dehors, et il l'a lu. Il est avenue Denfert-Rochereau. Il sait ce que ça veut dire. Il est à l'hospice des enfants assistés. C'est fait pour protéger les enfants, tous les enfants de la République, l'enquêteur en parlait parfois, c'est pour prendre soin des enfants abandonnés, et aussi des enfants trouvés, des mis au dépôt et des orphelins. Il est orphelin et il devient pupille de l'Assistance publique. Il repense à l'éclat d'or dans le bleu des yeux de sa mère. Pupille. Un mot avec plusieurs sens. Comme publique. Comme hospice. La cloche de la chapelle sonne midi. La grand-mère n'est pas loin, Sainte-Anne est dans le quartier, quelques rues, quelques murs, des jardins, et sûrement les cloches de la chapelle de Sainte-Anne battent la même mesure, ainsi ils sont pris tous les deux dans cet appel infaillible du temps.

La nuit est silencieuse et sent mauvais. Tous ces garçons autour de lui, l'odeur de leurs corps mal nourris, les lits contre les hauts murs, un si long dortoir, comme s'ils étaient rangés dans une boîte. Pourtant il a l'impression que ça bouge, c'est une nuit qui l'entraîne il ne sait où, il a du mal à imaginer comment sera demain, quand il partira pour Abbeville, A. B. Ville. Une ville au tout début de l'alphabet, dont il n'avait jamais entendu le nom, mais qu'on lui a répété, « As-tu bien compris ? ». Il ne voit pas ce qu'il y a à comprendre dans le nom d'une ville qu'on ne connaît pas, mais il a dit oui, maintenant il va dire oui le plus souvent possible.

Contre la vitre à côté de son lit, une branche de marronnier frappe doucement... Joseph... la peur lui fait mal aux jambes, quelqu'un l'appelle, depuis le dehors quelqu'un le demande, le souffle du vent se mêle aux coups légers de la branche... Joseph... c'est un appel insistant et patient, ses jambes lui font mal mais il sort du lit, pris de tout petits tremblements, il ne faut pas se pisser dessus, il faut rentrer la frousse au fond du ventre et s'approcher de la fenêtre, la branche frappe un rythme distrait... Joseph... Joseph... Le tout début d'une musique. Sur la pointe des pieds il atteint la poignée de la fenêtre et l'ouvre le plus doucement possible, et malgré lui il pense « quel bordel, non mais quel bordel pour sortir d'ici ». Cela le fait sourire de tristesse. Il regarde la nuit, c'est une jolie nuit de Paris, avec des étoiles qu'il connaît, il murmure « Sirius l'ardente », et le ciel est à lui. Il est en sécurité, maintenant il est assisté par l'État français, comme la grand-mère, chacun à sa place, dommage qu'on ne puisse pas les partager. Il ira la voir aux prochaines vacances, ses papiers sont en règle, avec son carnet et son matricule il ne pourra jamais se perdre, errer tout seul, toujours on le retrouvera et on l'accueillera. Il va continuer à aller à l'école, à faire des progrès, il écrira à la grand-mère tous les jours, il pense ça soudain, et il saisit la petite branche qui frappait au carreau, la tient comme une main, mais il la serre trop fort et le rameau se brise. Il écrase entre ses doigts les feuilles à peine nées, qui se mouillent en se froissant et ont l'aigreur douce du lait pourri.

Le lendemain il prend le train pour la première fois. On lui avait raconté déjà, mais bien sûr en vrai, c'est différent, c'est énorme un train, aussi long qu'une rue, c'est le progrès, la vitesse, de longs chemins tracés vers l'inconnu, et sur le quai la fébrilité de la foule est pareille à celle des fourmis quand on désorganise leur travail. C'est la même panique et c'est autre chose. Une chose qu'il ressent pour la première fois. Ça pèse fort, ça l'enfonce dans le sol, il baisse la tête malgré lui, il se sent plus chétif que jamais, il marche comme un empoté, ses sabots lui font mal et claquent aussi fort que les battoirs à linge, c'est pour ça sûrement qu'on lui jette de ces regards accablés, ces regards qui viennent de très haut, il a chaud sous cette honte, il ôte son béret et se gratte la tête, mais ce geste familier n'a plus rien de familier, hier on lui a rasé le crâne et il ne se reconnaît plus, c'est dur sous la main, ça pique et c'est douloureux aussi, il remet vite son béret et comprend que si lui ne se reconnaît pas, les autres l'ont reconnu. Il fait partie des assistés qui prennent le train pour la Somme, ils sont une petite dizaine, des bébés, des jeunes garçons qui, comme lui, portent l'uniforme de l'Assistance publique. Ils ne passent pas inaperçus les enfants abandonnés, et il comprend qu'il n'a pas besoin de carnet ni de matricule, ce n'est pas sur le papier que c'est inscrit, c'est sur lui.

Il ne voit rien d'Abbeville, il a comme un refus planté dans le ventre. Il pense à la petite fille riche qui se faisait traîner par son père, traînée oui, ce devait être une traînée, une vicieuse, il fallait bien qu'il la punisse, n'empêche. Il comprend ce regard, comme une arme, parce que même s'il doit toujours dire oui, maintenant il pense non. Il n'a pas envie de continuer. Il a été sage, maintenant il voudrait rentrer chez lui, enfin, chez les voisins, sur le palier des voisins, dans la cour de son immeuble, n'importe où mais pas ici. Il a entendu les dames dans le train, les convoyeuses qui s'occupent des bébés abandonnés, elles n'ont pas cessé de papoter entre elles, débordantes d'un dévouement réjoui. En les écoutant il a compris qu'il allait d'abord dans une agence de placement rencontrer le directeur, et que ce directeur, qui serait comme un père pour lui (plusieurs fois elles l'ont dit « un père un véritable père pour eux »), l'enverrait chez des gens qui seraient comme une famille pour lui, à la campagne. Ils vont tous à la campagne. Loin de la tuberculose, de la syphilis, du nervosisme et de toutes les tares congénitales, toutes les tares de Paris. Et maintenant, dans Abbeville, il lance des regards à droite à gauche, comme si un panneau allait surgir qui indiquerait Paris, alors il pourrait sortir du rang des assistés et y courir, il espère bêtement que quelqu'un lui fasse un signe, qu'un gars siffle entre ses doigts et lui montre la direction pour ailleurs.

– Ben pourquoi tu pleures, toi ?

La convoyeuse est gentille, elle tient le bébé contre elle avec une autorité fière, et sa voix est douce.

– Vous repartez à Paris, madame ?
– Par le train du soir, oui.
– Moi aussi je préfère Paris, madame. Vous pouvez m'emmener ?
– T'emmener ? Mais les nourrices, il n'y en a pas à Paris, mon petit.
Elle lui tend un mouchoir. « Fais pas le bêta, allez ! » Il voudrait lui dire qu'il y a une erreur, d'abord il n'a pas besoin de nourrice, ensuite ils se sont complètement trompés sur son compte, le directeur de l'agence va s'en apercevoir, lui il est vraiment né à Paris, pas comme les immigrés qui viennent de Savoie ou d'Italie, lui est né à l'hôpital Saint-Antoine comme sa mère et comme sa grand-mère, ils parlent français depuis toujours dans la famille. Et il le dit au directeur de l'agence d'Abbeville, « Je suis né à Paris, m'sieur ». Mais lui le sait déjà, il est « comme un père », il sait où est né son enfant bien sûr, et comme un père bienveillant il dit : « Toi, il était temps qu'on t'envoie à l'air pur, maigrichon comme tu es ! »

L'air pur est saturé de soleil, Joseph ne distingue rien autour de lui, c'est trop grand, d'un jaune sec, presque blanc, il regarde cette immensité : des champs et des champs, mais où sont les gens ? Il peut voir si loin qu'il a l'impression que le ciel avale le paysage, au loin l'horizon s'effondre, il se dit, Si on marche longtemps on tombe. Et pourtant il marche, il suit le directeur, qui grimace et sue, ils sont à des kilomètres d'Abbeville dans un endroit au nom embrouillé, où est donc l'école, on lui a dit qu'il irait à l'école, il prend la main du directeur qui la repousse et lui dit, « Sois brave », il voudrait retirer ses sabots, il a trop mal aux pieds, il aime bien marcher pieds nus, il le faisait à Nogent, les pieds nus dans l'herbe, dans la rivière glacée, mais ici l'herbe est rase, couchée par petits tas, ça sent le chaud et le sucre, c'est écœurant, il n'y a pas un oiseau, pas un bruit, rien que leurs pas sur le chemin caillouteux, il demande s'il peut marcher pieds nus, « Es-tu un gitan ? », le directeur est choqué. Il n'est pas un gitan, non, et il avance plus vite, droit comme un I, le directeur a du mal à le suivre, sa gorge grésille, il hésite à cracher, il se retient, Joseph le sait, alors il allonge le pas et sourit malgré lui.

L'intérieur de la ferme est aussi sombre que le dehors est éblouissant, difficile de comprendre où ils sont, ils arrivent quand tous repartent aux champs, chacun salue le directeur avec un respect timide et pressé, il retient deux petits garçons à l'air hésitant, leur demande s'ils sont bien sages et si l'air pur leur fait du bien, les gosses disent oui, alors il leur lance un joyeux « Allez vite aider Pépère ! » et il ne reste plus que celle qu'on présente à Joseph comme sa nourrice, « maman Louise », une femme trop grande, courbée, aux cheveux mal peignés qui s'échappent d'un chignon grisâtre, Joseph la trouve affreuse. Elle sert un verre de vin au directeur qui le boit aussi vite que si c'était de l'eau, puis c'est un échange de papiers, d'argent, de recommandations sur la scolarité, la religion, « comme d'habitude hein, maman Louise », elle se contente de hocher la tête, les mains agrippées à ses bras croisés, enfin le directeur remet prestement son chapeau comme on referme un couvercle, sa mission est terminée, mais il reviendra. Joseph regarde les mouches qui bourdonnent sur la table, des mouches épuisées qui ne volent pas mais grouillent sur le bois poisseux, quand le directeur reviendra, pense Joseph, je ne serai plus là.

Il a bien essayé de retrouver le chemin pour Abbeville, tenté maladroitement de s'enfuir, il a été facile à rattraper, et à corriger. La première fois, il ne voit pas venir le coup. Il le sent, c'est tout. Une surprise douloureuse, la large main de Pépère qui le frappe en plein dans la mâchoire, le cri de maman Louise qui le prend contre elle et lui nettoie le visage avec un chiffon mouillé. Il est plus désorienté par cette violence que par la gifle. Les fois suivantes, il les anticipe, sans toujours pouvoir y échapper. Il ne pleure jamais. Il esquive ou encaisse. Bien sûr il comprend la leçon : on ne quitte pas les Maldue, sa famille nourricière. Son père nourricier. Sa mère nourricière. Sa sœur nourricière. Il n'aime pas ce mot. « Souricière » serait mieux. Sa famille souricière. Qui le garde dans son piège, lui, la petite bestiole affolée.

Et il reste dans ce monde opaque où rien ni personne ne ressemble à ce qu'il connaît. C'est une vie sans parole, dédiée au travail, comme si la terre les commandait tous, exigeait leur présence depuis les premières heures du jour jusqu'à la disparition du soleil. C'est la fin de l'été et ils ne pensent qu'à l'hiver, ils en parlent comme d'une chose tellement effrayante que Joseph se dit que c'est une saison qui doit arriver plus tôt qu'à

Paris et avec une grande férocité. À Paris on ne parle de l'hiver que lorsqu'il est à nos portes, on le touche, on le respire, on s'en protège car il apporte du malheur bien sûr, l'hiver n'aime pas les pauvres, mais qui les aime ? Les taudis s'effondrent ou s'enflamment, on meurt dans les rues, des femmes, des enfants, des vieillards, c'est comme ça depuis toujours et pour toujours, on le sait. À Paris l'hiver ne dure que le temps de sa présence, mais au soleil de Picardie il est déjà dans tous les esprits, sûrement ici on ne connaît pas grand-chose d'autre à la vie.

On lui confie la responsabilité de traire et de conduire la vache au pré. Elle est maigre et sale, Joseph déteste son souffle puant, son regard à la bonté douloureuse, déteste tirer sur ses mamelles, quand il les tient dans ses mains il revoit son sexe avec lequel il joue la nuit sans même y penser. Mais on lui apprend à la traire, il doit le faire chaque matin très tôt, avant même d'avoir pris son petit déjeuner, ensuite il la conduit aux champs, il lui donne des petits coups de bâton sur la croupe, elle est triste et lente, et tous deux vont ainsi, dans une indifférence mutuelle. Après seulement il a droit au bol de lait et à la tranche de pain. Maman Louise n'est pas bavarde, c'est une femme dont on ne voit que le dos, elle est toujours penchée sur le fourneau, penchée sur la terre, penchée sur le puits, penchée sur le lavoir, penchée quand elle cuisine, sert, nettoie, sarcle, fauche, porte, et quand elle s'arrête pour se redresser, il y a toujours quelqu'un pour la faire se courber encore, Pépère souvent, sa belle-mère toujours, une femme incroyablement vieille, tellement ramassée sur elle-même que Joseph imagine qu'elle pourrait tenir dans la large paume de Pépère, comme une pomme. Maman Louise se penche sur elle pour la nourrir, la nettoyer, la coiffer, se penche sur ses draps et sous ses ordres, souvent elle est aidée par Marie, sa vraie fille, mais entre elles deux les disputes sont fréquentes, Marie va avoir treize ans et elle veut partir pour Abbeville, servir chez les riches, ça ferait « des bras en moins », ces mots-là sont répétés si souvent que c'est comme le mot « hiver », Joseph finit par le comprendre même en patois. Il y a deux autres enfants de l'Assistance avec lui, Joseph remplace le troisième qui vient d'être employé comme valet de ferme, la famille avait besoin de sous, c'est pour ça qu'elle a demandé un autre gosse, mais il ne comprend pas comment il peut remplacer le paysan, il n'y a aucun rapport entre eux deux, il y a eu une erreur dans l'échange. Bientôt il ira à l'école, il l'expliquera à l'instituteur, à l'école on parle français ce sera plus simple. Il ne faut pas s'enfuir il l'a bien compris, il faut expliquer, demander qu'on vérifie deux trois choses dans le registre de l'Assistance. À la ferme il ne parle pas. Il n'a rien à dire. Il n'aime pas leurs mots lourds, aussi brefs que des ordres et qui ne servent qu'à parler du travail, il n'est pas curieux de ces mots-là, et il n'a pas l'intention de devenir valet de ferme, il a l'intention de retourner chez lui, dans sa vie. Et ici ce n'est pas la France. C'est l'exil. Les gamins qu'il croise le matin en menant la vache au pré ricanent : « Parisien tête de chien », et il imagine sa ville, la gueule ouverte, prête à les avaler tous, ces péquenauds aux rires vacillants.

Parmi tous ces jours semblables, où on se lève courbatu et se couche épuisé, où tout est toujours à recommencer, il y a une exception. C'est le dimanche. On se lève un peu plus tard et Joseph découvre une chose nouvelle.
Le premier dimanche où maman Louise et Marie le mènent à l'église avec les deux autres assistés, Basile et Maurice, c'est une longue marche qu'il n'aime pas. Ses sabots lui font honte, son costume du dimanche est rêche, son dos le démange comme si on lui avait mis du gratte-cul, et il entre dans la chapelle avec cette humeur morose, ce refus de tout ce qui l'entoure, mais l'odeur humide de bougies à peine éteintes, l'odeur d'encens et

de salpêtre a quelque chose de familier. C'est la première fois qu'il entre dans une église, mais cette émotion qui l'assaille le rend à un état qu'il connaît, l'étourdissement face à ce qui est paisible, le bonheur d'être quelque part. La petite chorale chante un cantique dans une langue inconnue, les voix sont fragiles et pourtant c'est lent et majestueux, quand il y a un silence Joseph craint que le chant ne s'arrête, mais ça reprend, ça respire, et de nouveau ça l'entraîne loin et l'enveloppe comme si on prenait soin de lui, comme s'il pouvait faire confiance. Il lève la tête et ce qu'il voit le surprend à peine, le toit de la chapelle s'ouvre lentement et alors apparaît, comme un cri, le grand ciel du matin. Le cantique a ouvert l'église en deux, en rejoignant le ciel il vibre contre les murs chargés d'ex-voto, contre l'unique vitrail, sa lumière turquoise pareille à une rivière. Joseph pense à l'eau du canal quand la ville est tranquille, cette impatience dans Paris qui s'éveille, cette attente heureuse du jour qui vient. Il est ramené à tout ce qu'il a aimé, et lorsque le chant se tait, son esprit poursuit son vagabondage. Marie lui donne un coup de coude, il est le seul à être debout, le visage stupidement levé vers le plafond. Tous, autour de lui, obéissent à des ordres muets, se lèvent, s'assoient, battent leur coulpe, baissent la tête, s'agenouillent, Joseph tente de faire comme eux, mais il entend encore le cantique qui a traversé les pierres.

Après la messe à laquelle il n'a rien compris, préférant le mystère des chants en latin au patois menaçant du prêtre, il suit maman Louise au cimetière derrière la chapelle, un simple pré aux allées si mesquines qu'ils marchent tous derrière elle à la queue leu leu, les graviers grincent sous leurs pas, au soleil les croix rouillées semblent être posées là depuis des siècles, Joseph se dit que les morts d'ici sont de vieux morts, d'ailleurs ici tout est vieux, les enfants travaillent dès qu'ils tiennent debout, ils ont l'air renfrogné des punis, les hommes sont mal rasés, fripés, les femmes sont habillées avec leurs sacs à patates, et leurs chapeaux, n'en parlons pas, de la paille tressée, pas une plume, pas un ruban, il se dit et se répète des choses mauvaises, parce qu'il n'a pas envie d'être là, dans la peine des autres. Les mains derrière le dos il attend que ça finisse, maman Louise et Marie nettoient une tombe, sans un mot sans une larme, dès qu'elles voient quelque chose elles se courbent et le nettoient, Joseph se demande si quelqu'un nettoie les fosses communes, si quelqu'un les fleurit. Basile et Maurice attendent sagement, ils ont l'habitude, ils ont cinq et sept ans et vivent ici depuis si longtemps qu'ils ressemblent à la famille Maldue, ils seront fermiers, épouseront des filles de l'Assistance, les battront quand ils seront soûls et parleront uniquement le patois. Basile, avec sa tête allongée, sa grande bouche et son regard perdu, lui fait penser à un petit chien, Maurice est gentil un peu lourdaud, toujours derrière lui, c'est lui qui lui explique les habitudes de la maison, des indications brèves sur la toilette, le coucher, les travaux des champs, la vache, avec des mots toujours les mêmes, trois quatre pauvres phrases. Maman Louise et Marie ont fini de nettoyer mais on ne s'en va pas, elles commencent les prières, Joseph sort du cimetière, s'adosse au muret de pierres chaudes, la campagne est si calme, ici la terre règne, ils sont tous à son service, à sa merci, à sa botte, sa botte de foin… Il s'amuse à chercher les mots qui se ressemblent : maman, mère, nourrice, tutrice. Enfant, môme, gosse, gamin, petit, petiot. Les Maldue disent « chtiot ». Comme un chiot.

– Tu regardes les soldats, Joseph ?
Maurice l'a rejoint. Quand il parle on dirait toujours qu'il attend autre chose que la réponse, une chose en plus, il a un air étonné et heureux, comme si on allait lui faire une surprise.
– Quels soldats ?

- Les soldats de la guerre !
Comme Joseph lui lance le regard le plus dédaigneux qu'il peut, Maurice tend le doigt vers le lointain, là où le soleil aveugle.
- C'est rien que des champs, dit Joseph.
- Oui ! Les champs des soldats, c'que t'es bête !
- Dis donc, toi !
Joseph le prend par le col et le pousse contre le mur.
- Dis plus jamais que je suis bête, hein !
Il serre le poing et le brandit sans conviction au-dessus du visage de Maurice.
- Tu l'as vu celui-là ?
Et il le relâche. Le gamin réajuste son habit.
- Tant pis pour toi.
Joseph s'éloigne, il a trop chaud, il va se mettre à l'ombre sous un tilleul planté dans la solitude de la plaine. Il ne sait pas pourquoi il devient méchant parfois, il n'aime pas être ici, bientôt c'est l'école mais s'ils sont tous aussi bêtes que Maurice ce ne sera pas drôle, et en rentrant les foins, en plus de « tête de chien » ou de « tête de veau », il a été traité de « metteux-de-feu », le surnom de tous les enfants de l'Assistance, soi-disant que c'est eux qui mettent le feu aux granges ! Il a été traité aussi de « cul de Paris ». Lui en silence les appelle « les culs-terreux ». Il n'est pas né du vice, du cul d'une putain, mais eux sont nés de la terre et c'est là qu'ils retourneront sans avoir connu le vertige de la grande ville, là où tous se mélangent, les riches les pauvres les ouvriers les artistes les présidents, eux resteront dans la poussière des chemins, la poussière des champs et des granges, resteront dans l'obscurité des fermes, des nuits sans lumières. Il appuie son front contre l'écorce de l'arbre, se frotte comme un petit cheval, sent la naissance de la blessure, ferme les yeux sous la douleur et frotte encore, c'est un mal qui soulage, mais une main le tire fermement par l'épaule.
- Es-tu fou ?

Maman Louise le regarde avec un étonnement sévère et pose un mouchoir sur son front.
– Voilà pas que tu saignes, oh, toi tu sais !

Ils cheminent en silence sous le soleil de midi qui fait bouger le paysage, Joseph repense au chant mystérieux qui a ouvert le toit de l'église, cela apaise sa colère, bientôt il est pris par la douce lassitude que donne la fatigue, il regarde au loin, vers cet horizon qui se dérobe, et puis ça se précise, une ondulation de la plaine, comme un animal énorme qui se réveille et respire, c'est une puissance silencieuse et inattendue. Il marche encore et la bête se hérisse d'épines sorties de terre, il les distingue maintenant, elles sont simples, méticuleusement alignées. Elles sont des dizaines et des dizaines, elles sont des centaines et des centaines, humbles et hurlantes. Elles ont redessiné les champs, leur ont donné l'allure sauvage et monotone du martyre. Ce sont les croix des soldats. Joseph se tourne vers Maurice, heureux de l'attention que Joseph lui porte il le rejoint et tous deux marchent en regardant au loin les grands champs muets qui tremblent sous le soleil. On dirait que la terre criblée de morts attend quelque chose, quelque chose que les deux garçons ne peuvent pas lui donner, et quand ils ont dépassé le cimetière militaire, quand derrière eux la bête se recouche et que la terre veille, Joseph est pris d'un cafard honteux comme le remords. Et s'il était dans le pays de guerre de son père ?

De retour à la ferme, maman Louise et Marie ôtent leurs chapeaux et remettent leurs tabliers, mais les enfants gardent leurs costumes qui grattent. Pépère a mis sa belle chemise et s'est rasé, ses joues sont roses comme la peau des bébés mulots, c'est étrange ce visage qu'on voit enfin, les yeux paraissent presque innocents, la bouche aimable, mais quand on passe à table Pépère retrouve son autorité, il fait circuler les bouteilles de vin avec une joie forcée et généreuse. Il sert Joseph sans lui demander son avis, et Maurice aussi, qui boit plusieurs verres sans sourciller. On se partage le petit morceau de viande qui surnage au milieu des pommes de terre, avec des exclamations de surprise heureuse. Famille nourricière, pense Joseph pour la première fois. La tête lui tourne et tout devient joli. Triste et gai. La joie d'ici n'a rien à voir avec l'exaltation de Paris ou des bords de Marne le dimanche. C'est une gaîté prudente, comme s'il y avait un danger à trop s'amuser, à oublier la dureté des jours. Joseph les regarde. Ils sont satisfaits et font du bruit en mangeant. Pépère se cure les dents avec son canif. Basile ressemble à un veau, l'air perdu, fragile. Ils mangent tous consciencieusement, sans se parler. Et soudain Colette lui manque. Quel âge avait-elle ? Elle était jeune et c'est tout, une jeunesse sans chiffre, une vie qui se dépensait sans compter, la

grand-mère disait : « C'est un tempérament, ta mère. » Il pense à ses mains, il les voit au milieu des plumes fournies, bougeant au rythme des danseuses, des théâtreuses, des chanteuses, ce monde poudré, coloré, ce monde de lumières.
 – As-tu mangé ton content ? lui demande maman Louise.
 Les mains de Colette se referment. Toutes les plumes sont à terre. Il faut aider à débarrasser.

Souvent le dimanche après-midi, toute la famille se rend au village, seule la grand-mère reste à la ferme, dans son lit, son petit monde de malaise et de rancunes. On va assister aux chants de la compagnie orphéonique sur la place, des airs en patois chantés par des hommes de tous âges que l'on écoute avec un orgueil attendri, comme si c'était une fin d'année et qu'ensuite on allait remettre des prix et des médailles. La fanfare qui les accompagne donne à l'ensemble un air de fierté menaçante. La première fois qu'il l'entend, Joseph a envie de se boucher les oreilles sous la puissance de cet assaut, et aussi de se soûler de cette musique. La place vibre comme saisie d'une colère heureuse, on dirait que les tambours et les clairons réclament le combat, qu'ils sont prêts à marcher droit dans les champs et à tomber sans une plainte. Mais on dirait aussi qu'ils appellent à l'aide, qu'ils viennent de plus loin que des musiciens, il y a quelque chose d'inatteignable et d'exaspéré dans cette musique-là. C'est un chant de guerre et d'amour. Et la musique lui entre dans le corps comme un orage.
 Pépère s'est assis à l'écart. Ses mains tremblent quand il passe son mouchoir sur son front. Il fait froid mais il a chaud. Joseph le regarde : c'est une brute, c'est une masse, c'est un travailleur, un alcoolique, un épuisé, un homme sans amour. Son visage glabre du dimanche est pathétique sous cette musique jouée avec fougue et maladresse, ces chants d'hommes et d'adolescents qui se pavanent, tandis que les femmes applaudissent en

murmurant des bravos reconnaissants. Joseph vient s'asseoir à côté de Pépère, il voit dans son regard ce qu'il a si souvent vu dans celui de la grand-mère : le temps qui se brouille et les souvenirs qui déboulent sans crier gare. Mais Pépère est un homme qui boit. Qui s'attendrit sur lui-même comme il ne s'attendrira jamais sur personne. Il regarde Joseph et se frappe la poitrine.

– J'étais l'meilleur !

Voilà, ça vient, pense Joseph. Et déjà il n'a plus envie d'écouter. Mais le vieux l'agrippe par la manche.

– Toi, t'es l'fils de personne, mais moi ! J'ai eu deux garçons ! Et à eux, oui, à eux, j'aurais donné mon instrument !

Joseph s'éloigne en haussant les épaules. Père nourricier. Père ordurier. Pauvre fou ! L'orchestre joue *Le Régiment de Sambre-et-Meuse*, il connaît cet air que la Garde républicaine jouait à Paris le 14 Juillet, et maintenant tous se tiennent droits, Pépère lui-même s'est levé de son banc, quelque chose les appelle et ils répondent, quel que soit l'ordre ils obéiront, c'est la France, leur patrie et leur sang, il y a au-dessus d'eux une puissance terrible, une protection infaillible, une mère assoiffée, exaltante, la Nation ! La Nation ! Joseph revoit la beauté des cavaliers de la Garde républicaine et les plumes à leurs chapeaux, plumes de héron, de nandou ou de coq, selon le grade, mais toujours aux couleurs de la France, disait Colette, elle qui bientôt allait commettre le pire des crimes, contre son pays. La fanfare du village fait quelques fausses notes, l'émotion fait chavirer les plus braves. Joseph se tourne vers Pépère.

– Qu'est-ce que tu aurais donné à tes fils ?

La musique est assourdissante, on dirait que le vieux n'a pas entendu. Mais il met la main à sa poche, fouille un peu sans lâcher Joseph du regard, ouvre un étui en cuir et brandit un objet minuscule qui brille un peu.

– Ça ! Comprends-tu ? Ça !

Il fait claquer sa langue et remet prestement l'objet dans son étui.

– Pauv'bâtard, va !
La musique a cessé. On applaudit et puis on s'assemble par petits groupes. Basile, Maurice et Joseph restent à l'écart. Il fait froid. L'automne est bien avancé et les journées sont brutalement assombries. Je ne serai jamais des leurs. Je ne serai jamais de leur côté. Joseph rassure sa mère, la console de trop d'inquiétudes. Pour les autres, il est ce que son uniforme désigne : un sans-famille, un moins-que-rien, et il y a une ligne très nette entre eux et lui, une barrière infranchissable.

La guerre ici n'est pas finie. Elle explose encore dans les champs minés, les villages détruits, vivre ici c'est grandir sur les ruines. Il y a bien, en plus de l'orphéon des dimanches, quelques fêtes, les moissons, un mariage, un marché aux bestiaux, mais le maître absolu, c'est le travail. Celui de l'école est un temps arraché aux familles par la République, au début de l'automne, quand il faut rentrer les récoltes et se préparer à l'hiver, quand il manque encore tant de bras, c'est la déveine, une de plus. L'instituteur le sait. Il a beau expliquer que l'école est obligatoire, la plupart de ses élèves ne viennent en classe qu'après avoir aidé aux champs. Et Joseph est comme les autres, il arrive en retard, mais il est là tous les jours, l'inspecteur d'Abbeville vérifie les présences sur le registre de l'instituteur, et maman Louise aura droit à son indemnité. Maurice est dans la classe de Joseph, ils sont avec quinze autres gosses entre six et treize ans, onze garçons et quatre filles, mais eux deux sont différents, ils sont de l'Assistance, et ça ne se voit pas seulement à leur uniforme noir, porteur d'un deuil éternel, ça se voit à la façon qu'ils ont de se tenir à carreau. La plupart du temps. Ils sont repérés, ils viennent de la ville, le vice et les maladies, ce sont des fils de garces, des enfants de putains, d'avortées, de syphilitiques, de salopes. Ils viennent du cul. Ils n'y peuvent rien, les tares se transmettent, la médecine le sait et il y a un mot pour ça, que quelques-uns ici connaissent : « hérédité », ou plus simplement « mauvaise graine ». Ils ont ça dans le sang c'est tout, et on les connaît bien ces gosses depuis le temps que les nourrices font vivre les familles avec eux, que la campagne nourrit les tarés des villes, les mal nés. Joseph entend « les malmenés », puis « les mâles nés ». Et c'est bien mieux. Il s'est battu quand on a insulté sa mère, le maigrichon a une force surprenante, très vite on ne lui a plus parlé de cette putain, maintenant on le laisse tranquille. Mais entre lui et les autres, on sait faire la différence. Il a été surpris par sa propre violence, par la façon dont il ne se raisonnait plus, dont il était devenu ce qu'il ne voulait pas devenir, un garçon qui fait mal à un autre, qui l'abîme. Il a déchiré sa veste et c'est lui après qui s'est fait corriger par Pépère. Pourtant il fallait que les autres sachent tout de suite qu'on ne traite pas sa mère de putain. C'est ce « tout de suite » qui compte, il le sait. Attendre un jour de plus, une insulte supplémentaire, et se défendre ensuite n'aurait servi à rien. Il fallait être rapide. Le cul de Paris le plus hargneux du village. Le plus taré.

Joseph a soif d'apprendre tout ce que l'instituteur leur enseigne, tout ce qu'il sait, la connaissance comme un relief derrière la platitude des jours. Il passera son certificat d'études et sitôt reçu il partira d'ici. En attendant, il s'applique, et il s'habitue. Il aide à porter les sacs, comme il le faisait aux Halles, il aide à rentrer les foins, à cueillir les pommes, à ramasser les patates, ses mains ont changé, elles font du bruit quand il les frotte l'une contre l'autre, elles sont rêches, il a des douleurs nouvelles dans un corps nouveau. Ça n'est pas important. L'important c'est l'école.

Il fait des lignes et des lignes de jolies phrases, de mots souples et calibrés, sa plume ne tremble pas, ses cahiers sont bien tenus, il passe sa langue sur sa lèvre supérieure quand il s'applique, presque couché sur son cahier, comme s'il le cachait, il est seul dans l'odeur du papier et de l'encre fraîche, dans l'odeur aigre de son tablier noir, il est dans l'effort, les progrès, et tous les rêves possibles. Bientôt il écrira à la grand-mère, à Jacques et à Eugène, il sait qu'il ne les verra pas avant longtemps, l'hiver, ce monstre patient, le tiendra enfermé dans cette campagne hostile.

Très vite il se rend compte que les femmes des villes ne sont pas les seules à se faire traiter de putains. Les filles de la campagne se font insulter tout autant. Pépère n'hésite pas à corriger Marie en hurlant toujours les mêmes choses, les injures en patois ressemblent à celles en français et Joseph les comprend vite, elles disent, T'es qu'une putain, Viens ici sale garce, Ah ma salope, et comme ça jusqu'à ce que Marie pleure, recroquevillée dans un coin, et que Pépère s'en aille, épuisé par sa colère. Joseph aussi pleure, il a peur qu'il la tue, il a peur de la voir mourir, mais Marie se relève toujours et maman Louise demande à Joseph d'aller chercher Pépère, elle n'a pas besoin de préciser où, ni dans quel état il reviendra, et comment il faudra le mettre au lit. Joseph se demande s'il y a des insultes spéciales pour les hommes, ou si on doit obligatoirement passer par une femme, « fils de putain, fils de garce, ta mère est une salope ». Ici les filles de l'Assistance sont souvent punies, parce qu'elles sont « les fruits du péché » et des cas désespérés. Celle de la ferme d'à côté a disparu. Joseph ne l'avait vue qu'une seule fois, elle était presque transparente tant elle avait l'air doux, elle avait ce qu'ils appellent ici « un air de Parisienne », le pire qui soit. On dit qu'elle s'était laissé faire par son père nourricier, qu'elle l'avait même entraîné, c'est pour ça que les enquêteurs l'ont renvoyée, mais où renvoie-t-on quelqu'un qui n'a pas de maison ? Ici il y a autant de vagabonds qu'à Paris, des garçons qui ne sont pas même journaliers ou bergers, des filles qui ne sont ni glaneuses ni ramasseuses d'herbe, et tous se cachent des gendarmes et même du garde-champêtre, ils dorment où ils peuvent, mangent comme les bêtes sauvages, et personne n'est surpris quand ils disparaissent, ce sont simplement des enfants qui « s'évanouissent dans la nature ». Joseph imagine l'évanouissement de la pupille aux airs de Parisienne, elle est portée par le vent, et la lumière l'aime comme personne ne l'a aimée.

Plusieurs soirs par semaine, il va chercher Pépère au bistrot et le ramène à la ferme, son corps lourd transpire le vin. Il en a tant vu aux Halles, de ces hommes embrouillés d'alcool, ils gueulent des peines de gosses, des superstitions soudaines qui les foudroient, des vérités oubliées. Maurice a expliqué à Joseph l'histoire des deux garçons que les Maldue ont perdus, les deux chtiots dont maman Louise nettoie la tombe chaque dimanche après la messe. La coqueluche pour l'un, une pneumonie pour l'autre. L'air pur de la campagne ne les a pas sauvés. Maurice ne les a pas connus, tout ça appartient à un temps disparu, mais on dit que c'est depuis ce temps-là que Pépère ne joue plus dans la fanfare. À la mort de son deuxième fils, il a démonté son cornet à piston, et il a gardé l'embouchure dans sa poche, comme le font les mômes, pour s'exercer dès qu'ils le peuvent, il attendait la naissance du troisième fils pour remonter l'instrument, qui ne se lègue qu'aux garçons. Mais c'est Marie qui est née. Alors à quoi bon...

Un soir, alors qu'ils rentrent tous deux dans la lumière froide et les bourrasques brutales des premiers jours d'hiver, et que Pépère ne repousse plus Joseph mais se fait traîner par lui, conscient qu'il pèse sur les épaules du gamin, en rajoutant dans la résistance, ils croisent des paysans qui reviennent des champs.

Subitement Pépère se redresse, pris d'une panique respectueuse, il fait un salut militaire bancal et s'écrie :
— À nos braves soldats !

Les autres le regardent avec une gentillesse lointaine et continuent leur chemin. Leurs pas résonnent étrangement sur la route, eux-mêmes semblent posés de travers, mal ajustés. Certains ont des prothèses à la place des jambes, Joseph connaît ce claudiquement, Paris est plein d'hommes amputés, ils ont des jambes de fer, des outils vissés à leurs bras mutilés, des pinces à la place des mains, et ceux qui n'ont plus de bras vissent les outils à leurs épaules, les attachent à des corsets de fer, ce sont des corps habillés de ferraille et de boulons. À Paris personne ne les appelle « les soldats », personne ne les salue militairement, la guerre est finie, pas besoin de la rabâcher. À Paris on danse, on chante, on passe ses nuits dans les cabarets et les music-halls.

— Pépère ?
— Qu'est-ce t'as ?
— D'où qu'ils viennent ?
— Allez marche ! Merde alors c'que t'es lent !

Et comme souvent, entraîné par la fatigue et l'alcool dans une nostalgie égrillarde, il se met à chanter son éternel refrain en français : « Je l'appelle ma Glorieuse, ma p'tite Mimi, ma p'tite Mimi, ma mitrailleuse, Rosalie me fait les doux yeux, mais c'est elle que j'aime le mieux, plein d'adresse je la graisse, je l'astique et la polis, de sa culasse jolie à sa p'tite gueule chérie, puis habile j'la défile. » Il rit, tousse un peu et crache par terre. Joseph profite de ce moment de forfanterie :

— Dis, Pépère, tu l'as toujours sur toi, l'embouchure du cornet ?
— Je sais pas de quoi tu parles.
— T'étais le meilleur, hein, tout le monde le dit, le meilleur musicien de la fanfare.
— Personne s'en souvient.

— Mais c'est vrai que tu l'as toujours dans ta poche, comme l'autre dimanche ?
— Et comment qu'c'est vrai ! Dans ma poche et dans son étui en cuir, comme quand j'étais môme.
— Comment on fait ? Tu me montres, dis ?
Le vieil homme perd l'équilibre, il déteste les émotions, « les sensibleries de bonne femme ». Mais Joseph insiste, et il finit par sortir l'embouchure de sa poche, la place entre ses lèvres serrées et souffle, surpris lui-même par le son qu'il produit, un son puissant et sans grâce. Cela fait longtemps qu'il n'avait plus osé ce geste ancien, cette habitude ancienne. Ce vieux rêve.
— Le secret, c'est la langue. Les mouvements de la langue. Et puis le souffle. Le secret, c'est tout c'qui se voit pas, oui, monsieur, le cornet c'est un instrument de discrétion !
Si cet homme, à moitié incompréhensible et à moitié ivre, épuisé et titubant, peut faire sortir un son si puissant de cette minuscule embouchure, si cette embouchure placée dans le cornet peut faire naître toutes les musiques, et si cette musique peut le saisir comme l'orage, alors Joseph doit l'essayer. Il le veut de toutes ses forces. Mais il ne faut pas brusquer le vieil homme. L'air détaché il met les mains dans ses poches et siffle, comme il aimait le faire, le merle et puis *Ma mitrailleuse*, pour finir en beauté. Alors, d'un air sévère, presque menaçant, Pépère lui tend l'embouchure. C'est petit comme un oisillon, il faut lui apprendre à chanter. Un objet sacré et qui veut vivre. Joseph le lustre un peu contre sa manche, le réchauffe, puis le porte à sa bouche et souffle, lèvres serrées, bouche ramassée, il a l'impression qu'ils sont deux à respirer, que son souffle est entraîné par l'embouchure, il a envie de sourire tellement ça lui plaît, mais il ne faut pas que l'air se perde sur les coins de la bouche, il faut rester sérieux et concentré. Pépère le regarde avec une rancune admirative, puis lui reprend brusquement l'embouchure.
— C'est pas pour les bâtards.

– J'suis pas un bâtard, j'suis un légitime !
– T'es un ignorant puis c'est tout. Z'avez pas de cornets à piston à Paris ? Quelle misère...
– Tu me le prêteras encore, dis ?
– Non. Et surtout pas un mot à maman Louise. Pas un mot à personne. À personne, tu m'entends ?

Ils rentrent en silence. La nuit est tombée, qui sent la résine et le fumier, une odeur froide de forêt et d'étable. Leurs pas désaccordés font fuir les derniers oiseaux. Le sifflement résonne encore en Joseph. Pépère ne lui a pas laissé le temps d'essayer les mouvements avec la langue, d'amplifier sa respiration, de se détendre. Il pressent que souffler dans le cornet doit ouvrir tant de mélodies et tant de rythmes, seul ou avec les autres instruments. Il n'en a goûté que les prémices, il est sur le seuil d'un monde.

Maurice explique à Joseph que les mutilés croisés sur la route revenaient sûrement de la ferme à soldats. Maurice est né bien après la guerre mais on dirait qu'il ne connaît qu'elle, il ne sait rien d'autre de la vie. Il est arrivé chez maman Louise à trois jours, sa mère a voulu le reprendre, c'est ce qu'il dit, elle aurait écrit des lettres suppliantes au directeur de l'Assistance, soi-disant que sa situation s'améliorait, mais le directeur a dit que c'était des mensonges et que Maurice n'avait pas de souci à se faire, elle n'a jamais su où il était placé et elle est surveillée de près.

Comme Maurice n'en sait pas plus sur ce qu'il appelle « la ferme à soldats », Joseph demande à l'instituteur, qui lui donne des explications détaillées : la ferme est en réalité un « centre de rééducation agricole », on a placé là les invalides de guerre, car à la campagne on est heureux, on respire l'air pur et on mange bien. « Ces centres rétablissent la santé de nos mutilés. C'est un grand bienfait pour eux. Tu comprends ? » Il dit oui, et il met sur son visage un sourire aussi doux que celui de l'instituteur. Mutilés, pupilles de l'État, assistés. On est tous les enfants de la République. Et notre mère n'est pas une putain, puisque notre mère, c'est la France. Qui s'occupe de chacun. Mutilés. Orphelins. Des moitiés d'hommes et des moitiés d'enfants.

Dès qu'il le peut, Joseph traîne vers le centre de rééducation, le bois où les mutilés scient, font des fagots, et les champs où ils tirent les charrues à quatre chevaux, montent sur les merveilleux tracteurs Emerson. Il ne s'approche pas trop, les hommes le regardent avec un peu d'étonnement et pas mal de gêne, puis un jour l'un d'eux lui demande :
– Tu t'intéresses aux machines ?
– Oui, m'sieur.
– En quelques heures ce tracteur-là il fait le travail de plusieurs jours, tu te rends compte ?
– C'est chouette...
– Quel âge que t'as ?
– J'ai huit ans, m'sieur.
Joseph espère qu'il ne lui dise pas « Pauvre petit, va », car bien sûr il a vu son uniforme de l'Assistance, alors pour couper court il dit :
– Vous avez peut-être connu mon père, m'sieur.
L'homme blêmit. On dirait qu'un nuage passe sur son visage, Joseph se demande s'il y a un mot pour ça.
– Comment qu'il s'appelait ton père ?
– Il s'appelait Paul, mon père. Paul Vasseur.
– Tu sais, moi j'ai jamais combattu par ici, j'étais aux Éparges. La Meuse. Ça te dit rien, hein ?
– Si, la Meuse ça me dit ! Meuse : préfecture, Bar-le-Duc, sous-préfecture, Commercy !
– Ben voilà...
Le surveillant s'approche et l'homme monte sur le tracteur, il a calé sa prothèse sur le marchepied, et Joseph ne sait pas ce qui est le plus surprenant, un tracteur qui fait en quelques heures le travail de plusieurs jours ou une jambe en fer qui monte une marche.
– Reste pas là gamin, tu gênes tout le monde.

Le surveillant est un homme sans âge, sa peau est grêlée et rose, il a l'accent d'ici.

— C'est parce que je cherche mon père, monsieur. Il a combattu ici.

Il n'en revient pas d'avoir dit ça. Qu'est-ce qu'il en sait ? Qu'est-ce qui lui prend ? Mais c'est vrai qu'il le sent proche, il pense si souvent à lui au milieu de ces terres gonflées de malheurs. Et maintenant, ces anciens soldats... Joseph voudrait convaincre le surveillant. Son père est un héros ! Il n'est pas mort d'une grippe, c'est un survivant, il vit par-dessus les vivants, il... il les a enjambés ! Oui, c'est ça !

— Mon père, c'est un mutilé !

— Et pourquoi tu es de l'Assistance, alors ?

— Ben... comme mon père est... dans un centre agricole, hein... et ma mère... à l'hôpital, c'est temporaire, vous comprenez ? Je suis pas... un abandonné... ou un orphelin moi, ah pas du tout !

— Allez, allez, file tu déranges tout le monde, ici c'est pas un endroit pour les mômes !

Il s'en va tout étourdi. Pourquoi a-t-il fait revivre ses parents ? Il voulait simplement être ami avec ces hommes qui sont soldats même dans la paix. Ils pouvaient lui parler de son père, ils lui ressemblaient. Il en est sûr.

Et puis Joseph commence à faire quelque chose de mal : au bistrot, avant de ramener Pépère à la ferme, souvent il le laisse boire deux ou trois verres de plus, ça l'affaiblit un peu. C'est comme ça qu'un soir, plus amolli que les autres soirs, plus sentimental aussi, arrivé à la ferme, le vieux l'entraîne dans la réserve à bois et lui dit de l'attendre. Il revient avec une vieille boîte grise qu'il ouvre en vacillant et d'où il sort un cornet à piston en morceaux, un vieil instrument désarticulé, sale et grisâtre, rien à voir avec les cornets étincelants de la fanfare, et puis il le remonte avec des gestes doux et précis, malgré ses mains qui tremblent, sans un mot, sans un regard pour Joseph, il reconstitue l'instrument : cylindres, pistons, coulisses et une multitude de pièces éparses. Son cornet est si sale et si sombre qu'on dirait qu'il s'est recroquevillé sous la honte, entortillé et ramassé sur lui-même, et quand enfin il est remonté, Pépère le regarde avec une colère intense et Joseph croit qu'il va fracasser l'instrument. Mais sans lâcher le cornet des yeux, il dit simplement à Joseph de foutre le camp.

Ce soir-là maman Louise ordonne à Joseph de passer la soirée et la nuit à l'étable, parce que la vache est grosse. Elle est loin de mettre bas, et personne ne la surveille spécialement, même si c'est un sacré événement, la première fois que les Maldue vont avoir un veau à vendre, et ils spéculent sur la chose, on dirait que de fermiers ils vont passer maîtres du comté.

Le lendemain Maurice dit à Joseph qu'il y a eu du grabuge, et pour une fois ce n'était pas le vieux qui cognait, mais maman Louise qui criait, elle a même dit les noms des deux fils morts, des noms qu'on n'entendait jamais.

Mais au matin tout est oublié. Le silence revient. Et il n'est plus question de musique.

Quelques jours plus tard il faut sortir à la main le veau pas fini, « mort-né », un mot glaçant d'horreur. Les Maldue redeviennent pauvres et sans rêve.

Un soir, en rentrant du bistrot, Pépère a ce geste que Joseph n'attendait plus, il lui prête une nouvelle fois l'embouchure. Il n'hésite pas une seconde, il prend l'objet magique et ainsi plusieurs soirs de suite. Il souffle dans l'embouchure avec le respect dû au privilège et l'envie que ça ne finisse jamais. Au début le son est aigre, et puis à force, il s'éclaircit, devient pur, et c'est une magnifique récompense. « Tiens-toi droit, bordel ! dit Pépère. De la dignité ! Et n'oublie pas : l'important, c'est l'attaque ! L'attaque ! » Et Joseph se tient droit, ouvre ses épaules, son ventre, ses reins, les vibrations chatouillent ses lèvres, l'intérieur de sa bouche, comme un baiser, un baiser au goût de cuivre. Au fil du temps il ose des rythmes différents, saccadés, détachés, liés, doux, il n'en revient pas de tout ce qui est possible, et il comprend que jusque-là il a respiré sans y faire attention, il ne savait pas qu'il y avait deux voix en lui : celle de la parole et celle de la respiration.

Mais un jour, ils voient maman Louise arriver depuis le bout du chemin, elle marche vite, son chignon s'est défait et ses longs cheveux gris flottent dans le vent, c'est une image nouvelle, une vieille jeune fille, pense Joseph. Une fois à leur hauteur, sans un mot, elle tend la main, et Pépère lui donne l'embouchure, comme ça, simplement. Elle la met dans la poche de son tablier et elle repart, sa silhouette est aussi noire que la nuit qui vient, ses cheveux gris sont la seule chose que l'on voit d'elle. Joseph comprend qu'il n'apprendra plus jamais le cornet, ce ne sera plus jamais lui qui ramènera Pépère du bistrot, ce ne sera plus jamais à lui que l'on fera confiance. Le regard de maman Louise lui a fait mal, pas parce qu'elle était en colère, mais parce que ce regard disait : « Ça m'étonne pas de toi. » Après ça, elle continue à être la mère nourricière de Basile et de Maurice. Lui, il voit qu'elle a envie de l'échanger contre un autre, lui, elle le nourrit et c'est tout.

Alors le rêve prend peu à peu le pas sur la réalité. Joseph devient son propre ami, un ami plus drôle que lui, plus fantaisiste, qui lui chante des chansons, l'accompagne partout, fait surgir son père parfois, au détour d'un chemin, son père qui lui fait un signe de la main et puis repart au front, d'un pas rythmé, que Joseph accompagne en musique. Ils sont là tous les deux, le père et le fils, en famille. Dans la Somme. En 1917. Ou 1918. 1919. Les dates s'embrouillent un peu.

Un soir Joseph quitte l'école après une journée d'orage, et bien après Maurice. Il a eu le droit de passer l'éponge sur le tableau noir, de ranger les craies, et il s'est attardé un peu à regarder la grande carte de France. Paris. Abbeville. Ce n'est pas très loin. Quand il sort de l'école il fait presque nuit, l'air humide est glacé, l'orage a désordonné la nature, et il rentre à la ferme dans ce paysage malmené, il longe les champs ras, les petits murs de pierre, les maisons basses si éloignées les unes des autres que seuls les aboiements des chiens les relient. Il revoit sur la carte le tracé du petit chemin bleu et tortueux qui relie Paris à Abbeville. Il pense à son père sur la photo de mariage, à son père sur la photo déchirée de la grand-mère, le petit garçon accroché aux jupes de Florentine, quelle ressemblance entre les deux ? Quel rapport ? Et plus il marche dans ce pays mouillé, plus il pense à Paul Vasseur, et plus Paul Vasseur se précise. Et soudain, il est face à lui, quelques mètres plus bas, vers le ruisseau qui longe les grands champs de betteraves. Mais pour une fois, il ne lui fait pas signe de la main avant de s'éloigner pour la guerre. Il lui fait signe de venir, avec de grands mouvements des bras il lui dit de le rejoindre, le cœur de Joseph s'affole, et il court vers lui, il est un bon fils il obéit à son père, et du plus vite qu'il peut. Ses sabots claquent dans les flaques de boue, il salit son uniforme, quelle importance, il va vers son père, et il est crotté comme un soldat, lui aussi. Mais son père s'évanouit d'un coup dans la brume du soir. Joseph ne l'a pas rejoint assez vite. C'est fini. Il regarde partout autour de lui. C'est vraiment fini.

Il marche encore un peu, il se sent seul, il se sent bête. Il a dépassé depuis longtemps la ferme des Maldue, qu'est-ce que ça peut faire, c'est pas eux sa famille, sa famille c'est Paul et Colette, et pour la première fois il se dit que ces deux-là se sont peut-être retrouvés, oh comment a-t-elle fait Colette pour expliquer Augustin, et le crime de l'avortement, est-ce que tout est pardonné ? Il pense à Paris, à la grand-mère qui doit le guetter pour peu qu'on ait mis son fauteuil près d'une fenêtre, barreaux ou pas, elle a l'œil et se rappelle les jours anciens. Elle doit être avec ses fils maintenant, dans ses souvenirs, et il se sent bien, il est à l'abri dans la folie de Florentine. Il pense à elle, à son enfance avec elle, et il voudrait retrouver les deux. Il sifflote pour l'appeler, il sifflote parce qu'il aime ça et qu'il s'applique à positionner ses lèvres et sa langue comme s'il soufflait dans un cornet, un instrument qui serait ses poumons déployés, qui serait les chansons dont il se souvient, qui dirait ce qu'il ressent et ce qu'il cache au fond de lui.

Il fait nuit maintenant, et on dirait que c'est lui, l'homme ivre qui rentre, épuisé par ses divagations, comme Pépère. Et puis le cafard le submerge. Est-ce que c'est vraiment lui, Joseph

Vasseur, qui marche seul dans cette campagne atroce, est-ce que c'est possible cette histoire de famille nourricière, de parents morts et d'Assistance publique ? On dirait qu'on l'a sorti de sa vie par erreur, qu'on l'a posé là et puis qu'on l'a oublié. Et soudain, il est las de tout. Il s'assied contre un arbre, le tronc est trempé, le sol est trempé, tout est gorgé d'eau et de froid. Pourtant il s'assoupit. Il dort longtemps. Quand il se réveille il est engourdi, pris par la douleur tenace de la froidure et de l'humidité. Son pantalon est trempé, ses pieds aussi. Il tremble et il claque des dents. Il ne sait plus ce qu'il fait là. Il a faim. Il veut retourner à la ferme, aller à l'école, il rebrousse chemin le plus vite qu'il peut, plus il marche, plus le froid se défait de lui, comme des bras qui s'éloignent, il est désentravé, il revit. Le jour se lève, les pointes de soleil clair au ras des champs gelés font chanter les oiseaux, tout est neuf, la lumière écarte lentement le paysage, c'est comme une invitation. Le souffle de Joseph est chaud, son pas assuré. Il a drôlement faim. La pomme que lui tend l'arbre, il la cueille, le seau de lait sur la charrette, il le boit, il reprend des forces, il veut être à l'heure pour mener la vache au pré. Il pense à la chaleur de l'étable, au premier giclement du lait dans le seau, à toutes ces paysannes qui allaitent les enfants des villes depuis toujours, et pas seulement les assistés, les riches aussi, les importants, oui ! Napoléon III ! Félix Faure ! Il paraît qu'il y a même des femmes qui laissent leur propre bébé à garder pour aller à Paris nourrir ceux des autres ! Elles font le déplacement. Maurice le lui a dit. Bien sûr il faut qu'elles soient jolies et en bonne santé, et après, on les voit revenir au pays et, on peut le dire, elles ont un sacré petit pécule ! Il pense « les mamelles de la France », et son rire coquin le surprend lui-même. Il se met à courir.

Il n'est pas six heures quand les gendarmes l'arrêtent. Il est d'accord pour les suivre, il a les pieds meurtris et le chemin est encore long jusqu'à la ferme. Les gendarmes remercient le paysan qui a trouvé Joseph, l'homme triture son béret : « Cette fois-ci vous oublierez pas ma prime, hein ! » et il s'éloigne en grommelant sa rancune. Joseph pense au pantalon sec, au lait chaud, à la tranche de pain, à ses leçons qu'il n'a pas révisées, à la punition que va lui donner l'instituteur, et avant ça, à la correction que va lui infliger Pépère. À maman Louise qui ne le défendra pas. Mais ce ne sont ni son père nourricier ni son instituteur qui puniront Joseph. Le petit garçon est un fugueur, un voleur et un vagabond. Il ne le sait pas encore, mais il est un hors-la-loi.

C'est beau comme un château mais ce n'est pas un château. Il n'y en a pas à Paris. Et Joseph est à Paris. Il sent la ville autour de lui, tous ceux qu'il a connus, aimés, ceux qui ont vécu ici en même temps que lui, les mêmes jours les mêmes cieux, tous sortent des taudis, des immeubles, des logements ouvriers, des entrepôts, des péniches, des cafés, ils sont les Parisiens, le nom de la capitale est marié au leur pour toujours, les Parisiens qui ne sont pas les culs de Paris, mais les bras, les jambes, la force et la magie de Paris. Il plaque son front contre la grille du fourgon, le panier à salade, le gendarme lui en fout une mais c'est plus fort que lui, il regarde encore. Paris lui a tellement manqué, la ville est une fanfare et lui, un instrument de cette fanfare, ils jouent la même musique, et la grand-mère l'entend peut-être, les fous sont capables de ces choses-là, entendre ce qui se joue en silence, et elle serait bien heureuse de le savoir ici. Est-ce qu'elle a compris qu'il était placé ? Est-ce que quelqu'un le lui a expliqué ? Pas seulement une fois mais tous les jours, et plusieurs fois par jour, pour qu'elle le comprenne bien et qu'elle ne s'inquiète pas, son petit-fils est vivant, et aujourd'hui il est là ! Il a envie de le crier, Je suis là !

Ils entrent dans le château tout en haut de la rue de la Roquette, cette rue qui commence à la Bastille et remonte longuement jusqu'au cimetière du Père-Lachaise, le chemin d'une vie. Ils entrent et il sait bien que ces tours, ces hauts murs, ce n'est pas un château. Il sait comment ça s'appelle et à quoi ça sert. Tout le monde le sait. Ça s'appelle « Maison d'éducation correctionnelle », c'est la prison de la Petite Roquette. Il sait aussi qui on y enferme. Les mineurs vagabonds, mendiants, délinquants, tous les gosses que la République protège et ne laisse pas dehors. Mais ce qu'il ignorait, c'est que le directeur de l'agence d'Abbeville était un père si consciencieux, il sait tout, ce père-là, et il n'oublie rien : Joseph a quitté plusieurs fois la ferme des Maldue, dès les premiers jours de son placement, et il s'est battu souvent, à l'école et dans les champs, il s'est mutilé aussi, contre le grand tilleul derrière l'église, il n'a aucun sentiment religieux, à la messe il regarde le plafond, lève les yeux au ciel avec un air de blasphème, quitte le cimetière quand on récite les prières, et avant sa dernière fugue, avant le vagabondage, les vols de la pomme et du lait, il traînait souvent du côté du centre agricole, montrait une curiosité malsaine pour les mutilés (peut-être faut-il y voir un rapport avec sa propre mutilation contre l'arbre), et là, il inventait des mensonges sur sa famille et sur son placement, l'Assistance publique et ses parents nourriciers... Sa mère nourricière n'en peut tout simplement plus.

La liste n'en finissait pas. Le procès-verbal a été long à rédiger. Aussi long que le rapport anthropométrique. On ne lui a pas seulement mesuré la taille, mais la tête aussi, et le pied gauche, le médium gauche, le front, le nez, l'oreille droite, la coudée, on a soulevé ses lèvres, ses narines, tiré ses cheveux, ses oreilles, décrit son visage, ses sourcils, son iris gauche, la forme de son crâne, de son front, de ses hanches, de ses fesses, on l'a pris en photo, de face, de profil, on l'a pesé, palpé, ausculté, interrogé, regardé marcher normalement puis sur la pointe des pieds, doucement puis plus vite, et tous les mots et tous les chiffres qui s'inscrivaient sur le registre semblaient parfaitement se correspondre, les mesures de son visage, de son dos, l'écart entre ses sourcils, la forme de son nez, tout disait son jeune âge, ses carences, son vice. Son hérédité.

Dès qu'il entre il reçoit le froid de la prison comme il recevrait une porte sur la figure, quelque chose d'imparable et contre quoi on ne peut rien. Le froid vicié, pareil aux bêtes crevées, aux pourritures oubliées, le froid le prend à la gorge. Et il est seul avec ce froid-là. Après les gendarmes, les juges, les médecins, les directeurs, tant de mains sur lui, jusqu'aux parties les plus intimes de son corps, tant de questions, d'ordres et de sentences, après les marches, les trains, les fourgons, après cette bousculade vertigineuse, il est seul. Dans sa cellule noire et blanche. Noire en bas. Blanche dans l'autre partie, bien plus haute que lui, et jusqu'au plafond. Et même si le blanc est crasseux, c'est une coupure nette. À lui, l'obscurité, le mur sombre sur lequel sont creusées des lettres mystérieuses et tordues : « M.A.V. », « B.A.A.D.M. ». Qu'est-ce que ça veut dire ? Ça n'a pas d'importance. Joseph s'en fiche. Il est obsédé par le froid. Et par autre chose aussi. Une chose indéfinissable mais qui pèse, se colle partout, comme une ventouse. Et le tient. Il regarde la cellule minuscule. Planche. Matelas de paille. Planchette. Chaise. Scellés au mur, au plancher. Fenêtre trop haute pour deviner le dehors. Il traque cette chose épaisse qu'il sent mais ne voit pas. Il sait qu'on le regarde. Il sait que derrière le guichet de sa porte le surveillant ne le quitte pas des yeux, et que lui-même est surveillé par le gardien depuis la tour centrale, c'est comme une pyramide, quelqu'un regarde quelqu'un, qui regarde quelqu'un, un seul voit tout le monde. Joseph s'assied sur le lit. Aussi dur que celui de la ferme des Maldue. Plus sale. Tant pis, il n'en peut plus, il s'allonge. Que va penser le surveillant ? Un paresseux. Un vicieux. Surtout ne pas toucher son sexe, essayer d'empêcher cette manie qui apaise pourtant. Il pose la couverture sur lui. Elle pue. Quelqu'un a vomi dessus. S'est torché avec. Ou est mort dedans, qui sait ? Il la rejette. Ses dents claquent si fort qu'il se blesse l'intérieur des joues. Le goût de son sang le rassure. Il reprend la couverture. La rejette encore. Se couche en boule, la tête sous la chemise de son nouvel uniforme, plaque ses mains contre ses aisselles. Et il sent toujours cette omniprésence lourde, cette chose inhabituelle qui le menace, il a du mal à respirer. Soudain il sursaute comme si on venait de le piquer violemment. Un chat est passé au-dessus du soupirail et il a miaulé. Son miaulement a brisé la masse compacte qui pesait dans l'air. Dans cette cellule sans chauffage, et dans les centaines d'autres, dans cette immense prison ronde aux bras de tentacules, derrière ces grilles, ces grillages, ces barreaux, ces pierres, ces cloisons, ces tours, ces passerelles, ces couloirs, ces portes, ces guichets, ces judas et ces verrous, il n'y a qu'un seul maître. Il est la trouvaille disciplinaire. La méthode. Le sauveur. Il est le silence.

Il est plus grand que lui, ce silence. Et il a l'impression qu'il est entré en lui par tous les trous, pas seulement les oreilles, mais les yeux aussi, et les narines, la bouche et même le cul, oui, il est bouché par ce silence, il n'arrive pas à aller sur la tinette, il pense que le surveillant se marre quand il le voit pousser, dit des choses honteuses sur lui, ce maigrichon aux jambes qui tremblent, aux bras qui tremblent, ce vieil enfant qui lève les yeux vers le soupirail, mais ce n'est pas ce qu'il croit, il n'espère aucune évasion, il guette le chat, il veut l'entendre encore, et le voir aussi, même son ombre ce serait bien, et peut-être que s'il sifflait le chat l'entendrait. Siffler est interdit. Comme crier. Parler. Chanter. Tousser. Éternuer. On n'a pas le droit. Pleurer. On n'a pas le droit. Briser le silence serait comme recracher un médicament, refuser d'être guéri, car le silence est, avec la solitude, le remède à toutes leurs déviances. Allongé, Joseph enfouit la tête sous sa chemise et il se parle : « Joseph Joseph Vasseur », pour ne pas s'oublier. Il ne sait pas ce qui pue le plus, son haleine ou la couverture qu'il a fini par accepter, ça a bien dû faire marrer le surveillant, il fait des paris peut-être, combien de temps il va faire sa chochotte, combien de temps il va se croire le plus fort, le merdeux ?

Un matin le surveillant ouvre grand la porte de sa cellule. Donne un coup de sifflet. Joseph avance, il pense qu'il va être emmené quelque part. Le surveillant lui fait signe de reculer, de s'asseoir sur son tabouret. Il perçoit le courant d'air dans le si long couloir qui mène à la haute tour centrale, on ouvre toutes les cellules. Le cœur de Joseph recommence à devenir fou, il plaque la main sur sa poitrine. Le surveillant pose un cahier, de l'encre et une plume sur la planchette. Une voix forte, lointaine, s'adresse à tous. C'est la voix du savoir. La dictée.

La main de Joseph tremble tant quand il se saisit de la plume et la pose dans l'encrier qu'elle en raye le fond, puis il fait une énorme tache sur la feuille, pose son bras dessus pour que l'uniforme la boive. Il est en retard, la dictée a commencé, s'il continue comme ça on va tout lui reprendre. « Chaque travailleur dans sa cellule, chaque âme dans son alvéole… » Une autre goutte tombe de sa plume à la feuille. Tache sur tache. Il n'écrit pas, il écoute : « … une heure de repos, une heure de jeu dans une petite cour à quatre murs, la prière soir et matin, la pensée toujours ». On dirait ici, pense Joseph. C'est presque nous. « Le système cellulaire commence. Il est admirable à côté du système de l'emprisonnement en commun. » Oui… c'est ici. Sans la vérité d'ici.

Il n'a pas de dictée à rendre. Il n'a pas écrit le texte qui glorifie la Petite Roquette. Mais le nom de l'auteur avec les belles majuscules, il va l'écrire. Il va leur montrer qu'il n'est pas un taré d'analphabète, et même, cet auteur, il le connaît ! Il le connaît très bien. Il se penche sur la feuille maculée d'encre, il y reste un peu de place, juste en bas pour le nom de l'écrivain célèbre. Avec beaucoup de respect Joseph trempe de nouveau sa plume dans l'encrier, la cogne doucement contre les bords, s'applique pour tracer un V aussi beau qu'une enluminure, un

V victorieux, une majuscule parfaite. Et il continue, sans trembler, comme s'il y avait une ligne en dessous pour tenir bien droits le prénom et le nom de l'auteur, et soutenir sa gloire : Victor Hugo.

Il repense à la si jolie phrase : « Chaque travailleur dans sa cellule, chaque âme dans son alvéole. » Qu'est-ce que c'est « l'âme » ? Les enfants n'en parlent jamais. Les adultes disent « une âme en peine », « paix à son âme » ou parfois dans les poèmes « mon âme », qui veut dire « mon amour ». Âme est peut-être le petit surnom d'amour ? Comme si Victor Hugo avait pensé « chaque amour dans son alvéole » ?

Aujourd'hui justement c'est dimanche, et chacun, un sac sur la tête, une corde au pied reliée au pied d'un autre, va longer les couloirs qui mènent à la chapelle. Joseph entend les pas de ceux qui s'avancent, cette douce procession aveugle. Ils sont des centaines à approcher leur âme de Dieu, ils grouillent le long des bras tentaculaires de la prison comme des bestioles sous la peau, on n'entend que le bruit de leurs pas et les ordres des sifflets, un peu de remue-ménage bien sûr quand on arrive dans la chapelle et que chacun prend à tâtons place dans sa case. Le bruit du bois qui craque, des pas et des sifflets qui résonnent dans le grand vide, ça semble si long à Joseph, quand il est désentravé et enfermé dans son alvéole, de garder le sac sur la tête, d'attendre que tout le monde soit assis, sur des dizaines de rangs aux dizaines de box, cette descente du haut jusqu'au chœur, où se tient l'aumônier. Son souffle l'asphyxie, et il a peur. Ainsi ils sont là. Les gentils et les méchants. Les petits chatons et les chiens féroces. À part bien sûr ceux qui sont punis de messe, qui sont au cachot, l'isolement dans l'isolement, la punition dans la punition.

Enfin, on siffle pour qu'ils retirent leur cagoule. Alors ils voient. Ils voient qu'ils ne se voient pas, mais que la lumière blanche passe à travers le vitrail sans couleur, ils voient que l'aumônier a ses beaux habits de serviteur de Dieu, ils voient les coursives où se tiennent les surveillants qui ont ôté leur képi par respect pour la religion, ils voient le tableau noir où est inscrite à la craie une phrase immortelle tirée de l'Évangile, et la statuette de la Vierge Marie, si petite face à ces centaines d'enfants, ses bras légèrement écartés, ses mains ouvertes, comme si elle s'excusait de son impuissance, et au-dessus d'elle son fils écartelé, à moitié nu, ses bras maigres, ses jambes tordues, ses mains clouées, ses pieds cloués, le fils au visage renversé.

L'aumônier prend la parole. Il parle de la noirceur de leur âme, de leur vice, de la vengeance de Dieu, de sa colère redoutable. Dieu le père. Qui sait tout. Qui voit tout. L'aumônier est son employé, son relais sur terre, il est là pour les prévenir de sa morale et de ses sanctions, le terrible Jugement dernier, celui après lequel il n'y a plus rien, aucun rachat possible : c'est bientôt l'enfer et ses flammes, POUR L'ÉTERNITÉ ! Il s'agite, son aube tourne autour de lui et ramasse la poussière, sa barrette manque tomber, il est chauve en dessous, ça se voit. Il fait des pauses parfois quand ce qu'il dit est tellement important et il les regarde tous avec l'air revêche d'un voyou, l'air de celui qui cherche la bagarre. Celui-là, si on le croisait dehors... si on le retrouvait plus tard, dans les rues qui sont à tout le monde... celui-là, s'il sortait de son église... Paris derrière les murs. Paris qui n'a plus besoin de Joseph. Paris qui ne se souvient même pas de lui. Ils sont des centaines comme lui. Oubliés, insauvables, remplaçables, le cœur pourri, noirci de péchés. Il imagine les cœurs moches de tous les autres autour, il a envie de voir leurs visages, leurs regards de tarés et d'irrécupérables, il se demande si Lulu est là, si les gendarmes ont fini par l'avoir et comment font les chanteurs de rue pour vivre dans ce silence. Est-ce qu'il y a ici des gamins qu'il connaît ? Des Parisiens de son quartier ? Il pose son ongle sur le bord de son box et gratte le bois comme il gratterait sa peau, ça le démange, cette cloison, il a envie de se lever, de tous les regarder, de crier son nom et d'en avoir le cœur net. Qui me connaît, les gars ? L'aumônier donne la communion à ceux des premiers rangs, il voit son bras prendre une hostie dans le ciboire, se tendre et recommencer, on dirait qu'il distribue des cuillerées d'huile de foie de morue. Joseph gratte encore, il ne peut plus se taire, il va hurler c'est sûr, il gratte le bois au rythme saccadé de sa respiration. Confession. Repentir. Damnation. Ses dents grincent, il grimace, ses ongles grattent toujours, ils saignent maintenant contre la paroi de l'alvéole, et cette envie de crier... Il cesse de gratter. Il écoute... là, tout près de lui... il se passe quelque chose... Son cœur se met à galoper. Il y a, de l'autre côté de la cloison, une main qui gratte, alors il frappe un tout petit coup, et on lui répond, il recommence, et on lui répond encore, il change de rythme, et on l'imite, il plaque sa paume à plat contre le bois et il entend la vibration de la paume qui se plaque contre la sienne, comme s'ils scellaient un accord, il voudrait plaquer ses deux mains, il voudrait taper contre la cloison comme sur un tambour, il voudrait se lever et crier. Il pousse son cri en silence vers le dôme de la chapelle, la tête renversée vers ce plafond qui ne s'ouvre pas mais il s'en fout, lui il imagine le ciel, le ciel sans les anges et sans les saints, sans les élus et sans les justes, le ciel des tarés, des vicieux, des perdus, des irrécupérables, des voyous, des vauriens, des mauvaises graines, des mal nés, des damnés, des culs de Paris, des bâtards, des illégitimes, des enfants naturels, des enfants du péché, des enfants de l'amour. Des enfants de l'âme.

Certains matins, portés par le vent, il entend les bruits de Paris, c'est très loin, des échos, des fins de bruits, comme si la ville lui tournait le dos. Il écoute et il essaye de reconnaître. Une marchande des quatre-saisons ? Un tramway ? Des voitures ? Des chevaux ? Un rassemblement ? Il y a tant de gens dans les rues, des vendeurs, des camelots, des chanteurs, des ouvriers, des rémouleurs, des vitriers, des chiffonniers, des matelassiers... Est-ce que ces gens savent que les enfants sont là ? Quatre cents. Non. Cinq cents. Quand même... cinq cents... on va finir par être réclamés, pense Joseph. Mais parfois il se dit que tout ce bruit, c'est simplement celui d'une foule, une foule qui revient, celle dont lui parlait la grand-mère, celle qui depuis les balcons loués, les arbres, les terrasses, la cour regardait ce qui arrivait aux criminels. Le spectacle éducatif de la guillotine. Et même si la prison de la Grande Roquette a disparu, de l'autre côté de la rue, la foule est toujours là, Joseph en est sûr, elle n'a pas changé. Elle guette les châtiments.

Chaque jour il sort de sa cellule. Il a honte de tituber comme ça, c'est la joie qui lui fait ça, une angoisse. Il veut profiter de la récréation mais l'émotion le fait parfois chialer, et le surveillant l'appelle la femmelette, la lopette, la tapette. À la récréation, toujours il regarde le ciel, et il a envie de le boire, il renverse la tête et ouvre la bouche, « Joue, bordel ! ». Le gardien invisible déteste le voir boire le ciel, il croit qu'il communique avec le gars du promenoir d'à côté, de l'autre côté du mur. « Tourne ! » Il tourne en sautant à cloche-pied, il a mal aux jambes, mais il faut bouger, il fait si froid, bientôt le ciel lui enverra de la neige, oh il aimera ça, la neige dans la bouche, et le temps sera plus doux. Quand le soleil perce la masse gelée du ciel, ça fait du bien sur la peau, Colette disait que c'était de la vitamine, les chétifs des taudis n'en prennent pas assez, après ils ont le scorbut et la tuberculose. Il ne faut pas penser à Colette. Elle serait furieuse, et malheureuse aussi, elle deviendrait folle oui, si elle voyait où on a mis son roseau. Son roseau chéri. Il ne faut pas penser à ces surnoms. Ils sont trop vieux maintenant. Il faut penser à se réchauffer. Joseph saute, lève les bras, frappe des mains, « Tourne, bordel ! ». Joseph tourne en lançant les bras contre son dos, se donne de petites tapes et ses mains ne dépassent plus, de toute façon le mur est trop haut, le gars d'à côté ne pourrait pas les voir. Et il se demande comment sont les garçons qui tournent en même temps que lui derrière les deux murs latéraux, un dans chaque courette. Ils en sortiront avant ou après lui, alors comment savoir si ce sont des petits de six ans ou des grands de vingt ? De tout petits chatons ou des chiens féroces ? Il doit en avoir peur ou pitié ? Il a tout le temps peur. Et il a faim, et froid. Ici il n'y a pas de chauffage, et même si la République les protège de la rue, elle ne les protège pas du froid qui vient de la rue et de la mort qu'il apporte, c'est une mort brutale, clac ! Comme un coup du lapin, les pinces des soldats mutilés, le froid a des mains rapides, clac ! Vous êtes endormi et il vous brise la nuque, vos poumons sont gelés, deux éponges prises dans la glace, alors le souffle ne peut plus passer, votre corps est le corridor de la mort. Les enfants meurent de froid ici, et très souvent, Joseph l'entend. Ça résonne différemment une porte de cellule qui laisse passer un mort, c'est d'une lenteur inhabituelle. À moins que tout cela, il ne l'imagine, comment savoir ? Comment deviner ce qui est vrai ? Parfois il n'arrive même plus à reconnaître le jour de la nuit, la lumière est tout le temps allumée, pour que les surveillants ne les perdent jamais de vue.

Quand il rentre du promenoir il est épuisé. À peine dix minutes dehors et il s'assied sur son lit en soufflant comme un vieillard, il est fragile, il pourrait attraper la tuberculose ou le typhus dans cet immense taudis aux airs de château, il est si maigrichon, les virus pourraient passer à travers sa peau et le manger de l'intérieur. Alors il se force à marcher dans la minuscule cellule comme s'il était dehors, ferme les yeux et imagine d'autres paysages, et sans émettre le moindre son, positionne sa bouche comme s'il voulait souffler dans l'embouchure du cornet, il ne faut pas seulement muscler ses jambes et ses bras, il faut muscler aussi ses lèvres, c'est le secret des bons cornettistes. Il se concentre sur sa respiration, mais il a si froid, elle demeure dans son ventre et ne se déploie pas, sa poitrine lui fait mal quand il respire trop fort. Le surveillant a repéré son petit manège. De plus en plus souvent il entre dans sa cellule en criant : « La bouche en cul-de-poule, ma poule ! » Et parfois réclame « Un baiser, un baiser ma poulette ! », ses lèvres arrondies sous la moustache grise, ses yeux étrécis et rigolards. Rien ne fait plus peur à Joseph que le visage de cet homme-là. Son rire aigre. Ses mains qui s'agrippent à lui, de plus en plus souvent le tâtent, et s'attardent.

Puis il finit par venir une nuit. Et une autre nuit. Et encore une autre. Et c'est toujours la même chose. Il ouvre doucement la porte, se couche contre Joseph, souffle dans son cou ses jérémiades et ses suppliques, pose ses mains aux endroits les plus interdits, dit que c'est à lui tout ça et qu'il va se servir. Joseph fixe sur le mur les lettres gravées : « M.A.V. » Ça veut peut-être dire « ma vie » ? Et puis il comprend, c'est simple comme bonjour. M.A.V. : « Mort aux vaches », bien sûr. Mort aux vaches, aux flics, aux gendarmes, et tandis que le surveillant fait ce qu'il a à faire, Joseph mord son poing pour ne pas hurler et se répète qu'il ne lui arrive rien, il n'est pas là, il est ailleurs, très loin, et il appelle sa respiration à l'aide car il s'asphyxie sous la douleur, la déchirure et la honte. Il se laisse faire. Il ne proteste pas. Il ne se défend pas. Pas un geste pas un mot. Il sait ce qui peut se passer s'il se défend. Il a entendu une nuit les surveillants se mettre à plusieurs pour corriger un gars. Alors, oui, il vaut mieux le silence et l'obéissance. Comme s'il acceptait ce qui lui arrive. Comme s'il le méritait peut-être. Comme s'il ne valait pas mieux.

Chaque âme dans son alvéole.

Parfois le surveillant lui apporte de quoi écrire. Il a le droit d'écrire des lettres ! Il faudrait dire ce qui se passe ici, écrire « VENEZ ! » et lancer la feuille par le soupirail. Avertir qu'on est là. Au cœur de Paris. Des centaines d'enfants qui meurent de froid et de faim. Mais qui s'en soucie ? Lui, quand il vivait en bas de la rue de la Roquette, il ne s'en souciait pas et il n'a jamais entendu personne dire qu'il fallait prendre des nouvelles de ces gosses, on ne remarquait pas leur absence, et il n'y avait aucune différence entre leur présence et leur disparition. La grand-mère elle... elle se souvient de lui, il est pris dans son amour fou et délirant, il fait partie de ses garçons perdus et aimés. Il lui écrit : « Grand-mère chérie ». Ça fait drôle de lui parler de nouveau, ces mots qui étaient si simples avant deviennent solennels. « Grand-mère chérie »... Il écrit difficilement, ses doigts sont bouffés d'engelures. « Je suis à la prison de la Petite Roquette. S'il te plaît, réclame-moi ! Joseph, ton petit-fils qui t'aime. » Le surveillant ramasse sa lettre. Revient plusieurs fois avec de l'encre et du papier. Alors Joseph recommence. Des lettres courtes, bien écrites, avec parfois des petits repères : « Tes fils s'appelaient Paul, Marius et Lucien », « Pendant la guerre de 70, tes patrons ont mangé leurs chevaux. » Il passe des heures à tenter de se rappeler comment s'écrivent certains mots, beaucoup sont très loin de la façon dont on les dit, on ajoute des voyelles, des accents, des x, on double des lettres, il a l'impression de tricoter de travers, ses mots s'entortillent et deviennent moches, mais la grand-mère doit le comprendre parce qu'elle sait lire un peu, mais apparemment elle n'a trouvé personne à qui dicter la réponse.

À la chapelle non plus, aucune réponse. Ça n'est plus arrivé que le gars dans la case d'à côté frappe sa paume contre le bois après son appel. Mais Joseph continue. Il frappe chaque dimanche, sûr qu'un jour quelqu'un lui répondra encore. Et puis il aime ça, sa main qui bouge au rythme de son humeur, cet écho minuscule que lui renvoie le bois. Il joue du tambour ou pianote contre la cloison, il remue les pieds aussi, frappe ses cuisses, ses genoux, des gestes prudents, espacés les uns des autres, des musiques pleines de temps retenus, et le silence accompagne le rythme, le silence dit enfin quelque chose. Et c'est lui qui le maîtrise.

Un matin le surveillant ouvre sa cellule et gueule : « Allez la lopette ! Fini de vivre aux crochets de l'État ! » Il siffle et Joseph sort dans le couloir. Le surveillant lui frappe la nuque, rapidement, par habitude, et parce qu'il le connaît, il voit bien son air affolé, comme un petit cheval qui ne voudrait pas sauter. Joseph tire machinalement sur sa tunique, se redresse, présente sa tête, mais le surveillant ne lui met pas le sac, donc il sera tout seul. La panique l'envahit.

Comment être sûr que le surveillant ne l'emmène pas au cachot ? Comment être sûr qu'il ne paye pas une faute dont il ne se serait pas rendu compte ? Ils passent devant les cuisines immenses, aux odeurs de soupe aigre et de cramé, il y a des bruits qui résonnent comme si tout s'écroulait. Ils passent devant les innombrables portes closes, Joseph voudrait s'abattre contre l'une d'elles, dire qu'il est là à un de ses compagnons d'infortune. Il aime cette expression, « compagnon d'infortune », c'est dans une chanson qu'il l'a entendue, il ne sait plus laquelle. Peut-être qu'il faudrait chanter pour avoir moins peur. Il ne se souvient plus d'aucune chanson, son esprit est embrouillé, il se sent bête et froussard. Il compte ses pas, il compte les portes, il compte les écriteaux qui jalonnent les murs (« Silence. Obéissance. Travail », « L'oisiveté est la mère de tous les vices »), ses jambes tremblent comme si on lui donnait des petits coups derrière les genoux, et plus il marche, plus la prison grandit, et toujours là-haut le gardien le voit, sa vengeance retenue, comme le bras de Dieu. De temps en temps le surveillant s'arrête pour parler à un collègue, il regarde avec lui un détenu par le guichet, il rit en lançant au gosse des surnoms dégueulasses, et puis il frappe Joseph derrière la nuque et ils repartent. « T'aurais bien aimé te rincer l'œil toi aussi, mon salaud ! » Joseph ne sait pas s'il doit lui sourire ou baisser les yeux, souvent il croit avoir une expression et il en a une autre, maintenant il doit avoir l'air sévère, le surveillant lui demande s'il est constipé, il le sait pourtant que c'est l'inverse, puisqu'il le mate à chaque fois qu'il va sur la tinette, Joseph est devenu très fort pour savoir quand il le regarde et parfois il ne sait plus qui surveille qui. Ils forment un duo. Ça l'écœure de penser ça, mais c'est vrai. Puisqu'il se laisse faire quand il vient la nuit, ils forment un duo. Le salaud qu'il est devenu.

L'endroit est plongé dans une pénombre lourde. Ça pue l'herbe séchée et le renfermé, qu'est-ce que c'est, ce lieu noir aux odeurs de foin pourri et de merde ? Il y a des bruits, ça crisse, ça grince, on tape aussi, des coups durs, des coups secs... Le regard de Joseph s'acclimate à la pénombre, et tout doucement cela se dessine, cela émerge comme d'un brouillard du soir, il y a ici quelque chose qui vit. Une masse respirante. On dirait une forge, sans le feu. On dirait une force, mais retenue. Le cœur de Joseph bat son sang en désordre, son cœur hurle de joie. Il s'adosse au mur pour ne pas tomber. Il sait ce qu'il voit. Il voit *les autres*. Leurs dos. Leurs épaules. Leurs nuques. Leurs cheveux. Un par un, les uns derrière les autres, ils sont là. Les petits chats et les chiens féroces. Alignés, muets et laborieux. Et pendant que son surveillant parle au chef de l'atelier, il les regarde tant qu'il peut. Eux ne se retournent pas, penchés et soumis, ils travaillent.

De retour dans sa cellule, Joseph fait et refait les gestes, tout le temps. Il les mime et se répète : « Dessus dessous dessus dessous angle opposé dessus dessous deuxième tour dessus dessous. » C'est beau de faire des chaises, des endroits où se reposer. Il pense à Colette écrivant ses mots d'amour, il pense à la grand-mère dans la cour avec ses copines, il pense à maman Louise qu'il n'a jamais vue assise qu'à l'église. Il fait des chaises pour les dames, voilà. « Joseph Vasseur, rempailleur de chaises pour dames. » Est-ce que ça existe ? Est-ce que c'est un travail de gitan ? Dans la Somme ils étaient nombreux, et pas du tout gitans. Il y avait un vieux qui faisait ça sans même regarder, et ses chaises étaient les plus solides du pays, il disait : « Le secret, c'est le rembourrage », il disait : « Le fond doit être bien bourré. » « Comme toi ! » gueulaient les gamins avant de courir pour éviter ses pierres.

Les premiers jours les mains de Joseph sont coupées par la paille, tailladées comme des cartes routières, « Tu as des mains d'artiste et tu vivras longtemps », disait Colette. Il vivra longtemps ? Pour l'instant, il faut qu'il travaille bien, il faut qu'on ait besoin de lui pour les chaises, qu'on le laisse retourner à l'atelier et retrouver les autres, la forme de leurs dos, la couleur de leurs cheveux, l'odeur atroce de leurs corps, comme si chacun avait fait sur lui, et Joseph se demande s'il sent pareil, et puis qu'est-ce que ça peut faire ? Qu'on les foute tous à la rivière et on verrait comme ils deviendraient beaux, tout propres tout luisants comme de jolis poissons. Chaque jour il essaye de les distinguer, de les reconnaître, des garçons vivants. Et lui aussi est vivant, ses mains sanglantes le disent, ses cicatrices, toutes ses mochetés, il veut le croire, il se force à le croire : il vit quelque part.

Un jour le picot lui échappe des mains. Il le ramasse si vite que le contremaître heureusement ne le voit pas. Mais lui a le temps de voir. Le visage d'un autre. Abîmé. Moche. Des boutons autour d'un regard buté, baissé sur le travail, lèvres serrées. Joseph se relève étourdi. Il se dit qu'il va recommencer, il va laisser tomber un outil, le ramasser en vitesse et lancer un regard, comme on lance un SOS. Et il le fait et le refait. Avec un outil à terre et sans outil aussi, à la première occasion, quand le contremaître surveille un gars de très près, lui fout une trempe ou discute avec un surveillant. Ce sont des temps minuscules, risqués, durant lesquels Joseph bloque sa respiration, sent le rire nerveux entre ses dents, et puis il se retourne brièvement, ou s'essuie le front avec l'avant-bras en tournant légèrement le visage, il y a mille façons de regarder quelqu'un, de lui dire qu'on est là. Et il sent les éclats qui sortent des corps chétifs, derrière l'obéissance, la peur et la fatigue, il voit que ça vibre dans l'air puant de l'atelier. Il pense aux prénoms de tous ces matricules, Marius Marcel François Hippolyte Léon Jean Désiré Lulu Maurice Eugène, et un jour ça arrive. Un jour qu'il s'est retourné, un gars lève lentement vers lui ses grands yeux noirs, Joseph a juste le temps de voir leur couleur vive, aiguë. Il le regarde encore quand Joseph se penche de nouveau sur son travail, il regarde sa nuque, son dos, Joseph le *sent*, comme si son corps était transpercé par ce regard. Mais Joseph a besoin de plus que ça. Il veut que celui qui ose ce regard-là le touche. Pédé. Lopette. Non. Il veut simplement que quelqu'un le touche, pour être sûr qu'il existe.

Le contremaître les frappe de plus en plus souvent, et au hasard, mais il commence à s'épuiser. Ça se voit un homme qui perd le contrôle, un homme ivre depuis les premières heures du matin. Les mômes le laissent venir, le laissent les battre et s'essouffler, il cavale et se rue sur eux en trébuchant, sa cruauté est aléatoire et puissante. Un jour, en frappant un détenu avec une tenaille, il lui crève un œil. Le gosse hurle en se roulant par terre, ses cris sont un spasme insoutenable. Ses cris sont plus effrayants que le sang. Les autres ne le regardent pas. Ils cessent le travail, leurs poings se referment sur les picots, les marteaux, les fers, les tenailles. Leurs visages sont glacés. On évacue l'enfant. On évacue le chef d'atelier. Dans ce désordre, l'air se modifie. On dirait que des murs s'écroulent, et la poussière pèse dans la faible lumière. Les enfants s'extraient de leur espace strict et minuscule. Ils sont maladroits et ahuris. Certains se connaissent et se rejoignent. D'autres sont perdus et s'effraient de découvrir tant de visages. Joseph écoute le brouhaha de leurs voix enrouées, il sait que ce temps qui lui paraît long n'est fait que d'une poignée de secondes et qu'il doit au plus vite en faire quelque chose. Parler à quelqu'un. Le toucher. Être touché par lui. C'est maintenant ou jamais. Mais il ne sait plus comment on va vers un autre. Et puis il sent ce regard qui le transperce. Et il ose se retourner. C'est le garçon aux yeux noirs. Il s'approche de lui. Il est un peu plus vieux que Joseph. Ses pas sont décidés, sans fatigue. « Tu m'remets ? » Joseph le boit du regard. Est-ce qu'ils se connaissent ? Les sifflets hurlent, c'est fini, chacun retourne derrière son établi, une dizaine de surveillants, matraque à la main, les encerclent. Ils sifflent, ils fulminent, ils pourraient les tuer tous ces criminels, ces vicieux qui les obligent à partager avec eux les jours et les nuits de la taule, et qui ne seront jamais des humains comme les autres.

Joseph n'a pas eu le temps de répondre au garçon aux yeux noirs. Peut-être qu'il ne sait plus parler. Peut-être que le garçon est perdu dans sa mémoire, quelque part dans un souvenir inatteignable. Toute une vie disparue. Il ne retourne plus à l'atelier. On a renouvelé la masse des enfants qui travaillent sans salaire. Joseph se demande s'il reverra ce garçon qui le connaît et dont il ne se souvient pas. Et il lui semble qu'espérer est plus douloureux que de ne rien attendre. On lui a parlé comme on lui parlait avant. Parfois il sent qu'il ne pourra pas attendre un jour de plus, *il faut* que ça arrive de nouveau. Et parfois il voudrait que ça n'arrive jamais. Mais il est impossible de faire marche arrière, faire comme si le garçon ne s'était pas approché de lui *exprès* : « Tu m'remets ? » Il sait que les libérables connaissent le pire de l'angoisse. Ils se chient dessus quand on leur annonce leur sortie, des jours et des jours à chialer comme des veaux, ils ne veulent pas aller dans le grand dehors, ils ne savent plus parler, ils ne savent plus se repérer, ils savent simplement que personne ne les attend. Ils supplient le directeur de la Petite Roquette de les garder, des lettres pleines de panique et d'humiliation. Joseph ne sera jamais comme eux. Le désespoir ne le tuera pas.

Chaque âme dans son alvéole.

Il pense aux mains de Colette qui gardaient les couleurs des plumes et de la teinture, on ramène toujours quelque chose du travail, le travail se voit sur le corps des ouvriers, sur le corps des artisans. Il regarde ses paumes, la trace ancienne des cartes routières, c'est ça la vérité : les cicatrices. Il était à l'atelier, un garçon s'est approché de lui et lui a parlé. Il a rapporté autre chose encore de ce jour de chaos, un trésor qu'il cache sous son matelas et qu'il regarde quand il est sûr que le surveillant ne le mate pas. (Car il a appris ça, aussi, sentir de façon presque infaillible son œil de cyclope.) Il glisse prudemment la main sous sa paillasse, et avec une délicatesse qu'il savoure, il les sort. Ils sont tout chauds et ne se sont pas brisés quand il les a mis dans sa poche pour les ramener dans sa cellule : de longs brins de paille sans couleur, mais fermes encore, et doux sous les doigts. Joseph revoit les grands champs de Picardie, l'odeur du blé au soleil, du foin coupé abîmé par la pluie, l'odeur de la vache qu'il n'aimait pas et dont la chaleur lui manque aujourd'hui, la puanteur de sa litière pisseuse, le bruit du fourrage longuement mâché, et il entend Pépère, la colère avec laquelle il lui apprenait ce qu'il aurait voulu apprendre à ses fils.

Il porte un brin de paille à sa bouche. « Quand tu l'as posée mon gars, ton embouchure, fais gaffe à plus la bouger, hein ! » Il a envie de sourire mais ne sourit pas. Il se rappelle : pour faire sortir les notes hautes, il faut une pression sur les lèvres, lèvres tendues. Pour faire sortir les notes basses, il faut un léger appui qui ouvre le passage de l'air. Il force sa respiration à venir de loin. « Attention à la suffocation ! Doucement, doucement, bon Dieu d'bois ! » Il souffle... C'est l'attaque du son qui compte. Il entend la mélodie qu'il ne joue pas et il pense aux oiseaux, trilles, saccades, pauses. C'est chaud tout au fond de lui, respirer calme son angoisse, l'aide à se souvenir de quoi était faite sa vie, du premier souffle hors de sa mère jusqu'à l'entrée dans cette prison. Sa vie du matin au soir, sa vie même la nuit, n'était que bavardages, chuchotements, gueulantes, chants, sifflements, sa vie c'était raconter clamer rire interpeller demander. Dire. Et soudain il se souvient. Le garçon aux yeux noirs... Il vient de ce temps très ancien où il ne savait rien encore de la vie d'un enfant assisté. C'est au moment précis où tout allait basculer qu'il a surgi. Son souvenir se révèle et se dérobe en même temps, c'est aussi difficile que de rattraper au matin son rêve de la nuit. Ce garçon ne fait partie ni des copains, ni des voisins, ni des fils de commerçants... Il n'existe pas dans son quartier. Ce garçon... Joseph le revoit maintenant. Il en est sûr : il était dans le fourgon qui l'emmenait avenue Denfert-Rochereau, et il les regardait tous, il osait cela, avec son regard buté, son front penché, Joseph avait pensé qu'il avait une tête de voyou, et à ce moment-là il croyait encore qu'on allait les trier, et que lui irait à l'école en plein air, au cœur de Paris. C'est lui, oui, c'est ce garçon qui marchait si vite dans la cour de l'hospice, comme s'il venait y chercher quelque chose, ses pas étaient larges, son corps tendu en avant... Incroyable qu'il se souvienne de Joseph. Où a-t-il été placé ensuite ? D'où vient-il ? La Petite Roquette est-elle inévitable aux enfants de l'Assistance ? Et où les mène-t-elle ?

Il suffit d'une nuit pour que tout change. Une de ces nuits où le surveillant est dans la cellule de Joseph. Une de ces nuits où Joseph fait celui qui dort. Se tait. Se tue. Le verbe Se taire devient toujours Se tue. La prison, elle, vit et ne se tait jamais. Et cette nuit-là, elle craque. Elle explose. Il y a soudain une chaleur engouffrée, des alarmes, des sifflets longs comme des serpents fous. Les surveillants hurlent et leurs voix sont aiguës, minables, comment Joseph peut-il avoir peur de ces hommes aux voix de chèvres folles ?

Le surveillant a bondi hors de la paillasse, sifflet vissé aux lèvres, pantalon vite remonté. Joseph reste seul. La porte de sa cellule est ouverte. Il la regarde sans comprendre. Elle est ouverte. Comme c'est étrange. Les bruits dans les couloirs et les coursives s'embrouillent, et cette porte... Il se lève lentement, sans la quitter des yeux, comme s'il faisait face à un animal dangereux, il s'approche, il va la prendre au lasso cette porte, la dompter. Et soudain il est dans le couloir. Pieds nus dans le couloir, avec les surveillants qui s'agitent, et la couleur ambre que prennent les murs.

Joseph regarde ce long couloir qui crame.

Est-ce que les gars de l'atelier ont rapporté avec eux des brins de paille ? Est-ce le feu de la vengeance ? Il est mort, le garçon à l'œil crevé. Joseph l'a su, un jour à la promenade, par un mot laissé dans la fente du mur : « Œil crevé a l'atelié es mort. Emoragie 2 jours. M.A.V. » (Il a appris à connaître cette cache et à la toucher en toute discrétion. Il faut donner un léger coup d'épaule contre le mur, faire comme si on avait mal et en se tenant le bras prendre le mot glissé entre deux pierres, le fourrer sous sa manche.) Joseph, lui, n'a écrit qu'un seul mot. Mais plusieurs fois : « Je te remets très bien. Fourgon pour Denfert. » Et il a guetté une réponse qui n'est jamais arrivée.

Et maintenant il est là, pieds nus dans le couloir, et il lui semble qu'il n'y est pas. Tout est faux. Irréel. Il assiste à un spectacle qui le concerne à peine. Les enfants tambourinent contre les portes en gueulant. Ils ont peur du feu, mais le feu n'est pas si violent qu'ils le croient. « Les metteux-de-feux »... est-ce l'un d'eux qui a fait ça, ou bien est-ce un accident ? Sont-ils si dangereux et si puissants ? Ou bien cette prison est-elle rongée par les courts-circuits ? C'est presque sans surprise que soudain, Joseph le voit. Le détenu d'à côté. Lui aussi, la porte de sa cellule est ouverte. À lui aussi peut-être un surveillant... comme Joseph. Ils se regardent. Se jaugent très vite. Évaluent la dangerosité de l'instant. Et ça revient. La respiration. Ce souffle qui part du plus profond de lui et gonfle la poitrine. Alors lentement Joseph revient à la réalité, et il a le désir de s'approcher de l'autre. C'est un garçon grand et maigre, un peu voûté, au visage très blanc, au regard insaisissable. Il a froid, et il tremble. Il est ridicule dans son uniforme de nuit trop court, on dirait un égaré. Il est peut-être idiot. Joseph s'approche. Il avance vers lui, le gars a un petit mouvement de recul, pas un refus, plutôt une joie un peu perdue. Il recule dans sa cellule et

Joseph le suit. C'est une cellule pareille à la sienne, la même odeur d'excréments et de pourriture, la même lumière artificielle. Ils restent là, à se regarder, tandis qu'autour d'eux les cris résonnent, les voix des enfants et les voix des bourreaux, ce monde sauvage auquel pour un instant ils se soustraient. Puis brutalement, leurs corps s'entrechoquent, leurs côtes sous la peau si fines se heurtent, leurs respirations se suspendent, leurs bras se sanglent, se tiennent et ne se lâchent plus. Ce pourrait être le début d'une bagarre, un corps-à-corps. Mais ils ne se battent pas. Ils s'étreignent. Le garçon pose la tête dans le cou de Joseph comme s'il voulait s'y reposer. Il le tient, respire par saccades. Leurs cœurs se cognent, leurs rythmes sont désaccordés. Joseph enfonce sa tête contre le buste du garçon si grand et tout entier penché sur lui, il est protégé par ce corps osseux qui le dissimule à la prison. Il entend un cri minuscule, une longue plainte aiguë, maladroite et irrégulière. Il met du temps à comprendre que c'est lui qui crie.

Il voit son visage. Son visage qui va très vite, en surimpression sur les champs, les bosquets. Son visage au rythme du train. Apparition. Disparition. C'est lui. Il a les yeux marron il le sait c'est noté sur les rapports anthropométriques. Colette disait «noisette», c'était plus joli, ils ont foncé maintenant, et sur la vitre du wagon ils passent à toute allure et le fixent, C'est toi, Joseph ? Regarde-moi Joseph, regarde comme tu as changé, tu es grand dis donc, dix ans, la vache, dix ans ! C'est quand on passe dans un tunnel qu'on se voit le mieux, c'est là que ça fait peur de se croiser, cet air farouche, ce visage pointu, ces cheveux en pétard, il n'est pas beau, ça non, il est laid, c'est fou ce qu'il est laid. Dans les tunnels le train siffle, ça fait sursauter, comme la voix du contrôleur, celles des passagers, les appels, les au revoir, tous ces gens qui s'aiment. C'est surprenant, la façon dont les gens marchent. Dont ils parlent. Dont ils sont habillés. Chapeautés. Dont ils vivent tous ensemble. La pitié de la dame qui est entrée dans le wagon et puis est repartie très vite en s'excusant, la fillette accrochée à sa main. Le sourire de la petite lui a rappelé quelqu'un, il ne sait plus qui, quelqu'un qu'il a aimé, quelqu'un de très léger et de très vivant, il a oublié, ce n'est pas important. Le train grince atrocement, Joseph voudrait se boucher les oreilles. Le militaire assis sur la banquette en face lui jette des coups d'œil dont il ne comprend pas le sens. Il tourne son visage vers la fenêtre, se voir soi-même est déjà difficile à supporter, mais regarder les autres est pire. Son ventre fait du bruit, même sans regarder le militaire il les sent, lui, son sandwich et son pinard, il remue les mâchoires, il déglutit, il a tellement faim que la tête lui tourne, il faut se regarder dans la vitre tout le temps. Les buissons griffent son visage, les arbres le giflent, ils me cherchent, tu me cherches tu vas me trouver, qu'est-ce tu veux, taré connard vicieux, qu'est-ce tu veux ? Il a tellement faim qu'il serre les poings. Le militaire est en permission sûrement, sans ça, un militaire tout seul, ça n'existe pas. Un uniforme tout seul, ça n'existe pas. Lui a l'uniforme de l'Assistance et il est accompagné par un gardien. Tout le monde sait à quoi s'en tenir. La petite fille tout à l'heure, c'est drôle il l'a vue déjà et dans plusieurs endroits... Plusieurs endroits, lesquels ? Pas à la Petite Roquette ça c'est sûr ! Il a comme un hoquet. Merde ! C'est ça son rire ? Il a ri ? C'est fini la Petite Roquette. *J'y retournerai jamais.* Est-ce que c'est certain ?

Il y a trois mois, la nuit du feu, à la Petite Roquette, le garçon qui le tenait dans ses bras, le garçon si grand, à la tendresse immédiate, quand il a compris qu'il y avait peut-être un moyen de profiter de la panique, a repoussé Joseph et a filé. Il n'est pas allé loin. Rattrapé, il l'a accusé d'être rentré dans sa cellule, d'être un sale pédé. Et maintenant, le voilà puni... le voilà dans ce train... C'est écœurant l'odeur de la vinasse, il regarde le soldat avec un air hostile qu'il tente de tenir le plus longtemps possible, mais l'autre reste impassible, l'autre s'en fout, un gamin menotté, tu parles d'une menace. Et c'est lui qui rit maintenant, Joseph en est sûr, il se marre, il se moque de lui, de lui et de son rire de tout à l'heure, entre le rire et le cri difficile de faire la différence, entre l'attirance et le dégoût difficile de savoir ce qui l'emporte. Il se tourne vers la fenêtre. Apparition. Disparition. Ça va vite. Il est tout seul, ce militaire. Il n'y a pas eu de nouvelle guerre, alors, pendant qu'il était à la Petite Roquette ? Qu'est-ce qui s'est passé pendant qu'il était là-bas ? Les gens ont l'air bien. Plutôt en forme. Les hommes fument. Regardent les femmes. Les femmes tiennent des enfants par la main. La petite fille vraiment... il la connaît. Mais c'est une autre. Les petites filles ont grandi pendant qu'il était là-bas. Le surveillant s'est endormi, son corps se penche et tombe sur Joseph. Le reflet de son visage sur la vitre est penché lui aussi, on dirait qu'il va dire quelque chose à l'oreille de quelqu'un. Je n'ai rien à dire, qu'est-ce que vous voulez que je vous dise ? Il se demande où il va, où il va comme ça, combien de temps ça va durer, combien de temps l'Assistance publique va s'occuper de lui, même s'il le sait, il aura au moins l'âge du militaire quand ce sera fini. Alors là, pour le coup, il rit ! Un rire minuscule et maladroit qui lui fait bousculer le surveillant, et le voilà réveillé, il se redresse et Joseph se redresse avec lui, un numéro de clowns pour le militaire en permission. Ils sont drôles. Il pourrait le dire au gardien, qu'ils sont drôles. Il a le droit de parler. S'il le voulait il pourrait parler. Il tourne son visage vers la fenêtre. Il a des boutons ou c'est les saletés sur la vitre ? Il a comme des cicatrices. Des marques. Son visage est très vieux. Normal. Pourquoi aurait-il des mains massacrées, mais une jolie petite gueule d'amour, hein ? Gueule d'amour gueule d'ange gueulante goualante dégueuler, gueuler comme ça lui est arrivé plusieurs fois à la Petite Roquette, la nuit, dans ces cauchemars atroces qui étaient pires que la réalité, qui étaient à la fois ce qu'il vivait et ce qu'il avait vécu, son passé, avant, quand il avait une famille. Mais au réveil c'était toujours dans sa cellule qu'il était. Les champs, dehors, sont immenses, jaunes et tellement plats, on dirait que Dieu les a étalés avec son glaive infaillible, il a déroulé des kilomètres et des kilomètres de terre et puis il a mis des gens dessus, des gens qui tous les jours se penchent, regardent bien la terre en face, et après tombent dedans, et voilà une vie. Le train s'arrête. On dirait que chacun reçoit un coup de pied au cul, chacun est secoué, le militaire se fait une tache de vin, le gardien se lève, Joseph aussi. Ils sont arrivés. Alors la grande peur lui tord le bide. La grande appréhension qu'est devenue sa vie. Son regard croise celui du militaire. Il lève sa bouteille en signe d'encouragement et lui envoie un clin d'œil, il sait où ils sont, dans quelle gare, c'est marqué sur le quai et c'est crié par le contrôleur : « La Membrolle-sur-Choisille. »

C'est une toute petite gare. Et c'est une toute petite ville. Sur le quai le contrôleur parle un peu avec le gardien, une fois que le train est reparti : le boulot, le temps qu'il fait, les gosses qu'on amène, qu'on ramène, l'orage de la nuit précédente... Joseph regarde les rails minuscules qui s'en vont loin, vers un ailleurs qu'on ne voit pas, ça sent les fleurs et la fumée de cigarette. Il a un léger vertige. Il a envie de baisser la tête. Il ne sait pas pourquoi. Il a envie de baisser la tête, de rentrer les épaules, de se dérober, que personne ne le remarque, plus jamais, qu'on le détache et puis qu'on le laisse partir, la tête basse, le corps penché, comme un infirme, un mutilé, alors il courrait dans les grands champs de Dieu, en titubant un peu il courrait longtemps, il ressemblerait à un épouvantail, il ferait peur aux oiseaux. Il serait libre.

Ils montent. Ils n'en finissent pas de monter. C'est une route qui monte et qui tourne, longtemps, sans rien montrer d'autre que le prochain virage, une route qui traverse la forêt sous le soleil de midi. L'ombre s'est réfugiée dans le bois, la route est nue sous le soleil, elle monte et elle exhale sa chaleur, l'odeur du goudron et celle de l'herbe sèche, des arbres gonflés de sève. « Merde c'qu'il fait chaud ! » dit le gardien en crachant par terre, et il regarde Joseph avec une rancune qui dit clairement qu'il se passerait volontiers de ce métier de merde, si seulement on n'avait plus besoin de s'occuper de tous ces tarés, si seulement on n'avait plus besoin de les redresser, jour et nuit toute l'année en toute saison, essayer de faire de ces graines d'assassins d'honnêtes citoyens. « Mais putain c'qu'il fait chaud ! » Il lui en veut, Joseph le sait, il lui en veut de tout ce qu'il le force à faire, marcher sans eau sous ce soleil, sur cette route à la verticale, il s'arrête, reprend un peu son souffle, grimace, les mains sur les hanches, puis avec un petit rire rentré, il lui retire les menottes, le bruit métallique de la clef minuscule : « Allez, vas-y tire-toi ! » et il rit carrément en regardant Joseph de ses petits yeux froissés. Et comme Joseph ne bouge pas, garde la tête baissée comme un bon chien soumis, il lui fout une claque derrière la nuque et ils repartent. Il doit faire le coup à chaque fois, pense Joseph, parce que se tirer est impossible, parce que être sur cette route tracée au milieu de la forêt, c'est marcher tout au bord du piège. Et ils montent encore, longent la grande forêt touffue qui n'en finit pas, de temps en temps le gardien le frappe dans le dos, Joseph ne sait pas pourquoi. Et lui non plus.

« Et te voilà chez toi ! » Le gardien se marre en désignant à Joseph ce qui s'offre à lui. Une perspective de marronniers tendus vers le ciel et qui répandent sur la grande et longue allée une ombre douce. « Alors, tu y vas, mon con ? » Joseph n'est plus très sûr que ce soit encore une blague. Il n'y a pas de grille, pas de garde, pas de mur, juste la beauté, le jeu de l'ombre et de la lumière, l'odeur des fleurs, la silhouette des jardiniers, le chant des oiseaux, et la peur. La peur et la fatigue, les nerfs à vif, l'envie que ce gardien disparaisse, sa bêtise, son incroyable bêtise. Joseph reçoit une gifle plus forte que les précédentes, l'autre a dû lire dans ses pensées. « Entre, ma salope, on va pas y passer la nuit ! »

Il entre. Sans menottes, sans fers aux pieds, de son plein gré il entre, comme s'il était libre il s'avance, et Mettray s'ouvre à lui, lui tend les bras, Mettray s'écarte, grandit, à gauche une maison de caractère, balcons en bois et glycine noueuse, en face de lui une grande cour et des carrés d'herbe généreuse, un terre-plein sur lequel est échoué un long bateau penché, et puis des allées de lauriers, des violettes, du lilas, des roses, il avance et la peur se change en terreur, les petites maisons de chaque côté de la place et face à lui, l'église de brique rouge, son haut clocher, les pas des chevaux, les aboiements d'un chien, un si joli petit village.

C'est la maison de redressement. La Colonie pénitentiaire agricole privée, au cœur de la Touraine.

À poil !

Ça commence comme ça. Joseph se déshabille. Se penche. Écarte les fesses. Tousse. Auscultation. Registre. Questions. Comme à l'hospice des enfants assistés. Comme à la Petite Roquette. L'incrédulité du greffier quand Joseph lui dit qu'il connaît le nom de ses parents, son étonnement quand il voit que Joseph sait signer, sa lassitude quand il inscrit son numéro de matricule. Les empreintes. La douche glacée. Le passage à la lingerie. Le peu dont il se défait, le peu qu'il a, qui est noté, qu'on lui restituera à sa sortie, sa sortie... Le paquetage. Les nouveaux uniformes. Celui pour le travail. Celui pour la parade. Celui pour la nuit. Béret ordinaire et béret à pompon. Sabots de corvée et galoches ferrées. Un quart d'étain, une fourchette, une cuillère. Un mouchoir. On le tond. Avec une haine nouvelle : celle d'un colon pour un autre colon. Car celui qui lui passe la tondeuse sur le crâne comme s'il voulait le fracasser est un détenu, comme lui. « Ici, on est en famille. » Le greffier le lui a expliqué. Et il va être affecté à une de ces familles. A. B. C. D. E. F. G. H. J. L. C'est par tranches d'âge. Les petits chatons avec les petits chatons. Les chiens féroces avec les chiens féroces. Rien à craindre. Et comme dans chaque famille, il y a bien sûr un chef de famille, un papa. Et aussi un frère aîné. Quelle famille sera celle de Joseph, ils ne le savent pas encore. C'est toute une procédure hein, dans quelle famille, quel bâtiment et à quel atelier il sera affecté, menuiserie, maréchalerie, forge, etc., il faut y réfléchir, préparer les papiers, les soumettre au directeur, les signer, en attendant on va le mettre en cellule. Il reviendra bientôt pour rejoindre les siens.

Il se couche. De tout son long. De toute sa nudité. Il se couche sur le ciment. Il pleure doucement. Il pleure comme il respire. Sans s'arrêter. Il n'a pas dix ans. Il a quelques mois seulement. Il veut sa mère. Il veut qu'elle le touche. Qu'elle ait pitié de lui. Ça n'a pas de sens. Il la veut quand même. Il est insensé. Il ne comprend plus rien. N'en peut plus. C'est tout. Il est nu sur le sol d'une cellule du cachot, sous la chapelle, là où repose le cœur du fondateur de la Colonie.

« Dieu vous voit. » C'est inscrit en haut du mur, une belle écriture ronde. « Dieu vous voit. » Joseph pose les mains sur ses couilles, son sexe minable qui brûle jusqu'en haut du dos quand il urine. Les murs du cachot sont une peau. Sa seconde peau. Ils sont grêlés et puants, on y a gravé des injures, des envies de meurtre, des malédictions : « Bertin es une salope », « Dupré j'vais te crevé », « J'ancule ta mère. » Un cœur transpercé. Des mots de désir brutal, agressif. Et aussi, « Bonjour aus amis du maleur ». B.A.A.D.M... C'est ça alors... B.A.A.D.M. On n'est pas amis dans le malheur. Mais bonjour quand même.

Cela fait trois jours que Joseph est au cachot. Ou peut-être deux. Ou quatre. Ce sont des jours sans repères, avant que le directeur signe son affectation pour sa future « famille », son futur atelier. Ça tremble. Ça vibre. Ça hurle parfois dans les autres cachots, la grande cave voûtée aux douze portes, aux clefs énormes, ça gueule et ça dérouille. Joseph se fait discret. Il ne cogne pas contre sa porte, ne supplie jamais : Ouvrez-moi ! Il met les habits qu'on lui donne enfin, après ce premier jour de nudité. Il met la cagoule pour ne pas voir le gardien qui apporte la gamelle. Il se couche nu la nuit après avoir déposé ses vêtements pour que le surveillant les prenne. Il se tourne contre le mur pour ne pas le voir. Le monde n'a pas de visage. Il en suit tous les ordres. Il se tait. S'habille se déshabille se cache. Se souille s'essuie avec les doigts essuie ses doigts sur le mur, y voit la trace des merdes anciennes, les empreintes des mal nés. La prison est solide il le sait, on croit qu'elle vieillit, elle est indestructible, et comme Dieu, elle est éternelle. Elle ne connaît pas le temps précis et méticuleux des hommes. La prison tient comme un sablier dans la main du créateur, et son église est posée au-dessus des enfants rats, comme une dalle géante. Joseph en a descendu des marches pour arriver dans cette cave, au-dessous de la chapelle, des marches et des marches de mousse sèche, de lézards furtifs, d'orties et de boutons-d'or. La partie secrète de Mettray. L'autre monde est si loin que Joseph n'en entend que le son du clairon qui dit le jour levé et la nuit tombée, et une voix aussi, toujours la même, de jour, de nuit, une voix lasse, épuisée, une voix d'homme qui a trop fumé, qui a trop bu, qui n'a pas dormi, qui dit et redit, sans s'arrêter jamais : Un-deux-un-deux-un-deux-un-deux-un-deux... Le bruit des pas en écho. Des pas lourds, épuisés, qui claquent, fer contre bitume. Un-deux-un-deux-un-deux. Joseph entend « Un d'eux ». Et il comprend que ça y est, il est noté dans le grand registre divin, il est inscrit ici pour l'éternité, il est « l'un d'eux » et il ne s'en sortira jamais.

Il est l'un d'eux et il a une famille. La famille C. Des colons de dix, onze, douze ou treize ans. Et des colons bien plus âgés mais qui ont la taille de mômes de dix, onze, douze ou treize ans. Depuis la cour, sa maison lui paraît jolie, un pavillon avec étage, un escalier extérieur en bois, comme dans les fermes. Tous les pavillons des familles sont regroupés autour de la chapelle, on a installé un balcon de surveillance à hauteur du clocher. Ici aussi, Dieu les contrôle, et il est bien secondé. Joseph doit faire le salut militaire à chaque fois qu'il croise un supérieur, mais il s'y perd : directeur, sous-directeur, inspecteur, aumônier, prévôt du quartier, surveillant général, surveillants-chefs, surveillants, chefs de famille, chefs d'atelier, frères aînés... Qui n'a pas quelqu'un au-dessus et au-dessous de lui ?
   Il y a les caïds aussi, bien sûr, pour compléter la hiérarchie. Mais les mères, les grands-mères, les sœurs sont invisibles évidemment, et on en parle comme des filles perdues, des putains, des bonniches et des hystériques. Ici comme en Picardie, comme à la Roquette, on les nomme par l'insulte. Finalement, se dit Joseph, elles sont comme Dieu : on ne les voit jamais mais elles sont partout, et on y pense tout le temps. On ne pense qu'à elles.

Et les colons, qui obéissent au clairon, aux sifflets, à la trique et aux ordres militaires, sont comme elles : de la race des obligés, des surveillés, des contrôlés, des redressés et des rééduqués, par les hommes. La Colonie s'appelle «La Paternelle».

C'est son premier dîner en famille. Joseph les regarde. Qui mangent en silence. Après la prière, la soupe. Un peu d'eau claire où flottent quelques haricots. Juste de l'eau claire pour lui, pour marquer son premier soir. Eau à volonté pour tous, pour se remplir l'estomac. C'est son premier repas au réfectoire, son retour du cachot, que la plupart ont connu, comme un passage obligé avant l'intégration. Le réfectoire est silencieux et sombre, recouvert, jusqu'à hauteur d'enfant, de goudron. Ils sont une trentaine à avoir travaillé dix ou douze heures, les péquenauds qui travaillent la terre sont en pleine moisson, levés bien avant le jour ils viennent juste de rentrer, ceux des ateliers étaient là les premiers. Joseph les regarde tous, les yeux baissés. Il sait faire ça. Il saurait même les regarder les yeux fermés. Ils sont six à sa table, abrutis de fatigue, ils mangent en silence, font attention à ne pas faire de bruit, et ils l'ont jaugé en un clin d'œil, sa corpulence, son âge, ce qui se dégage de lui. Joseph est tendu. Voilà ma famille. Ma famille ! Il a un petit rire nerveux, un renvoi qui lui fait recracher un peu de soupe.

Le frère aîné s'approche lentement. Joseph ne le connaît pas, mais il se doute bien qu'un colon ne devient pas frère aîné par hasard, il faut s'en méfier. Celui-là est gras et petit, sa joue droite barrée d'une cicatrice, il ressemble à une brioche dans laquelle on aurait mordu. Il est derrière Joseph maintenant.

Joseph ne bouge pas.

Le frère aîné lui plonge violemment la tête dans sa gamelle. Il a l'impression que son nez éclate. Il y a des rires fragiles vite réprimés. À la vérité, les colons s'en fichent un peu. Ils sont fatigués et ils ont faim, c'est tout. Joseph essuie son visage avec sa manche. Son nez saigne. Il se fait traiter de porc. Il tente de respirer depuis le fond de son ventre. Il reprend sa cuillère, se concentre sur sa respiration et consciencieusement termine sa soupe, racle le fond de sa gamelle, boit son verre d'eau, et sans lever la main pour se faire servir, sans demander la permission, la tend vers le pot à eau et s'en saisit. Le frère aîné abat la louche sur ses doigts et frappe jusqu'à ce qu'il lâche. Il ne lâche pas. L'attention des colons se réveille. Ils attendent la suite : va-t-il oser ? Il ose. Il soulève le pot. Une trique s'abat sur sa tête, le réfectoire explose, sa vue se brouille, son bras tremble, mais dans un effort terrible, il amène le pot à eau à la hauteur de son verre. La trique cogne sur ses bras, ses doigts. Il n'entend ni ne voit plus rien. Mais il sent le rebord du verre et y verse maladroitement un peu d'eau. Le frère aîné lui hurle des insultes qu'il entend mal. Il repose le pot. La lutte est terminée, il est épuisé, mais il sait qu'il a gagné. Il a montré sa maîtrise, il a eu le dernier geste.

Ainsi, il est arrivé parmi les vicieux de la République, le vivier de la racaille, et il y a pris sa place.

Maintenant il peut faire comme les autres. Rester les bras croisés, le regard fixe, et attendre. Le sang coule dans sa bouche, ses paupières sont lourdes de sueur, des gouttes qui lentement caressent son visage et s'éparpillent sur son menton. Il sent qu'on le regarde. Un œil derrière lui, puissant. Mais sans hostilité. Le clairon sonne enfin. Tous émergent de leur torpeur. Sous les coups de sifflet, ils se lèvent. Rangs parfaits. Pas militaire et synchronisé. Une fois dehors, ils courent vers les urinoirs. Former un groupe est interdit, mais plusieurs se parlent en marchant à distance. Joseph voudrait s'asseoir mais il n'y a rien pour s'asseoir, alors il s'adosse contre le mur du pavillon, prend l'air le plus détaché qu'il peut et les regarde de loin, faussement absent pour ne pas sembler les défier, et il sent qu'il pourrait s'endormir là, maintenant, s'écrouler sur la pierre et ne jamais revenir. Il garde les mains dans ses poches sans montrer sa fatigue, ça ferait lope, évidemment, et il n'est pas un faible. Il voudrait être seul. Il entre dans un urinoir et regarde sa main blessée, la bouge difficilement, ne parvient pas à refermer le poing. Il tâte son visage, les bosses sur son crâne.

– Tu t'admires, fils de garce ?

Derrière lui, le surveillant, le gaffe, a passé la tête par l'ouverture de la porte à mi-corps. Joseph ne répond pas mais cesse de toucher ses blessures. Il ouvre sa braguette et pisse, conscient que l'autre va y aller de son commentaire sur la longueur et la vigueur de son sexe. Le voilà qui rigole et puis se détourne pour raconter aux autres. Mais les autres ne rient pas et quand Joseph sort de l'urinoir, il voit leurs visages indifférents, leurs yeux qui leur mangent le visage et leurs crânes rasés qui leur donnent l'air contagieux. Combien de temps va-t-il partager avec eux le travail, les repas, les nuits, les maladies, les combines ? Un rossignol chante. Un autre lui répond. Les oiseaux ne devinent rien de ce qui se passe ici, sous les arbres immenses ? Ça sent bon, c'est le plein été, le mois de juillet. Joseph regarde le parc immense, ces maisons basses, ces fleurs, cette église, c'est comme être dans un tableau qui montrerait la vie des gens tranquilles. Les cloches de la chapelle sonnent. Comme à Paris.

Comme en Picardie. Chaque village de Touraine. Chaque clocher. Est-ce que la grand-mère vit encore ? La vie à l'intérieur de soi, quand l'intérieur est noyé, c'est comment ? Lui finalement, il ne connaît que des absents. Alors il va bien falloir faire connaissance avec ceux-là qui grandissent ici, des centaines d'enfants, presque tous de l'Assistance publique. On dit qu'il y a une famille un peu à part, avec un pavillon à l'écart et un vrai nom, le nom d'une sainte : la famille Jeanne d'Arc, des colons d'à peine sept ans, qui tout le jour cassent des cailloux, à ce qu'il paraît. Mais il paraît tant de choses...

Joseph marche un peu sans s'éloigner, en face de son pavillon, de l'autre côté du Grand Carré, il y a les autres gosses. Les plus âgés lui font peur, ils ont vingt ans. Ils sont maigres mais ils sont forts, il y a en eux quelque chose de noueux, d'enraciné, ils ont l'assurance de ceux qui ont survécu à tout. Les familles n'ont pas le droit de communiquer entre elles, mais Joseph sait que les colons se mélangent dans les ateliers, et il espère qu'il n'y aura pas trop de « vieux » à la buanderie, où on l'a affecté il ne sait pas pourquoi. Un vieux lui gueule quelque chose, il l'entend mal, c'est quelque chose comme « tranché » ou « fumier », il se détourne, fait mine de réfléchir, les yeux baissés. Tout peut dérailler d'un instant à l'autre, il le sait, et la seule chose qui compte, c'est de sauver sa peau.

Couché dans son hamac, les pieds puants d'un colon sous son nez, malgré la fatigue, Joseph n'arrive pas à dormir. Son corps ne se détend pas, il est celui d'un soldat au milieu d'autres soldats, il obéit à des ordres et à des injonctions absurdes : « Aux hamacs ! Face au mur ! Garde-à-vous ! Au temps ! Descendez les barres ! Trois pas en arrière, marche ! Un, deux, trois ! Au temps ! Posez les barres ! Trois pas en avant ! Un, deux, trois ! Au temps ! Décrochez les hamacs ! Accrochez ! Placez les bois ! Mettez les rabans ! Faites vos lits ! Déshabillez-vous ! Habillez-vous ! À genoux ! » Tout ça pour accrocher son hamac ! C'était abrutissant, tellement idiot, et après la manœuvre ils se sont agenouillés pour la prière, et puis ils se sont couchés tête-bêche.

Joseph est mal dans ce hamac, dès qu'il bouge il se prend un coup de pied du colon avec qui il dort et dont il ne connaît même pas le nom. Il s'est faufilé là sans un mot et s'est recroquevillé comme un bébé. Il voit, au milieu de la salle, dans sa petite guérite, le frère aîné qui parle avec le chef de famille, celui-là ce doit être un sacré mouchard. Le hamac tangue, le gosse qui dort avec lui remue comme un poisson sous l'hameçon. Puis il se lève. Le hamac manque se renverser. Le môme s'approche de Joseph. « J'ai pissé, il murmure en se tordant les mains. Faut pas l'dire, hein, faut pas l'dire, tu l'diras pas ! » Il est tout petit, avec des yeux tellement effrayés qu'on dirait un dessin pour la foire. Il est d'une laideur exceptionnelle. Joseph bascule hors du hamac, manque se casser la figure, se rattrape au môme, tâte la toile, bon Dieu… c'est pire que les nuits avec la grand-mère ! Y a rien à faire contre la pisse, il le sait, ça va devenir froid, puer de plus en plus, et tout imprégner. L'autre le supplie : « Tu l'diras pas, hein ? Faut pas l'dire, hein, tu l'diras pas ? »

– Y font quoi les deux pédés là ?

Le frère aîné a allumé la lampe et s'est approché. Le gosse pleure dans sa manche. L'autre lui hurle des menaces sur cette maladie de vicieux, cette chienlit, puis il annonce, réveillant les rares encore endormis : « Les gars ! À cause de Gimenez, la famille va encore rater le drapeau ! » Et au gamin : « On réglera ça demain, mon salaud ! » Le frère aîné s'éloigne et Joseph se recouche dans le hamac pisseux, les pieds gelés de Gimenez contre son nez. Est-ce que ça aussi, Dieu le voit ?

Le dortoir maintenant est comme un animal qui sort de sa torpeur. Une voix s'élève, maladroite, inégale, la voix du garçon qui mue : « La vache ! Un pupille de la Nation qui va nous faire perdre le drapeau ! » Il y a des « Vos gueules » ensommeillés et des remarques d'approbation, Joseph sent leur colère. « "Les orphelins de guerre, c'est la France de demain", tu parles ! Les orphelins de guerre c'est la *pisse* de demain, ouais ! », « La pisse ! La pisse ! Gimenez la pisse ! ». Le hamac est secoué par les pleurs silencieux du môme. Est-ce qu'il pisse au lit tous les soirs ? Est-ce parce que Joseph est nouveau qu'on l'a mis dans le même hamac que lui ? Un pupille de la Nation et un pupille de l'État couchés dans le même lit ! Un fils de héros mort pour la France et un fils de péquenaud mort de la grippe, deux enfants de la patrie enfin logés à la même enseigne ! Joseph ferme les yeux. Il voudrait être loin d'ici. « Allons enfants de la patrie, le jour de gloire est arrivé ! » Tambours, grosses caisses, cornets, clairons, trompettes d'honneur, trompettes de gala, fifres, flûtes, timbales, cymbales ! Ces mots sont une musique à eux seuls, et ils jouent pour lui, sous la direction d'un chef précis et généreux. Il y a les roulements du tambour qui s'emballent comme des vols d'oiseaux impossibles à rattraper, il y a la fragilité émouvante de la flûte et la douceur du cornet... Ça y est ! Le cornet joue un solo maintenant, une sérénade pour lui tout seul, l'air vibre quand sa voix monte discrètement, sans se lasser, c'est la voix d'une mère sage, une mère toujours la même depuis les temps anciens, elle sait et elle comprend, et la musique retient sa puissance et elle invite Joseph, l'entraîne dans sa mélancolie heureuse... Le hamac tangue, Gimenez gémit en dormant, Joseph reçoit son pied dans le ventre, la musique s'est arrêtée et le voilà de nouveau dans le dortoir, la puanteur des corps qui grognent, toussent et pètent. Les épuisés de la République. Quel est ce drapeau que Gimenez peut leur faire perdre ? Joseph remue lentement la main, il espère qu'il n'aura pas à se battre demain, elle a doublé de volume et tout mouvement est une douleur. Mais s'il le faut, il se battra. Il ne laissera plus personne abuser de lui. C'est la promesse qu'il se fait. À dix ans, il est temps d'être un homme.

L'eau est glacée. Elle le prend dans sa froidure, de la pointe des pieds jusqu'au haut du crâne en passant entre ses cuisses, sous ses bras, dans son nez et ses oreilles, elle le tient tout entier, une caresse si infaillible que Joseph s'y abandonne totalement. C'est la pause du matin, et c'est le bain à la rivière, deux fois par mois, le privilège de l'été. La dernière fois qu'il a nagé, c'était dans l'autre vie, avec Colette, son rire aigu, son maillot de bain bleu, les frites et les premiers coups de soleil. La dernière fois qu'il a pris un bain, c'était dans la cour des Maldue, la bassine en fer où tous étaient passés, dans la même eau, chien compris, et ils avaient tant ri quand il était sorti du tub en aboyant, la queue entre les jambes et couvert de savon.

Il voudrait ne jamais revenir, rester la tête sous l'eau sans respirer, sans rien voir que l'eau trouble sous ses pieds qui gigotent. Oublier les voix des autres en écho, leurs cris de victoire semblables à des cris de détresse et leurs plongeons stupides tout près des pierres. L'eau sent la vase et le bois flotté, les iris sauvages et les fougères, cette odeur douce et écœurante de tout ce que l'eau nourrit et anéantit. Et s'il se laissait porter par cette rivière qui traverse Mettray pour rejoindre la Loire ?

La Choisille... La choisie. Est-ce que ce serait possible de dériver avec elle jusqu'à la mer ?

Il sort de l'eau, les sifflets ordonnent de se rhabiller en vitesse, les dix minutes de baignade sont terminées. Il a honte de se retrouver presque nu au milieu des autres, mais il va devoir s'y habituer, la vie des garçons en communauté, et il ne sait pas quoi faire de ce corps qui change, ces poils nouveaux sur son torse, ses érections incontrôlables, ce qui jaillit de lui la nuit quand il rêve. À la vérité, il a peur de tout ce qui vient de lui. Cheveux, ongles, poils, pisse, pets, merde, sperme, tout dans la même répugnance. Pourtant, il lui est arrivé d'être rassuré par l'odeur de ses pets et celle de sa merde. C'est vraiment dégueulasse. Et soudain ça revient, comme au réfectoire, ce regard dans son dos, puissant, et qui le couvre de chaleur. Joseph se retourne. C'est comme un mirage.

– Tu m'remets, alors ?

Le garçon qui faisait les chaises à la Petite Roquette, le garçon de l'avenue Denfert, le garçon aux yeux noirs est face à lui ! Ils sont nombreux à venir de cette prison, mais lui semble plus âgé que Joseph, est-il possible qu'il soit de sa famille ? Est-il possible que depuis la veille, Joseph ne l'ait pas remarqué ?

– Le mot dans le mur, c'était toi ?

Toujours cette même voix, brève, butée. Joseph fait brièvement oui de la tête tout en s'habillant, le regard ailleurs, pour ne pas avoir l'air, l'air de ce à quoi on lui dit qu'il ressemble : un vicieux, une lopette. Ici ils disent « un gaïlle ». Et ça peut coûter cher. Soixante jours de cachot, les lynchages et parfois le cimetière, qu'on dit plein de morts enterrés la nuit en secret. Joseph est bouleversé. Il se dépêche de rejoindre le rang et il avance comme les autres au pas militaire, bras tendus balancés d'avant en arrière, menton relevé, torse bombé. Il n'aime pas projeter en avant sa maigreur, son corps minable. Le garçon aux yeux noirs s'est mis à ses côtés, quel culot, ils vont se faire punir, c'est sûr...

— Je m'appelle Aimé. C'est con ce nom !

La pomme d'Adam de Joseph monte et descend, mon Dieu comme elle a grossi, et comme elle le trahit. Aimé, oui c'est con comme nom, mais quel toupet. Ce gars est un caïd, peut-être ? Il a tous les droits ? Un deux ! Un deux ! Bande d'abrutis, vous avancez oui ou merde ? Aimé a la même démarche que dans la cour de l'hospice des enfants assistés, le corps penché en avant, il va vite, motivé par on ne sait quoi. Qu'est-ce qu'il veut ? S'il est un dur, Joseph ne sera pas son mignon, on ne le touchera plus jamais ! Il y a du grabuge dans les premiers rangs, un gars s'en prend une bonne, la file se désorganise, bousculade, désordre et cris de douleur. Joseph serre les dents.

— T'es pas causant, merde.

Non, il est pas causant. Et même ça, il n'arrive pas à le dire : « J'suis pas causant. » Il n'a pas envie qu'on lui parle, pas envie qu'on le piège, on essaye toujours de profiter des nouveaux, c'est la loi, et il la connaît, il n'est pas un bleu. Il prend l'air le plus indifférent qu'il peut, mais son cœur s'affole à chaque fois que ce garçon surgit devant lui, et il ressent le même trouble qu'à la Petite Roquette.

La marche s'arrête totalement. Apparemment un minot se fait passer à tabac par le gaffe. Ils attendent. Le soleil est mauvais, qui leur brûle la peau, leur fait la trogne rouge, heureusement qu'ils ont leurs bérets, les crânes rasés sont fragiles. Les cris du minot se sont changés en sanglots. Les colons regardent au loin et patientent.

— On nous a arraché l'cœur.

Joseph se tourne vers Aimé. C'est ça. C'est exactement ça. On leur a arraché le cœur. Aimé sourit, il est content, il a eu ce qu'il voulait, il a fait réagir Joseph. Merde, comment a-t-il été assez bête pour se faire avoir ?

Depuis cinq jours Joseph a commencé à travailler à la buanderie sous la surveillance d'une sœur hospitalière. Il est soulagé qu'elle lui ait ordonné de laver à la main, il n'aurait pas voulu être près de la lessiveuse à charbon, l'eau bouillante qui en sort à gros jets est dangereuse, Colette avait une amie blanchisseuse, brûlée sur le visage, on disait qu'elle ne trouverait jamais de mari et on l'appelait Gaufrette, à cause des cicatrices, Joseph avait peur d'elle. Il préfère frotter les taches, les attaquer à la brosse et aux cristaux de soude, même si eux aussi brûlent les mains. Le soleil frappe contre les hautes fenêtres et sur les colons penchés sur les baquets énormes, courbés, agenouillés, et qui s'acharnent de tout leur corps pour frotter, rincer, essorer le linge souillé des colons mais aussi celui du directeur et de sa famille, de l'aumônier et de sa bonne, des sœurs hospitalières, le linge de tout le monde, avec des jours définis pour chacun.

– Le plus dégueulasse, c'est celui de l'infirmerie, lui a expliqué Coste, un colon d'une quinzaine d'années au visage couvert de boutons, la voix haut perchée.
– Nan, le plus dégueu, c'est celui à la bourgeoise du directeur ! Ses culottes menstruelles, ah la salope !

– Hé ! Moi j'me pognerais bien dans ses bas, pour sûr !
Ils avaient ri, en se camouflant un peu. C'était à la pause, et ils se parlaient de loin en loin, ce qui donnait à leurs mots banals la force d'annonces. Le seul qui n'avait pas participé, c'était Audouze, le colon qui travaille à côté de Joseph, il ne desserre jamais les dents, ne lui répond même pas quand il lui demande un morceau de savon ou un peu de soude. Il ne semble ni l'entendre ni le voir, pas plus qu'il ne semble être fatigué, jamais.

La religieuse qui les surveille est surnommée Burette, elle est grasse, et son visage impassible sous l'immense cornette. Son registre serré contre sa poitrine, elle ne bouge pas, mais rien ne lui échappe. Joseph se demande comment elle voit et entend quelque chose dans ce hangar noyé de vapeur, ce bruit infernal des machines, des giclées d'eau froide, des seaux d'eau sale jetés dans les travées, du charbon balancé dans la lessiveuse, des battoirs, des sabots, des brouettes. Lui, ce fracas l'abrutit, le bruit le fatigue autant que le travail. Il a envie de briser la fenêtre, dehors il fait beau, à la pause il a entendu les pigeons se battre dans les arbres, ou bien se séduire, il n'a jamais su faire la différence entre la parade et la bagarre, en tout cas ces pigeons y allaient de bon cœur, furetaient dans l'immense tilleul, on devait être sacrément bien, dans cet arbre...

Burette a l'œil plus perçant que tous les gaffes que Joseph a connus. Une petite femme maigre, tout en noir, se tient à ses côtés, on la surnomme Moustique. Quand la sœur pointe le doigt vers un colon, elle traverse la fumée et file le chercher à pas prudents dans les flaques d'eau savonneuse, se doutant que tous espèrent sa chute, qu'ils la programmeront sûrement un jour. Tout à l'heure elle lui a ramené un môme, un tout petit, sept ou huit ans, ou bien un plus âgé, mais qui n'avait pas grandi, un carencé, le sourire atroce du scorbuteux, la peau perlée de sang. Joseph le voyait paniquer, un tic lui faisait toucher la tête avec son épaule, et il passait nerveusement sa manche sous son nez, sûrement il chialait. Et il y avait de quoi. Joseph sait maintenant comment ça se passe, pourquoi un gamin qui pisse au lit peut faire perdre le drapeau d'honneur à toute sa famille. Les fautes de la semaine s'accumulent, celles de chaque famille sont notées, et tous les matins, avant leur départ pour l'atelier, on rassemble les colons et chaque chef d'atelier fait son rapport au surveillant-chef : désordre, paresse, bavardage, chant, parole immorale, insubordination, échange de bérets, possession de tabac, vol, guet, maraudage... Tout est consigné. Et ce qui se passe au plus profond de la nuit, aussi. En entendant l'énoncé de ces actes interdits, Joseph avait compris que tous faisaient comme lui, et que toucher son sexe a un nom : masturbation. Cela lui avait causé un choc, et un peu de honte. Les colons avec qui il était en route pour la buanderie étaient de tous âges, et commentant ce qu'ils venaient d'entendre, ils se menaçaient. « Te fais pas d'illuses, mon gonze, la semaine prochaine, c'est pas vous qui l'aurez le drapeau, vous faites trop les cons ! » avait dit Coste. « Tu parles ! Dans ta famille vous vous faites tous emmancher, il va vous passer sous l'nez ! » lui avait répondu un autre, mais Coste ne s'était pas démonté : « Ouais ben défends bien ton froc, connard, avant de défendre le drapeau ! » Ce drapeau d'honneur les rendait tous fous.

Trois heures déjà qu'il frotte le service de table en damassé de lin du directeur et ses mains sont à vif, la douleur monte jusqu'aux épaules, il a du mal à tenir la brosse, la tête lui tourne, il a faim et il a envie de vomir, mon Dieu, s'il vomissait sur le service de table du directeur, combien de points ferait-il perdre à sa famille ? Il frotte les initiales brodées en ahanant comme un vieux, la vapeur puante lui entre dans la bouche et il en a la nausée, une répulsion de tout le corps. Audouze, lui, ne relâche pas sa cadence, il brosse à un rythme infernal. Les poils de crin s'accrochent aux broderies, Joseph y est allé trop fort, plusieurs fils ont sauté. Est-ce que ça se voit ? Est-ce qu'il pourrait dire que c'était comme ça déjà, avant qu'on lui confie ce linge ? De toute façon des taches ici, il y en a partout, dans les hamacs, dans les frocs, et sur le drapeau de la Colonie, aussi, oui ! Leur drapeau de merde est le plus taché des emblèmes. La tête lui tourne, elle cogne contre la pierre du lavoir, il lâche sa brosse et s'évanouit. Les serviettes du directeur dérivent lentement et se mêlent aux crasses communes.

On l'a déposé devant la buanderie, et après lui avoir lancé un seau d'eau sur la figure, Guépin, le surveillant général dont il a déjà entendu des dizaines de fois le nom, prononcé avec une haine apeurée, l'emmène au prétoire, dans la maison du directeur. Deux étages de jolies fenêtres, de balcons enlacés par la glycine... elle est si forte cette glycine, elle doit être là depuis des siècles, et les chambres de bonne au-dessus, depuis des siècles, aussi.

Devant la maison, Guépin s'arrête pour parler avec le chauffeur du directeur, qui astique la voiture avec des gestes lents et profonds. Joseph piétine sur le gravier, ne regarde pas les deux hommes mais les entend, les cylindres, la vitesse, la puissance, le gaffe a une tendresse dans la voix qu'il ne lui pensait pas possible, il est si vieux, si empâté, ses yeux petits et vifs, ont une étrange lueur de désir mauvais.

Une odeur familière vient lentement jusqu'à Joseph, elle a quelque chose d'ancien, de tenace, le chocolat, le gâteau sorti du four... Non, c'est plus amer et plus sauvage... C'est l'odeur du café. L'odeur du café... La noisette et les fleurs, le chaud d'un matin sans travail... Et soudain, il voit son pavillon ! À trois cents mètres à peine, c'est son pavillon et tous les autres ! Il ne les pensait pas si près de la maison du directeur, car ici tout est différent, le soleil n'est pas le même, il est plus doux, et le ciel plus proche, c'est un tout petit monde, bien abrité. Il entend le bruit d'un râteau sur le gravier, cette patience invisible, apaisante, mais qui ne l'apaise pas. Deux colons jardiniers passent devant lui avec leurs brouettes et leurs longues blouses, des planqués, qu'est-ce qu'ils ont fait ces deux-là pour être affectés jardiniers ? Ils doivent être les pires des salauds, il doit falloir s'en méfier comme de la peste. Joseph pense à Aimé, qui travaille aux champs depuis les premières heures du jour et qui revient chaque soir assoiffé et épuisé, mais se débrouille toujours pour lui parler en douce, lui expliquer les règles de Mettray, celles qui ne sont écrites nulle part. « Allez ma salope, assez traîné ! Ho ? Tu m'entends ? Tu vas pas me résister tu sais ! » Guépin lui fout un coup de trique dans les mollets, Joseph trébuche mais reste sur le seuil. Il n'est jamais entré dans une maison comme celle-ci, pleine de lumière, il a l'impression d'être dans un grand drap tout doux qui va lentement se resserrer sur lui. Il entend une femme rire, et un enfant rire après elle. Il y a du monde ici, et il se souvient des poupées au Grand Bazar de l'Hôtel de Ville que Colette aimait regarder : le maître et la maîtresse de maison, leurs enfants, les grands-parents, la nurse, la cuisinière, le chauffeur, la bonne, le jardinier. Une si jolie porcelaine. Ici c'est pareil, il se balade dans un magasin, il est posté derrière les vitrines. La tête lui tourne drôlement, il s'efforce de ne pas se tenir à la rampe en bois si bien cirée, qui tourne en suivant l'élégance de l'escalier. Il y a une telle luminosité dans le couloir qu'il est aveuglé, et quand il entre dans le prétoire, des taches de lumière l'empêchent de voir le visage du directeur. L'odeur du tabac est acide, écœurante. Son garde-à-vous est chancelant, mais le directeur ne lui ordonne pas le repos.

– Alors, Vasseur ? On n'est même pas foutu de faire le travail d'une femme ? Qu'est-ce qu'on va faire de toi ?
C'est une voix étrangement amollie, pleine de satisfaction et de bien-être. Joseph attend la sanction.
– On m'a dit que tu savais signer, tu n'es donc pas totalement idiot.
Il ne sait pas quoi répondre, il ne sait pas si le silence est nécessaire ou offensant.
– Regarde-moi quand je te parle, espèce de crétin !
La voix s'est faite aiguë comme une épée. Joseph lève brusquement la tête. La pièce est envahie de soleils, il regarde le directeur sans le voir. Un crucifix tremble derrière lui, la fenêtre est ouverte, l'air entre par petites brassées chaudes, parfumées de jasmin. Le directeur se tait. Et soudain, venant du dehors, Joseph entend une voix qu'il connaît, une voix lasse, épuisée, une voix d'homme qui a trop fumé, qui a trop bu, une voix très angoissante, qui répète une litanie : Un-deux-un-deux-un-deux... Et puis... et puis le bruit des pas en écho ! Eux aussi, Joseph les a déjà entendus, des pas lourds, qui claquent, fer contre bitume. Et comme si tout ça était fait exprès, ce moment de silence, la fenêtre ouverte, le directeur lui demande :
– Tu les entends ? C'est là que tu veux aller ? Hein ?
– Pardon, monsieur le directeur.
– Je préviens rarement deux fois, tu sais. Encore un refus de travailler et je t'y envoie, moi. Et c'est pas drôle. N'est-ce pas, Guépin ?
Le surveillant glousse, flatté d'être mis dans le coup, et son rire entraîne une toux rocailleuse et irrépressible. Le directeur se laisse tomber dans son fauteuil directorial.
– Allez fiche-moi le camp, va faire ta petite lessive ! Ouste !
Puis tapotant sur son bureau il ajoute :
– Tout est consigné sur ta feuille de punition, Vasseur :

désordre à l'atelier, mauvais travail, mauvaise volonté à obéir. Un bon début, un sacré bon début...

Quand ils sont dehors, le soleil les prend comme s'il n'attendait qu'eux, il les chope et c'est fini la jolie maison paisible, les femmes qui rient et l'odeur du café. Guépin pousse Joseph vers une encoignure, l'agrippe par le col, de son haleine lourde de tabac froid il susurre :
– Regarde-les ma salope, regarde-les bien.
C'est une horde d'enfants, torse nu sous le soleil, le visage, les bras et les jambes zébrés de plaies ouvertes, des sacs sur le dos, des fils de fer autour du buste, et qui leur rentrent dans la peau. Ils sont de tous âges, et ils tournent, sans s'arrêter, ils se traînent et trébuchent dans leurs sabots, les chevilles ensanglantées par la lanière de fer. C'est eux que la voix commande, jour et nuit, un-deux. La voix a un corps, assis à l'ombre, une bouteille de vin à la main, un nerf de bœuf dans l'autre. Guépin tire sur le col de Joseph et murmure :
– Le quartier des punis, le peloton, la pelote, la roue mouvante, si tu préfères, et ça n'a ni début ni fin, ça ne s'arrête jamais. On peut en crever, tu saisis, ma salope ? Un mot de moi, un seul, et tu t'y retrouves illico. Je t'ai à l'œil, mon con, je t'ai bien à l'œil, crois-moi.

Joseph détourne le regard. Derrière eux : les fenêtres du directeur. Les arbres sont hauts et fournis, depuis la maison on ne voit peut-être pas les enfants dans la cour. Mais on entend leurs sabots, et la voix inlassable, un-deux. Est-ce que de simples arbres peuvent être une frontière ? Est-ce que deux pays peuvent être si proches et si différents ?

Ils sont tous alignés dans la cour, chaque famille au garde-à-vous devant son pavillon, et il y a dans l'air quelque chose d'à la fois exaspéré et heureux. L'envie d'être bien les rend nerveux, ravive chez certains une angoisse à fleur de peau. C'est le premier dimanche de Joseph, un dimanche radieux sous le soleil et les nuages fins, lancés là-haut comme des voiles déchirés. Et les voilà, qui sous les ordres militaires s'avancent vers la chapelle dont on a ouvert les portes en grand. Ils entrent dans la lumière, au pas cadencé. Ce matin Joseph a vu son visage dans un morceau de miroir brisé, ses yeux, il les a regardés tant qu'il a pu, et il s'est dit que finalement, les agents du service anthropométrique s'étaient trompés : ils ne sont pas marron, ils sont noisette, Colette avait raison. Il pense à elle en s'avançant dans l'allée centrale si lumineuse. « À la lumière, mon roseau chéri, de noisette tes yeux passent à miel clair. » En riant elle embrassait ses paupières, vite, ça le chatouillait et lui envoyait des frissons jusque dans le cou. Jamais il n'a osé lui demander si c'était normal que des bisous sur les paupières fassent frémir la peau de sa nuque. Et il ne le sait toujours pas. Les chants commencent, qui toujours lui donnent envie de regarder le plafond de la chapelle, comme en Picardie, voir les pierres se détacher, échappées des mains des bâtisseurs. Mais il fixe l'autel, poitrine gonflée, respiration contrôlée. Aimé est deux rangs devant lui. Joseph n'avait jamais remarqué la longue cicatrice à la base de son cou, tout près de l'implantation des cheveux. Il a aussi une épaule plus basse que l'autre, comme si quelqu'un s'appuyait sur lui en permanence, comme si Aimé était un poteau. Une halte. Joseph s'assied en même temps que les autres, en silence, et dans ce mouvement il voit, là-haut sur les coursives, le directeur, sa femme et leurs enfants, deux petites filles aux longs cheveux blonds tenus par des rubans roses. Qu'est-ce qu'elles pensent de nous ? Est-ce que leur maman leur a appris à ne pas s'approcher des colons ? Est-ce qu'elles entendent la ronde des punis qui tournent sous leurs fenêtres ? Est-ce qu'elles savent que sous cette chapelle il y a douze cachots ? Les fillettes écoutent l'aumônier, le visage penché, avec un peu de paresse et d'élégance. Et soudain Joseph se souvient ! La petite fille dans le train qui le menait ici, il sait maintenant à qui elle lui faisait penser ! C'est à Hortense, à Hortense qu'elle ressemblait, la fille du Café-Bois-Charbon de la rue de la Roquette. Le visage laiteux, les cheveux clairs d'Hortense, son rire mal camouflé derrière sa main... Il comprend qu'il lui plaisait. Et qu'elle le troublait. Ils étaient attirés l'un par l'autre, d'une façon enfantine, mais certaine aussi. Aujourd'hui, s'il rencontrait Hortense, elle ne le regarderait pas. Il n'est pas repoussant, il est simplement d'une autre espèce, l'espèce de l'Assistance, il est orphelin comme on est blond, riche, boiteux, ou fille de directeur. Celles d'ici n'auront jamais peur des bérets bleus à pompon qui ondulent en bas dans le chœur. Ici, c'est la Colonie. Le travail de papa. La Colonie. Leur adresse. La Colonie. Joseph a l'impression de se tenir au bord du monde, et s'il disparaissait, il ne manquerait à personne. Le cafard le prend. Et puis il voit la nuque d'Aimé. Son épaule penchée. Il pense «Je pose mon regard sur cette épaule». Et il n'en bouge plus.

La messe finie, les colons font une haie d'honneur devant la chapelle, et le directeur et sa famille en sortent comme sortent les mariés, beaux et fiers sous le soleil, puis le cortège marche jusqu'à la salle commune, mais ce n'est pas le directeur ni les chefs qui en prennent la tête, c'est la clique. Ce moment que Joseph attend, cette appréhension émue et ce désir fou qu'il a d'entendre jouer la fanfare de Mettray. Un soir, en rentrant de l'atelier, il a surpris le début d'une répétition, lorsque les instruments s'accordent. Il ne s'attendait pas à ça. Il ne savait pas que la musique pouvait vivre ici, qu'on y consacrait du temps. Un instant il avait cru à une hallucination, puis il avait écouté, ému et désorienté. Les instruments commençaient à jouer, les tambours y allaient doucement, comme un cheval au petit trot, et la musique avait surgi des instruments à vent, chaude, nerveuse, décidée. Il avait croisé le regard d'un trompettiste, le gars semblait le connaître, il avait hoché la tête, Joseph avait hésité un peu et, comme le gars était de la fanfare, il avait hoché la tête aussi, ça lui faisait une connaissance utile.

Il n'avait pas eu besoin de rechercher le trompettiste, c'est lui qui un soir s'était approché et lui avait demandé comment il s'appelait, comme ça, de but en blanc.

– Moi, je m'appelle Delage. Victor Delage. Je t'ai vu l'autre jour, devant la maison du directeur.

C'est un colon d'une quinzaine d'années, avec un regard si doux qu'on dirait qu'il va s'éteindre, c'est comme une toute petite flamme.

– J'suis jardinier. J'aurais quelque chose pour toi.

Et il avait filé en vitesse. Aimé avait dit à Joseph que Delage était connu, c'était un fada.

– Qu'est-ce que ça veut dire ?

– Ça veut dire que les gars comme lui... ils ont trop de choses dans le crâne.

– Quelles choses ?

– Des toquades.

Joseph s'en fiche. Delage est musicien, c'est la seule chose qui compte. Et ce matin, au sortir de la messe, il entend la fanfare jouer. C'est fou comme cette musique bouscule Joseph ! La fanfare joue *La Marche lorraine*, une musique éclatante, les instruments sourient, il les entend qui s'amusent, se courent après, et puis se rattrapent pour s'unir, alors cela devient d'une solennité éclatante, brillante, est-il possible d'entendre cette musique sans avoir envie de bouger ? Soudain Aimé pousse le colon qui marche à côté de Joseph et prend sa place. Comment a-t-il fait cela sans se faire remarquer ? Comment se débrouille-t-il pour être celui qui le rejoint et le surprend toujours ?

– Pourquoi tu souris, Vasseur ?

Comment lui expliquer que la musique l'entraîne vers la joie ?

– Allez, tiens-toi droit...

Et comme s'il voulait lui montrer l'exemple, Aimé bombe le torse, marche au pas, de grandes enjambées bien raides, bien militaires, qui font honneur à monsieur le directeur. Sa femme et ses filles ont disparu, ce qui va se dire dans la maison commune n'est pas pour elles, c'est une histoire d'hommes. C'est le moment du rapport hebdomadaire et de la remise du drapeau d'honneur, les fautes de chacun vont retomber sur tous.

Joseph a armé son fusil et le tient bien droit devant lui, pointé vers l'ennemi. Il ne pensait pas que c'était si lourd à l'épaule, et si long, presque deux mètres avec la baïonnette. Une arme très précise, pour un ennemi un peu flou, et un engagement patriotique sans faille. Il entend le bruit sec des fusils autour et les ordres de « Gâchette », le chef, sa voix qui s'excite. Il tient son fusil gras 1874, mais il ne voit pas la cible. Il transpire et ses mains glissent sur le bois bronzé du fusil. Il pense à son père. Il tient sa guerre dans les mains, la guerre de Paul Vasseur, armé du même fusil réglementaire. Le chef lui ordonne de tirer. Il ne tire pas. Le chef lui hurle qu'il est plus con qu'un tirailleur sénégalais. Ça fait rire les autres. Il est pris par un froid violent, inattendu. Il faut haïr l'ennemi et faire feu, « Feu ! » hurle Gâchette. Et son père soudain est face à lui, la chemise ouverte, tenue des deux mains, il l'encourage, Sois un homme, mon fils ! Et il voit comme son père est jeune. Il n'est pas comme sur la photo de mariage, il n'est pas pataud, il a un certain courage, et il est beau. « Feu ! Bougre de pédé ! » La furie du chef empêche Joseph de voir plus intensément ce père qui s'offre à lui. Combien d'Allemands a-t-il tués avant d'être une gueule cassée ? « Mais tire, nom de Dieu ! » On ouvre la culasse, on introduit la munition, on referme la culasse et on fait feu, ça n'a rien de compliqué, ce sont des gestes secs, répétitifs, sans temps d'arrêt, sans temps mort. Le chef susurre à son oreille : « Tire ou je te bute ! » Son père ferme les yeux. C'est plus simple alors de viser sous les côtes, à gauche, à la place du cœur. Il tire.

Leur nonchalance, après l'entraînement, quand ils nettoient leur fusil, passent le doigt sur le lieu de fabrication et la date gravés, est réveillée par la question de Gâchette :
— Quatre fois soixante ? Hein ? Quatre fois soixante ?
Ils répondent en chœur :
— Deux cent quarante, chef !
— Non mais alors… ! bafouille Gâchette, étrangement fatigué soudain, et qui va s'ouvrir la deuxième bouteille de la matinée, le moment attendu des colons après l'instruction, qui leur permet un peu de liberté.
Lui va penser à sa compagnie d'infanterie, les quatre sections de soixante soldats qu'il avait sous ses ordres en 14. Son temps éclatant. Son obsession.

— T'as eu les pétoches, hein, Vasseur ?
— Si t'as peur des balles à blanc, imagine un peu la frousse que t'aurais eue à la guerre ! Un déserteur qu't'aurais été, pour sûr !
Ils se moquent de lui, puis parlent de leur avenir, quand ils intégreront la territoriale. « Les colons aux colonies ! » comme s'amuse à le répéter Copeau de sa voix grave qui lui va si mal, lui, l'immense échalas au regard hésitant. Et ils se marrent tandis que dans son coin, le chef rote, la bouteille serrée contre son cœur, les yeux dans le vague.
— Qu'est-ce qu'il a dû en faire chier des poilus, ce con…
— Espèce de cave, peut-être que les poilus aussi l'ont fait chier ?

– C'est vrai ça, qu'est-ce t'en sais, bougre de con ?
– Ils lui ont p't'être brûlé les poils du cul pendant qu'il cuvait sa vinasse !
– Ben ouais ! Ils y ont p't'être aussi fourré des rats dans le slip ! Le slip réglementaire !
– Ils se sont défendus, hein, c'étaient des soldats !
– Ouais, des soldats ! Comme nous !
– Moi j'aurais préféré être marin, dit le petit Monnier, dont le fusil est plus haut que lui.
– Marin, ouais... Partir loin..., dit un autre, faussement blasé.

Et ils pensent au grand bateau penché, rouillé et démâté, qui pourrit lentement sur le terre-plein et leur rappelle que Mettray était la dernière étape avant la mer, quand les colons n'intégraient pas la territoriale mais la marine. De ce temps-là ne leur restent que les bérets à pompon et les hamacs du dortoir. Et pour sortir du cafard qui les prend, ils relancent l'offensive :
– N'empêche, Vasseur il a fait dans son froc !
– La femmelette !
– Hé ! T'es le vautour à qui, Vasseur ?
– Le vautour à Dubois qu'il est !

Ils rient de toutes leurs dents déchaussées, et Joseph sait que c'est maintenant qu'il doit le faire : montrer qu'il est un homme. Ni un déserteur, ni le mignon d'Aimé Dubois, ni une lopette. Un homme.
– Aaaah ! Vasseur ! Ma p'tite frégate chériiie ! dit Copeau en se caressant le torse.

Ils se tordent de rire en regardant Joseph, attentifs à sa réaction. Alors il se lève. Remonte ses manches. Ordonne à Copeau de venir se battre. Les rires se calment. Chacun tient son fusil contre soi, se rassied mieux sur le banc derrière la table en bois. Joseph essaye de penser à ce qui pourrait lui donner la force de cogner, d'où pourrait venir sa colère. Copeau se tient face à lui, plus grand de trois têtes. Il est maigre, ses os sont peut-être fragiles, son corps est là mais son esprit est ailleurs, ou nulle part peut-être, peut-être qu'il est taré, mais les tarés se battent bien. Copeau gesticule, ses poings serrés frappent l'air et le guettent. Les colons commencent à gueuler, ils encouragent le combat. Jusqu'où sont-ils censés aller ? On dit que Guépin a battu un minot à mort et que personne n'a rien dit. Ils nous tuent, pense Joseph, ils nous tuent tout le temps, ils ne font rien d'autre que nous tuer. Il sait que le cimetière est derrière, vers les grands champs, des centaines et des centaines de colons sous la terre. Il pense à Guépin le tenant par le col devant la cour des punis, son haleine cramée, et soudain, il frappe Copeau qui n'a pas eu le temps de parer et reçoit le poing en plein dans les côtes. Sa réponse est immédiate, un coup sec et précis sur la pommette. Joseph se mord la langue, très vite se reprend, poings en avant, respiration accordée, toutes ces croix derrière eux, ces mômes officiellement morts de la tuberculose, combien Guépin en a-t-il sur la conscience ? Ils nous tuent tout le temps, Joseph baisse la tête et frappe plusieurs coups violents et profonds dans le ventre de Copeau, un ventre rempli de flotte et qui clapote étrangement, mais l'autre le bourre de coups rapides, impossibles à éviter, Joseph entend les encouragements et les sifflets, il protège son visage, les poings de Copeau se font plus brutaux, et lorsque Joseph perd l'équilibre, il lui prend la tête sous son bras et serre tant qu'il peut. Joseph a le souffle coupé, il entend les cris des colons, certains comptent à rebours, c'est un match, un vrai divertissement.

– Bougres de fils de putes ! Ah mes salauds !

Gâchette s'est réveillé. Il chancelle et les regarde tous avec une concentration qui trahit sa difficulté à rester debout. Joseph et Copeau se sont séparés illico, les autres se figent, c'est la douche froide.

– Alors ? Ça vous tente, hein, la pelote, mes petites salopes ?

Il les observe lentement, de ses yeux délavés d'alcoolique, et il sait qu'ils ont peur de lui, il voit leurs mines livides, leur panique. Les aînés et les plus jeunes c'est du pareil au même, il peut en faire ce qu'il veut, il a tous les droits. Avec des gestes mal assurés il sort de sa poche son carnet et son crayon, et dit d'une voix lente et précise :

– Tous j'vais vous inscrire, tous ! Bagarre. Violence en groupe. Insoumission au règlement. Non mais alors...

Il s'est assis et a posé son carnet sur la table, sans les regarder il écrit leurs noms, il lutte contre le sommeil, mais s'applique à faire son devoir, il n'en oubliera aucun, il se souvient d'eux tous, ils sont sa dernière mémoire, ses derniers soldats.

Joseph regarde son fusil posé contre le muret, la lame de la baïonnette, cette épée... Il voit chez les autres cette tentation, un instant il y croit, ce serait si simple, une erreur de maniement, un accident... Monnier va vers la besace du chef, en sort une bouteille de vin et simplement la pose près de lui. Le chef hésite.

– Buvez un peu, chef, y fait trop chaud, dit le petit Monnier de sa voix de fillette.

Et regardant les autres, il dit comme on s'excuse :

– Mon père, ça l'calmait à tous les coups.

Le chef hésite encore, il s'affaiblit mais ne lâche pas son objectif : les inscrire tous pour le prétoire, et que le quartier des punis leur ouvre les bras. Lentement le chant monte, Joseph ne sait pas qui a commencé mais très vite ils sont plusieurs à chanter :

– Quand Madelon vient nous servir à boire, sous la tonnelle on frôle son jupon !

Gâchette rit : « Ah oui ! C'est ça ! C'est ça, oui ! » Son visage change, il hoche la tête au rythme de la chanson, et Monnier met de force la bouteille contre ses lèvres, tandis que les autres chantent plus fort :

– Un caporal en képi de fantaisie s'en fut trouver Madelon un bon matin et, fou d'amour, lui dit qu'elle était jolie !

Monnier fait boire le chef avec des précautions et des tendresses, comme s'il nourrissait un tout-petit. Il sait même quand le chef a besoin de roter, il ôte alors la bouteille, et quand c'est fait, il le biberonne de nouveau.

Joseph n'a jamais senti la mort si proche. Elle est là, il la sent qui les frôle, les guette avec une infinie patience, et les uns après les autres ils disparaissent, sans que personne les réclame.

Joseph se sent ridicule avec ces fleurs à la main, il aura de la chance s'il ne se fait pas traiter de lopette, mais il est surtout terriblement déçu. Parce qu'il lui avait promis une surprise, il rêvait qu'un jour Delage lui prête sa trompette, mais voilà qu'il lui donne des fleurs de camomille, c'est vrai qu'il est fêlé ! Il désigne les mains abîmées de Joseph.
— Ça va drôlement te soulager, tu sais ! Mon frère il pilait la camomille et ça lui guérissait ses engelures, radical !
— Comment il s'appelle ton frère ?
Delage sourit, un sourire immense, comme si sa bouche se déployait.
— J'peux t'avoir une partition, tu sais !
— Vrai ?
Delage regarde par terre puis soudain il dit : « Y s'appelait René. » Et il s'en va, à toute vitesse, comme d'habitude.

Joseph ne sait pas quoi faire de ces fleurs. Aimé lui conseille de les déposer aux pieds de la Vierge, dans la petite niche, celle entre la ferme de derrière et la carrière de pierre. Joseph refuse :
— La Vierge ? Pas question.
— Et pourquoi pas ? J'y vais moi, elle y a droit. À elle aussi ils y ont pris son fils.

Joseph n'avait jamais pensé à ça. L'autre soir, à la chapelle pendant la prière de piété, il a regardé le fils de Dieu sur sa croix, regardé bien en face, puisque lui, on peut l'observer tant qu'on veut. Le corps du Christ était effrayant, et agenouillé face à lui, il en voyait toute la laideur, et cette laideur soudain, il l'avait aimée. La douleur du Christ lui disait qu'ils étaient de la même trempe tous les deux, alors il l'avait supplié de le regarder, il voulait savoir ce que disait son visage, comment on supporte toute cette souffrance, mais le Christ avait gardé la tête penchée. Il était mort et c'était tout. Et sa mère, toujours si droite et tranquille, il n'aurait jamais eu l'idée d'aller lui porter des fleurs ! Quel service Delage va-t-il lui demander, en échange de ce bouquet minable ?

Lui, sans même l'avoir réclamée ni marchandée, va avoir une partition ! Il va découvrir l'écriture de la musique, ce qui s'inscrit quand il l'entend, quand elle se tait aussi, il va tout lire, tout, déchiffrer chaque respiration, chaque progression, chaque attaque et chaque chute. Les musiciens regardent leur partition et rien d'autre autour, ça se passe entre eux et les notes, un face-à-face jaloux et savant, il les a vus faire. Il voudrait entrer dans leur cerveau, il voudrait vibrer de leur souffle, il voudrait avoir une voix unique. Les musiciens ont un regard plus doux que les autres, il l'a tout de suite remarqué, leur instrument les guide, et leur musique est gaie même quand ils sont tristes. Ils ont un monde à eux.

Quand il revient d'avoir posé les fleurs de camomille dans la petite niche, Aimé dit tout bas : « C'est fait ! », et Joseph a l'impression qu'il vient de faire un sale coup. Après tout, chacun ses prières, et la tendresse d'Aimé est toujours vive et un peu brutale, comme s'il se débarrassait d'un sentiment encombrant.

Cela fait plus d'un an que Joseph est à la Colonie. Il a appris à laver le linge, à manier le fusil, à se battre, à supporter le froid, la faim et la bêtise, le règlement absurde, la loi des hommes qui se placent sous la loi d'un Dieu vengeur. Il a appris à éviter Guépin, du mieux qu'il le peut, quand il le peut. Il a appris qu'à sa construction, il y a presque cent ans, Mettray était un modèle de pédagogie et de réinsertion que l'on venait admirer de tous les pays, pour reproduire ensuite les méthodes éducatives si nouvelles et si exemplaires. Il a appris que le manque d'argent entraîne la chute de toutes les institutions, que la pauvreté s'adresse toujours aux mêmes, et il fait partie des plus miséreux. Il a désappris à lire, à écrire, à compter. Il écoute la fanfare mais la fanfare se refuse à lui. Il a supplié son chef de le prendre comme cornettiste, il s'est approché de lui un jour, en oubliant de faire le salut militaire, et il a balbutié « Je suis musicien, je crois ». L'autre lui a dit de revenir lorsqu'il en serait sûr. Il n'est jamais revenu. Est-ce qu'on peut être sûr de quelque chose, ici ? Il se sent abêti et sans conviction. Sans Aimé il ne serait peut-être rien d'autre qu'un garçon amer.

Ce jour-là, le défilé est terminé, qui les a menés, comme chaque dimanche, jusqu'au bourg de Mettray, fanfare en tête.

Au bord des routes, devant l'église blanche, sur son parvis, on les a applaudis. Ils ont montré la prospérité de la Colonie, et ainsi rassuré les habitants et les paysans, tous ceux pour qui ils travaillent, mais qui sont les premiers à les chasser dès qu'une alerte évasion est donnée, qui les traquent, les ramènent au bercail et empochent la prime. Maintenant ils rentrent, les musiciens ne jouent plus, et leurs instruments sont contre eux comme des enfants que l'on tient. Sans la fanfare, leur marche résonne toujours plus fort, et ils ressemblent à ce qu'ils sont, un troupeau d'orphelins. C'est l'automne, il est cinq heures et la lumière s'efface déjà. Joseph voudrait être à Paris, à l'école, avec ce qu'il connaissait par cœur, ce qu'il apprenait, et tout ce qu'il lui restait à découvrir.

– Où c'que t'es encore barré ? lui demande Aimé. Tu veux que j'leur demande de remettre la musique ?

Joseph sourit, la musique, il sait bien se la remettre tout seul...

– Te fais pas d'mouron, va, on en sortira bien un jour.

Mais c'est trop tard, Joseph est reparti là-bas, l'école, Paris, son quartier... Aimé attrape une mûre et la lui passe discrètement. Joseph la mange sans même la savourer. Ils quittent le bourg et entrent dans le bois. La lumière s'accroche faiblement à la cime des arbres. Après avoir vu le visage des gens libres, Joseph n'a jamais envie de remonter là-haut, mais ce soir, c'est autre chose, il a envie que ça s'arrête, c'est une grande erreur de l'inspecteur de l'avoir envoyé en Picardie, une grande erreur des juges de l'avoir mis en prison, et pour une fois, Aimé ne peut rien contre ce cafard qui le prend.

– Tu veux qu'on se biche ?

Aimé plaisante, mais Joseph ne trouve pas ça drôle, s'évader, quelle idée ! Le dimanche les habitants sont dans leurs maisons, dans les bistrots, sur les places, et les gendarmes qui ont encadré le défilé s'attardent dans le bourg. Il y a du monde partout.

— Mais à quoi qu't'u penses, bordel ? Allez ! Souris-moi !
Joseph pense que s'ils échappent au bagne, Aimé deviendra valet de ferme, et lui militaire. Il pense que maintenant Eugène et Marcel connaissent par cœur leurs tables de multiplication et savent faire des divisions à trois chiffres.
— Ah ça non, t'es pas causant, merde !
Aimé se tait enfin et ils marchent en silence, avec les autres, au même rythme, les derniers kilomètres dans la forêt profonde, comme une grotte avant la Colonie, ce grand piège transparent. Soudain, les galoches d'Aimé dérapent, Joseph entend le bruit des feuilles écrasées lorsqu'il lance son long corps vers la forêt, comme un danseur qui s'envole. Il est encore dans l'élan de la fuite lorsque Joseph court vers lui, se plaque contre ses jambes et le fiche à terre. D'un mouvement rapide Aimé le retourne, s'assied sur lui, cogne sa tête contre la terre rousse et lui hurle qu'il est un salaud, un bâtard et un pédé. Les gaffes accourent, les séparent brutalement, gueulent que ça va barder, ils vont la payer cher cette bagarre !

Et les voilà au garde-à-vous devant le directeur, qui a abandonné sa partie de bridge dominicale mais pas son cigare pour remplir sa fonction, tiraillé entre l'envie d'expédier l'affaire et celle de ne pas démériter. La fenêtre est fermée, la pièce est enfumée, Joseph n'entend pas la ronde des punis, la voix du directeur emporte tout :
— Vous recoudrez vous-mêmes vos uniformes ! Et sachez que leur dégradation sera déduite de votre paye ! Le défilé dominical est la fierté de notre institution, je n'accepterai jamais, vous entendez jamais ! que vous en salissiez une seule fois la tenue !
Emporté par son discours il retrouve ses convictions et son impitoyabilité. Joseph comprend que c'est à lui que son père a obéi, à vingt ans c'était le même galonné, le fier meneur d'hommes qui lui ordonnait de tirer. La vie des garçons, c'est

ce gradé face à eux. La vie des ouvriers et des paysans, c'est ce vieux chef qui ne tiendrait pas cinq minutes s'il devait physiquement les affronter.

— Alors, Vasseur ? Tu réponds ?
— Pardon, monsieur le directeur.
— Pardon ? Mais pardon de quoi, espèce d'abruti ? Je te demande si ce que rapporte Dubois est vrai : il cherchait à s'évader et tu l'en as empêché ?

Joseph se retourne vers Aimé.
— Garde-à-vous, bordel !
— Il voulait pas s'évader... on se battait... monsieur le directeur...
— Vasseur, ce n'est pas compliqué : as-tu, par amour pour notre Colonie, empêché Dubois de s'évader, oui ou non ?

C'est à ce mot-là qu'il repense le soir, dans son hamac. « Par amour ». Aimé lui avait proposé de s'évader, pour le sauver de sa détresse, et il n'avait pas douté un instant que Joseph le suivrait. Lui, il l'avait tiré hors de la fuite comme on tire un noyé hors de l'eau, par instinct. C'est tout. Ce soir, Aimé dort au quartier disciplinaire. Là où on est accueilli par la camisole de force, les bras remontés derrière le dos, vers les omoplates. Joseph revoit le corps d'Aimé s'enfuir, puis tomber, par sa faute. Peut-être que son évasion aurait réussi, il aurait été l'exception, un espoir pour les autres colons, qui sait ? Peut-être que Joseph aurait dû lui faire confiance. Chez le directeur Aimé a protégé Joseph. L'a-t-il fait par amour ? Est-ce qu'ici quelque chose peut se faire par amour ?

Pourquoi ne lui a-t-il pas dit oui ? Oui, je veux m'enfuir avec toi, rêver avec toi, être ailleurs avec toi. Ailleurs. Ici. N'importe. Mais pas tout seul. Et l'absence revient, avec ses questions à rendre fou : Où est Aimé ? Comment va-t-il ? Est-ce qu'il reviendra ? Il demande de ses nouvelles à ceux qui sortent du quartier, à ceux qui travaillent alentour, à Delage qui jardine près de la cour des punis, à des vieux qui lui font peur mais à qui il offre un morceau de savon, une pièce de drap en échange de la plus petite information. Mais on ne lui dit rien, à part des bobards, ou des demandes de faveurs sexuelles, qu'il refuse. Peut-être n'aime-t-il pas assez pour cela ? Peut-être ne se sent-il pas assez coupable pour se sacrifier ? Puisqu'il n'a pas suivi Aimé dans son évasion, il peut au moins l'attendre, se préparer pour son retour, et quand il reviendra, s'il veut se bicher une fois encore, il l'accompagnera, il courra avec lui, suivra la direction qu'il prendra, quelle qu'elle soit. Tout ce qu'il voudra.

Il suit les cours de gymnastique avec un zèle qui tient de la rage. Chaque semaine, Guépin leur donne des cours, et par centaines ils obéissent à sa folie, ses hurlements, ses coups de trique, ses passages à tabac, des cours de gymnastique donnés par cet ancien boxeur pour les mater, les tordre, les tuer aussi, parfois. Le mois passé Guépin a été médaillé, les colons se tenaient au garde-à-vous dans la cour pour assister à la récompense. Joseph a peur, mais il ne faiblit jamais. Il tient. Il survit. Il veut forcir, se muscler, que son corps soit son bouclier et qu'il résiste à tout, au froid, à la faim, au manque, à la colère. Il aime ses courbatures, sa fatigue, ses muscles nouveaux, il aime son épuisement, sa sueur, et parfois, il aime l'attente, cette longue espérance. D'autres fois il imagine Aimé tournant dans la cour des punis, il imagine cet instant où l'oxygène vient à manquer, où la vie n'est plus palpable qu'à travers la douleur, où la seule chose qui vous signale que vous vivez, c'est votre envie d'en finir. Aimé souffre, à cause de lui. Et maintenant il le hait peut-être. Maintenant il le trouve lâche et peureux. Quand il reviendra, s'il revient, il se vengera, ou pire, il le fuira. Joseph va voir la statuette de la Vierge dans sa niche. Si Aimé croit en elle, s'il la prie comme on prie une mère, elle doit pouvoir lui dire comment il va, et par quel moyen Joseph peut lui faire signe. Il récite l'*Ave Maria* sans quitter des yeux la statuette. La Vierge est lisse et sans mystère. Les mères à qui on a pris un enfant deviennent folles. Elles ont le chagrin sauvage. Qu'a-t-on pris à celle-là, qui semble flotter dans l'indifférence ? Qu'a-t-elle donné à Aimé, en échange de ses prières ? Un peu de force ? Un peu de générosité ? La folie ? La Vierge ne répond pas et Joseph est face à son atroce transparence. Au moment où il se détourne pour s'en aller, un détail l'arrête : les mains de la statue lui désignent quelque chose. Plus loin, en contrebas, il aperçoit les piques des grilles, et puis, s'il regarde bien, le sommet d'une croix. L'émotion le prend dans ses bras puissants. Ce qu'il n'a jamais vu, ce qu'il se refusait à voir est là, quelques mètres plus bas. C'est le cimetière, que la Vierge lui indique.

Le soir après le dîner il se cache sous la table où on fait la vaisselle, et il attend que tous soient partis pour y aller. C'est le cœur de l'hiver et le soir ressemble à la nuit. Il a un peu de mal à retrouver le chemin, c'est la partie la plus vaste de Mettray, il dépasse les fermes – les vagissements des bêtes, la porte de la grange qui claque, les chiens qui gueulent dans le vide –, et le vent glace ses pieds nus dans les sabots trop grands. Il dérape sur des plaques de verglas et des cailloux pointus, la carrière est juste derrière, vers les champs qui n'en finissent pas. Il est loin maintenant, et il aperçoit les lumières des réfectoires, le frère aîné fait sûrement la lecture, la vie des saints dévorés par les lions, embrochés, égorgés, noyés, ébouillantés, l'exaltation de la souffrance. Les cyprès ressemblent à des géants indifférents, rien ne les touche et même l'hiver ne les abîme pas. Une chouette hurle au loin. Plus il s'approche du cimetière, plus le dehors paraît hostile. Ses peurs viennent à lui, toutes ses hantises. Il pense aux tout-petits de la Jeanne d'Arc morts le picot à la main, à Audouze qui a mis son bras dans l'essoreuse, à Monnier qui a transpercé son mollet avec un fil de fer passé dans le fumier, à tous ceux qui se sont mutilés pour aller à l'infirmerie, dormir dans un vrai lit, et qu'on n'a jamais revus. La peur lui donne envie de pisser. Il s'arrête et urine en tremblant. La demi-lune si froide, si petite semble accrochée là-haut par hasard. Lui se sent perdu dans un lieu fait de mille replis, de secrets indécents et de fantômes inconsolables.

À l'écart du sentier, au fond à gauche, un peu caché, c'est là. Il s'approche. On dirait qu'après les murs du cimetière il n'y a plus rien que le vide, la nuit a tout dévoré. Il a avec lui les allumettes qu'un colon cuisinier lui a échangées contre sa corvée de chiottes. Il les frotte les unes après les autres, et la nuit frémit. Il pense qu'il s'est trompé, ce n'est pas là... le champ est si petit ! Il y a une pierre tombale et une croix pour chacun des deux fondateurs de la Colonie, une autre pour une religieuse. C'est tout. Il pense aux grands champs de Picardie, aux croix alignées, égales, innombrables. Ici la terre est simplement remuée. De longues mottes blanches et gelées, une plaie ouverte. Son front contre la grille, il regarde le champ silencieux. Ainsi ils sont tous là ? Dans ce minuscule carré ? Depuis presque cent ans, les garçons affamés, martyrisés, assassinés, morts sans même un nom, une date, un numéro de matricule ? Il frotte ses dernières allumettes et les regarde se consumer, face à tous ces enfants oubliés. C'est là que la Vierge l'a envoyé ? Mais elle s'est égarée. Ici ce n'est rien. Ni le paradis ni l'enfer. C'est simplement le lieu de l'oubli, la cachette profonde. Aimé n'est pas ici, Joseph l'aime suffisamment pour le savoir. Il ne peut pas être là, puisqu'il est la part vivante, tenace et immortelle de la Colonie.

Il décide de croire en son intuition, il décide d'espérer. Aimé va revenir. L'hiver faiblit, se rend, le jour prend la place de la nuit, mais le froid est tenace encore, qui surgit par bourrasques, des courants d'air gelés dans les couloirs, entre les bâtiments, comme un ennemi mesquin, et la toux des colons est comme le bruit des clefs : le chant interminable de Mettray. Des rumeurs circulent : pour remplacer dans les ateliers les malades, et tous ceux qui « disparaissent », on libère des punis. Ils sortent au compte-gouttes, les uns après les autres, souvent après un passage à l'infirmerie où on les retape un peu. Quand ils reviennent, c'est toujours la même chose, le silence. Et puis l'oubli.

Joseph a une surprise pour Aimé, il met des semaines à la préparer, puis il la cache avec sa tenue du dimanche dans le petit casier de bois, devant son hamac. Chaque nuit, il vérifie qu'elle est bien là, Aimé peut revenir, tout est prêt. Cela fait plus de deux mois qu'il l'attend. À la buanderie, un colon qui revient du quartier lui confirme qu'il a vu Dubois. En échange de plus d'informations, il exige du tabac. Joseph passe sa vie le regard au sol, et toutes les sorties du dimanche à supplier par des gestes, les civils qui les regardent passer. Mais il ne trouve pas de perlot, et on ne lui tend pas le plus petit mégot. Des semaines durant il espère voir Aimé s'avancer vers lui, ses grands pas décidés, son allure de chevalier, chaque matin il se dit C'est aujourd'hui, pas tant parce qu'il y croit, mais parce qu'il veut forcer le destin. Mais Aimé ne vient pas à sa rencontre.

C'est un soir, au réfectoire, alors qu'il met le couvert dans le silence imposé, avec des gestes d'une grande précaution, pour que le frère aîné n'entende pas « une seule petite cuillère vibrer », qu'il sent sa présence, son regard. Derrière lui, cette chaleur, comme une main posée sur lui, un visage au creux de son épaule... C'est lui. C'est forcément lui. Sa présence ne ressemble à aucune autre, c'est une vérité, une tension. L'émotion est d'une insoutenable douceur, il semble à Joseph que lentement sa vie se remet en place. Son corps est comme appelé par ce regard. Il se retourne. Et bien sûr il est là. Si Aimé lui demandait : « Tu m'remets ? », il lui répondrait oui, instantanément, oui, je te remets. Il a deux dents cassées, il sourit sans cesser de regarder Joseph, la bouche ouverte, atroce. On dirait qu'on l'a étiré, il a grandi et maigri, il se balance un peu en souriant avec tendresse, et il ressemble à un long bâton agité par le vent. Joseph le trouve laid et magnifique. Si fragile et indestructible. Comme il l'espérait. Comme il le savait. Il ne faut pas s'approcher, se parler, se toucher. Se regarder plus longtemps qu'ils ne le font. Il faut survivre au trouble. Et le cacher. Manger la soupe aux haricots sans se retourner pour voir si Aimé est bien là, s'il mange bien, s'il ne manque pas de pain, si sa fatigue n'est pas trop grande. Ils sont tous les deux dans la présence intense et invisible, les nerfs à vif, heureux.

À la toilette du soir, Aimé est penché sur le robinet d'eau froide, on dirait qu'elle lui fait mal, il a de tout petits sursauts, comme des tics, de minuscules frayeurs. Joseph le regarde, il repense à la rivière, le corps d'Aimé face au soleil, ce mirage éblouissant. Quand il a fini sa toilette, il lui fait le signe habituel qui signifie qu'il doit lui parler. Il voudrait lui donner son cadeau, cette nuit. Aimé le regarde en s'essuyant le visage de sa manche, sa respiration est lourde, se laver au robinet l'a fatigué. D'un pas traînant, il rejoint sa place et attend les ordres pour installer son hamac. C'est trop tôt pour un cadeau. Trop tôt pour recevoir quelque chose. Accrocher son hamac est difficile, il fait du bruit en heurtant le bois, le frère aîné gueule, lève la main... puis laisse passer. Demain Aimé doit retourner aux champs.

Maintenant ils se taisent. Péquenaud. Bouseux. Cul-terreux. Cloche. Paysan. Ils ne le lui diront peut-être plus jamais. Maintenant ils le regardent et Joseph voudrait leur dire que c'est pour lui, cette beauté, c'est pour lui qu'Aimé le fait, il en est sûr. C'est une cérémonie silencieuse, et certains rêvent que peut-être un jour, aux colonies, ils demanderont de passer de l'infanterie à la cavalerie. Ça doit être possible. Si on est doué.

Ils sont devant leur pavillon, ce soir de printemps, et la dernière lumière s'est posée là, sur Aimé et le cheval noir, posée comme un faisceau sur ce duo tranquille, le cheval de labour aux gros sabots, à la croupe volumineuse, et le colon maigre et édenté. Ça pourrait être ridicule, ça le serait sûrement, si Aimé ne mettait dans sa façon de ramener la bête à l'écurie cette lenteur interdite.

C'est parce qu'il prend son temps, et parce que au lieu de mener le cheval par la bride, il le monte, que cela devient un spectacle.

Ce cheval noir qui marche sur les fleurs roses des marronniers, c'est l'image inverse de la violence. Et c'est plus qu'une réconciliation, c'est un défi. À la beauté doit répondre la beauté. Joseph sait ce qu'il lui reste à faire.

Dès le lendemain, il y va. C'est le jour du plus beau printemps, dans la plus belle lumière, un bleu lumineux, immense. Après la tempête de la nuit, la terre est recouverte de milliers de fleurs de marronnier. Quand Joseph descend du dortoir, il voit cette lumière, comme un encouragement, alors il va répondre à Aimé, le surprendre, l'épater peut-être. Et pour cela, il va affronter sa peur.

À la récréation du matin, il s'approche de Gimenez. Depuis que le môme est devenu le vautour de Murcia, un caïd de la famille, il ne partage plus son hamac. Joseph aimait mieux être avec lui qu'imaginer ce qu'il subit chaque nuit. «Je vais t'apprendre à pisser utile», c'est ce que Murcia lui a dit, et le gosse n'a pas eu le choix. Joseph s'approche de lui, mains hors des poches, regard au sol, l'attitude de soumission nécessaire pour l'aborder.

– Qu'est-c'tu veux, toi ?

La voix de Gimenez a changé, comme son rôle au sein de la famille. On passe par lui maintenant pour obtenir une faveur du marle.

– J'ai besoin de quelques minutes, ce matin... tout de suite...
– Qu'est-c'tu donnes ?
– J'ai du lourd, mais c'est là-haut, dans mon casier.
– Tu demandes quoi en échange ?
– Une déclanche pour pas retourner à l'atelier ce matin.
– T'es sacrément gonflé.
– J'ai deux chaussons de drap.
– Deux ?
– Pourquoi que je te raconterais des craques ?
– Bon... Tu pourrais peut-être l'avoir, ton excuse.

D'un signe de tête Gimenez lui ordonne de filer, et tandis

qu'il fait le guet sous l'escalier, Joseph court aux dortoirs, d'où il rapporte deux chaussons de drap planqués dans sa manche, le cadeau qu'il n'a pas pu donner à Aimé.

– C'est bon, tu peux te barrer. Mais si ça tourne mal, j'te fais fracasser ta gueule.

Joseph va vers la salle commune en marchant du plus vite qu'il peut. Courir serait suspect. Aller trop lentement aussi. Et il n'a pas beaucoup de temps. Gimenez lui a accordé cinq minutes, pas une de plus. Après, il le dénonce.

Personne ne l'arrête, aucun gaffe ne traîne dans le coin, la Colonie ressemble à un village endormi qu'il traverserait en cachette, et un moment bien sûr, il y pense : et s'il allait dans l'autre sens ? Vers l'allée qui mène à la sortie ? Qui l'en empêcherait ? Mais le voilà arrivé à la porte de la salle commune. Il lance de longues expirations pour calmer son souffle, il se redresse, frappe trois petits coups, mais bien sûr on ne l'entend pas, alors il ouvre doucement la porte, et le voilà dans l'autre monde. La salle commune est un ciel ouvert, elle respire, ample, prise sous la musique intrépide de *La Marche de printemps*. Bémol, le chef, le voit s'avancer jusqu'à lui, il lui lance un regard furieux, les musiciens hésitent, se trompent. Bémol pose sa baguette, le silence pèse sur les pas militaires et réguliers de Joseph. Il se plante devant Bémol, le salue, main ouverte sur la tempe, et murmure quelque chose que le chef n'entend pas. Là-haut, sur l'estrade, Delage lui sourit, avec son air un peu idiot, et Joseph parle plus fort :

– J'en suis sûr.

– De quoi ?

– Je suis un musicien, monsieur.

– Chef.

– Je suis un musicien, chef.

– Un musicien n'interrompt pas une répétition. Fiche-moi le camp.

Joseph claque des talons, se retourne et s'en va au pas cadencé. Dans son dos, le silence attentif de l'orchestre. Dans son dos, son rêve tenace, comme un chien accroché à sa jambe. Son rêve obsessionnel. Et l'image d'Aimé sur son cheval, lui offrant sa noblesse aux yeux de tous. Aimé dont il espère un tout petit peu d'admiration.

Joseph est à la porte, la main sur la poignée, et soudain il se fiche d'être puni, il se fiche de mourir, Tuez-moi je m'en fiche, il se retourne, prend une inspiration profonde, garde le buste droit, le visage fier, brûlant, cramoisi, et il siffle *La Marche de printemps*, déroule ce qui dormait en lui depuis des années, sa longue patience et son désir. Il offre à Aimé son courage, son talent de gosse et aussi, sa fierté un peu ridicule. Tout ce qu'il possède.

Depuis bientôt deux ans qu'il fait partie de la fanfare, Joseph n'a jamais réussi à s'habituer aux regards. Il pensait qu'il serait fier d'avoir un public quand l'orchestre accompagne les fêtes religieuses de la Colonie, accueille les hôtes de marque ou défile jusqu'au bourg, mais il n'a jamais pu s'y faire. Il vit sous le regard de Dieu, des chefs, de Guépin, des gaffes, et de tous les colons, mais quand il joue, il voudrait qu'on l'écoute les yeux fermés. Alors il pourrait mettre dans sa musique l'ardeur qui est la sienne, ce trouble qu'il ne sait pas nommer, cette concentration et cette union du corps et de l'esprit. La première fois qu'il a tenu l'instrument dans ses mains, la force qu'il devait déployer pour qu'un seul son sorte du cornet l'a étonné. C'était une force qui mobilisait tout son corps, depuis le souffle profond jusqu'au crâne, une tension violente, et un mouvement des lèvres auquel rien ne l'avait préparé, aucun exercice. Après lui avoir confié le clairon, Bémol l'a fait passer troisième, puis deuxième cornet. Joseph a cousu sur sa manche son galon de musicien. La musique est cette omniprésence invisible. Il la traque et l'entend partout, elle vit dans ce qui est beau et dans ce qui est laid, et il se demande si dans la mort elle se tait tout à fait, si c'est pour cela que le visage du crucifié ne peut se relever : il n'entend plus la musique. La mort n'a pas de mélodie.

Aimé et la musique se confondent, et parfois il ne sait plus s'il joue pour qu'il soit fier de lui ou s'il l'aime pour nourrir sa musique. Jouer n'est pas un divertissement. Jouer c'est comme traverser la nuit. Il se dit que peut-être, de là-haut, Colette le voit, son fils de treize ans, son fils cornettiste. Il est grand, toujours maigre mais musclé maintenant, et quand il joue il se tient droit, met toute l'élégance qu'il peut dans son maintien, une façon digne d'affronter le monde, d'en faire un tout petit peu partie. Son corps de musicien appartient à sa mère. Son corps de colon appartient à Aimé. À ses caresses. À sa joie volée, interdite, brûlante.

La première fois que c'est arrivé, il pleuvait depuis le matin, il pleuvait comme il pleut en Touraine, une longue pluie calme, régulière, presque chaude. C'était un dimanche, et ils avaient défilé sous la pluie, dans le bourg personne ne s'était déplacé pour les regarder, et le ridicule de cette procession trempée semblait une punition supplémentaire. Pour la première fois, en jouant, Joseph s'était demandé, Est-ce que ça va durer longtemps ? Les chefs leur avaient ordonné de se rassembler autour du monument aux morts et d'observer une minute de silence, pour ensuite jouer *La Marseillaise*. Ça n'était pas prévu, ça n'était pas une date de commémoration, et cette cérémonie improvisée leur disait le mépris où on les tenait, eux qui devaient jouer l'hymne patriotique sans raison, dans un village désert. Augustin Jamin, Eugène Dorzac, Urbain Fontaine, François Rousseau, Gustave Rousseau... pendant la minute de silence, Joseph lisait les noms de ceux qui avaient « combattu vaillamment et jusqu'à la mort » (il avait oublié comme « vaillamment » est un mot difficile à écrire)... René Burochin, Émile Chantereau, Alexandre Mérot, Marcel Léger, Joseph Lardet... et puis il a croisé le regard d'Aimé. Pour la première fois, de cette façon-là. Aimé, son béret minable sur son crâne mal rasé, son visage brun de paysan, et ses yeux qui ne regardaient que lui... La pluie sur la peau des tambours, sur le parvis de pierre, sur les toits d'ardoise, et ses yeux qui ne regardaient que lui... Joseph avait joué *La Marseillaise* en oubliant les noms des morts sur le monument («Ô Dieu donne-leur le repos éternel»). Quelque chose venait de changer, et parce qu'il ne savait pas ce que c'était, il sentait que c'était important.

Au retour du défilé ils étaient tous trempés et déçus, tous un peu minables, et le frère aîné leur avait donné deux minutes pour monter au dortoir se changer. Et parce que Aimé n'était pas là, Joseph avait compris. Par son absence il lui donnait rendez-vous, et il n'était pas difficile de deviner où. La pluie était plus forte, le ciel s'était obscurci et Joseph ne savait plus si Mettray était un lieu ancien, fini, ou entièrement nouveau. Il avait marché prudemment jusqu'à l'étable, maculant ses chaussures de boue et de merde, effrayé par les éclairs qui subitement éclairaient le ciel, les flashs d'un orage qu'on n'entendait pas, qui roulait ailleurs, très loin, dans les villages libres. Il était entré dans l'étable. La pluie passait à travers le toit pourri. Aimé frottait avec une poignée de foin le dos d'une vache dont la robe frémissait par petits coups électriques. Il n'avait pas levé le visage vers Joseph, il laissait passer ce temps comme s'il n'était pas dangereux de se trouver là tous les deux, loin de la famille. Joseph avait parlé le premier :

– C'est quoi la cicatrice sur ta nuque ?

– Demande à ma mère.

Il avait souri pour dire ça. Comme s'il s'agissait d'une marque de tendresse. Et puis il avait levé le visage et regardé Joseph. Le cœur de Joseph s'était emballé, il chauffait son sang, c'était une angoisse délicieuse, et plus le temps passait, plus il mesurait le risque qu'il prenait à être seul un dimanche, en présence d'un autre colon.

Maintenant, il sait que l'attente fait partie du plaisir. Il sait tout ce qui se passe, quand il ne se passe rien, mais que l'autre nous attend. Chaque rendez-vous avec l'autre est un rendez-vous avec soi. Tout le bouleverse, l'attente, les premiers instants des retrouvailles, le cœur même de la rencontre, la force de l'attirance, le besoin, la nécessité, l'envie irrépressible de l'autre, l'étourdissement du plaisir qui jaillit. Il s'en veut de pleurer à chaque fois, pleurer d'émotion quand tout est fini, mais ce soulagement, les nerfs qui lâchent, les défenses qui s'effondrent, il ne peut les empêcher. Pas plus qu'il ne peut se forcer à accepter des choses qu'il ne veut pas, c'est trop tôt, et peut-être même que ça ne viendra jamais. Aimé ne lui fait jamais ce que le surveillant de la Petite Roquette lui a imposé, et un jour il lui dit : « Ça me va comme ça. » Ce sont des paroles simples, les plus belles que Joseph ait entendues depuis qu'il est à l'Assistance, elles apaisent le tourment qu'il y a à se poser cette question : Est-ce que je suis un pédé ? Il ne sait pas. Ce qu'il sait, c'est qu'Aimé a fait de la Colonie un endroit où vivre.

Ce sont toujours des moments volés, des rencontres furtives, bousculées par la peur de se faire prendre, d'être ensuite séparés, enfermés, lynchés, d'en mourir peut-être. Et la joie qu'il y a à être ensemble, ce grand soulagement quand ils sont dans les bras l'un de l'autre, est toujours la possibilité du pire. Ils ne connaissent ni la lenteur ni la paresse ou le repos, ils hésitent entre se raconter et se toucher, se confier par la parole ou par les gestes, ils doivent trouver l'accord dès les premiers regards, mais ils ont treize et quinze ans, et Joseph comprend que s'il n'est pas le premier garçon d'Aimé, il est le premier qu'il aime. Ce mot-là bien sûr ne se prononce pas, et il serait plus simple que l'un soit le caïd de l'autre, que la relation soit ouvertement celle de l'assujettissement, le viol serait autorisé, en lien avec les lois de la Colonie.

— J'étais en nourrice, mon père nourricier m'a envoyé chercher du pain. Devant la boulangerie j'ai vu un mouchoir par terre. Je l'ai ramassé... Il avait un nœud. Je l'ai défait. Il y avait un billet de cent francs. La première fois que j'en voyais un. Je l'ai mis dans ma poche, et je me suis sauvé. Je voulais aller voir ma sœur, qui était enfermée au Refuge. Je lui ai acheté des bonbons... Ma famille nourricière avait signalé ma fugue, j'ai été rattrapé, ils ont trouvé les sous que j'avais sur moi, et les bonbons, et c'est là qu'on m'a envoyé à la Petite Roquette et puis à Mettray.

Quand Aimé lui fait cette confidence, Joseph n'ose aucune question. Il n'a pas l'habitude des aveux, il ne sait pas comment on s'y prend pour que la parole ne s'arrête pas, qu'elle ose sa propre musique. Il aime celle de son ami, sa voix, rauque, butée. Il aime sa peau, les marques du soleil, celles des fils de fer de la pelote, sa cicatrice dans le cou, il aime ce corps qui se reconnaît les yeux fermés, il aime se regarder aussi, dans son regard à lui, et il ose lui dire comment l'appelaient sa mère et sa grand-mère, pour qu'il l'appelle pareil, que ce nom-là revienne, mais Aimé ne le fait jamais, il trouve peut-être cela ridicule «mon roseau chéri». Et puis il y a des choses sacrées. La mère est au sommet de ce sacré-là.

C'est Gimenez qui les surprend. Sûrement il a été envoyé par Murcia, pour les espionner. Sa haine pour Joseph, sa haine de lui-même (sa propre laideur et «la fiotte» qu'il est devenu) en font un mouchard parfait. Personne ne l'aime et il n'a rien à perdre. «Je vais lui faire la peau.» C'est ce que dit Aimé le soir où il les surprend, où son visage se montre derrière le muret du cimetière et disparaît, comme un esprit échappé des tombes. Cela faisait plus de dix jours que Joseph et lui ne s'étaient pas donné rendez-vous. Se voir au Grand Carré, dans la cour, se savoir si proches dans le dortoir est une attente irritante, qui amplifie le besoin de l'autre. Mais un seul de ses regards, sa main furtive qui passe sur votre dos, sur votre paume font la journée supportable et secrète. La vie a trouvé un endroit où s'enraciner. Avec Aimé, Joseph a tous ses âges, il est entier, sans fractures ni rejets. Il peut être bercé, cajolé, ou aimé comme les adolescents peuvent le faire, avec une maladresse hâtive, un appétit déchirant.

Mais Gimenez les surprend. « Je vais lui faire la peau. » Bien sûr, c'est lui ou eux. Aimé le poursuit. Joseph rentre au pavillon. Le soir, Gimenez manque à l'appel. Les chefs signalent une évasion et donnent l'alerte.

Le lendemain Gimenez est retrouvé, comme d'autres avant lui, nu, couché dans les haies de laurier, derrière l'allée de marronniers qui mène à l'entrée de la Colonie, à côté de la maison du directeur, comme si toujours on déposait là le gibier chassé sur ses terres.

Est-il possible que le malheur soit si rapide que Joseph ne le devance jamais ? Est-il possible que ce soir-là, il ait caressé la sueur sur le torse d'Aimé, qu'il ait posé ses doigts sur ses lèvres, dans sa bouche, qu'il ait embrassé le plus intime de son amant, et qu'ensuite... cette même peau, ce même sexe, ce même être... ? Mettray est un lieu maudit. Avait-il réellement pensé qu'on pouvait s'y aimer ?

« Je vais lui faire la peau. »

Personne ne sait qui a violé Gimenez jusqu'à la mort. Aimé répète à Joseph que ce n'est pas lui : ils se sont bagarrés, Gimenez est resté étourdi, et d'autres sont venus après. Le môme avait tant d'ennemis, il était devenu un tel salaud. Joseph ne le croit pas.

Aimé s'est finalement porté volontaire pour travailler à la ferme d'Avantigny à quatre kilomètres de Mettray. Ils sont une centaine de colons à y vivre, et Joseph ne le voit plus, c'est la saison des foins, et selon le temps qu'il a fait dans la semaine, même les dimanches sont travaillés. Aimé n'est plus qu'une bête de somme. Comme eux tous. Joseph sait qu'il avait raison quand il disait que Mettray ne devrait pas s'appeler la Colonie, mais l'usine, la ferme, la carrière. Ils ne sont pas les parias de la Nation, c'est elle qui a une dette envers eux. « Y en a qui s'frottent les mains, crois-moi ! Ces fumiers d'actionnaires ! » La voix d'Aimé. Sa colère déterminée. Sa résistance. Sa tendresse brutale. Joseph devrait l'oublier. La musique n'est pas toujours le meilleur dérivatif, elle le ramène à lui aux moments où il s'y attend le moins, et le cafard est violent comme l'espérance. Mais c'est peut-être ce déchirement et ce chagrin qui donnent au jeu de Joseph cette intensité nouvelle, un son personnel, celui qu'il cherche depuis deux ans, pas forcément plus virtuose, mais unique, son propre son. Il joue avec les autres, mais sa partition se détache sans confusion, il peut écouter les cuivres et jouer ses propres mesures, et ce décalage le grise. Bémol le remarque, qui le complimente pour la première fois. Chaque progrès engendre une autre étape et d'autres difficultés, ses partitions dans sa sacoche l'accompagnent partout, c'est sur elles qu'il lit le monde, et y inclut le sien.

Un homme vient assister aux répétitions. Une fois. Puis deux. Le chef ne le leur présente pas. C'est un homme d'une trentaine d'années, d'une belle prestance, mais populaire, la casquette toujours vissée sur le crâne, le regard perçant, le visage fermé, il les écoute jouer sans rien manifester. Le directeur vient le saluer lors de sa première visite, et ils se parlent brièvement sur le seuil de la salle commune où a lieu la répétition. Joseph les observe, l'homme ne semble pas impressionné par le directeur, il garde les mains dans les poches pour lui parler. Après les deux répétitions il s'en va sans même une remarque, un compliment ou un remerciement. Ils savent bien qu'ils jouent sur de pauvres instruments et qu'ils sont de niveaux inégaux, ils ont faim et ils sont fragiles, certains s'interrompent parfois, pris par la toux, ils jouent souvent trop fort, ou bien perdent la dynamique, mais ils donnent tout ce qu'ils peuvent, et pour rien au monde aucun d'eux ne laisserait sa place. Pour les gens du dehors ils sont des colons. Pour les colons ils sont des musiciens. Eux ne savent qu'une chose : rien ne doit leur faire quitter la fanfare. Aucune transgression et aucune défaillance. Ils se doivent d'être sans faiblesse et sans blessure : si on les attaque ils protègent instantanément leur bouche, ceux qui travaillent dehors soignent leurs mains avec des herbes ramassées au bord des routes, des morceaux de beurre troqués contre n'importe quel service, ils sont des proies faciles mais on les admire aussi, ils sont l'orgueil de la Colonie.

Un matin, le gaffe vient chercher Joseph à la buanderie, pour qu'il le suive au prétoire. Il n'a rien fait de mal. Le gaffe est presque débonnaire, Joseph flaire la mauvaise nouvelle.

L'homme qui assistait aux répétitions est dans le bureau du directeur. Il a toujours cet air fermé et sévère, ce regard perçant, et ce calme. Joseph voit, sur le bureau du directeur, son carnet de l'Assistance publique. Il voudrait demander s'il est arrivé quelque chose à la grand-mère mais l'angoisse l'empêche de parler.
– Repos !
Le directeur l'observe avec lassitude, on dirait qu'il n'en peut vraiment plus de son travail, de tous ces gosses à moitié débiles. La fenêtre est ouverte. On entend tourner les punis. Un-deux. La menace. Joseph baisse la tête.
– Ça fait trois ans que tu es ici, Vasseur, tes débuts ont été calamiteux mais on a fait de toi un garçon honnête. Tu as l'âge de travailler.
Joseph pense que travailler, il ne fait que ça depuis qu'il est pupille de l'État, mais ce n'est pas le moment de répondre. Le directeur dit à l'homme :
– Je ne vous apprends rien, nos colons sont de fortes têtes, impossible de savoir ce qu'ils pensent. S'ils pensent quelque chose... Vasseur, je vais te donner ta chance. La moindre connerie, et tu reviens ici, direct au quartier. L'inspecteur de l'agence de Paris te suivra, je serai tenu au courant de tout ce que tu fais, et crois-moi je ne te lâcherai pas.
Et puis comme toujours, la fatigue l'emporte, il fait signe au gaffe d'emmener Joseph. Il ne lui explique rien, ne lui dit pas au revoir. L'homme ne lui a pas adressé la parole, l'a à peine regardé. Mais c'est fini. Il quitte Mettray. Maintenant. Comme ça, d'un coup. Pour Paris ? Pourquoi Paris ? Le gaffe l'emmène au pavillon, pour qu'il monte au réfectoire chercher son paquetage. Joseph prend ses habits du dimanche, ses galoches, sa sacoche de partitions, puis il la repose, décide de la laisser là. Ses mains tremblent d'émotion, d'impatience, de détresse. Il veut revoir Aimé, il faut qu'il revoie Aimé, mais le gaffe lui

gueule de se magner le cul, et sans savoir pourquoi, il vole une partition, *La Marche de printemps*, et la fourre dans son slip. Le besoin d'emporter quelque chose d'ici. Il ne sait pas pourquoi. C'est une folie de commettre cette imprudence au moment où il faut se tenir à carreau, au moment précis où il est libéré. Il ne sait pas où l'homme l'emmène, où on le place, quel travail sera le sien. Mais il sait que partir d'ici sans revoir Aimé est impossible.

En échange de ses trois années à la buanderie, le greffier lui annonce que vingt-cinq francs sont placés sur son compte à la Caisse d'épargne. On lui rend ses habits civils, ses chaussures et bien sûr on rigole. « Qui c'est qu'a bien mangé sa soupe ? », « T'as pas l'air con mon gars ! ». Il parvient à fermer le pantalon et à cacher la partition. Il a grandi et forci, mais il est maigre à faire peur. Son gilet lui arrive au-dessus du nombril, ses chaussures sont immettables. On lui donne ceux d'un colon « qu'en aura plus jamais besoin » et on les lui défalque sur sa paye. Il pense aux morts sans sépulture du petit cimetière.

L'homme signe des papiers dans un bureau adjacent. Coups de tampon. Cliquetis de machine à écrire. Joseph attend dans le couloir avec un gaffe. Il regarde les drapeaux. Le crucifix. Les affiches qui vantent la territoriale. La marine. Le secours aux indigènes. Il murmure au gaffe :
– J'ai besoin d'aller à Avantigny.
– Et moi j'ai besoin d'une pipe.
L'homme leur fait face.
– On y va ?
Le gaffe les conduit hors du greffe. Joseph entend le bruit des clefs, celui qui a rythmé ses trois années ici, la véritable

musique de Mettray. Arrivé au Grand Carré, le gaffe dit simplement à l'homme :
– Ben voilà.
Et c'est fini. L'homme fait un signe de tête à Joseph pour qu'il le suive et il s'engage dans l'allée de marronniers. Joseph est pris d'une panique immédiate. Il se tourne vers le gaffe, mais celui-ci est déjà reparti, Joseph remarque sa patte folle, la misère qui est la sienne. Il voit son pavillon, la chapelle, la tour de surveillance autour du clocher, il aurait voulu dire au revoir à Bémol, à Delage, à tous les musiciens. Il pense qu'il n'a pas bien essuyé son cornet la dernière fois qu'il l'a remis dans sa boîte, son chiffon était trop humide, et son embouchure, comme il aurait voulu l'emporter ! Si on trouve sa sacoche de partitions, est-ce qu'on ne va pas le rappeler ? Le punir ? Le vent se lève, un vent chaud, désordonné.
– Tu viens, oui ?
L'homme a une voix douce et autoritaire, il parle bas. Joseph longe avec lui l'allée de marronniers et de lauriers, il entend les oiseaux, les râteaux sur le gravier. Il pense aux punis. Il a un sanglot, bref comme un hoquet. Il n'arrive plus à avancer.
– Ben, qu'est-ce que t'as ?
Il étouffe, il n'arrive plus à respirer.
– Allez, avance, j'aime pas traîner ici.
L'homme pose sa main sur son coude et Joseph recule instantanément.
– J'voulais pas te faire de mal.
– Je dois aller à Avantigny.
– J'avais compris.

– Tu montes, oui ?
Joseph regarde la voiture. Il monte ? Où ? De quel côté ? Et comment on ouvre la portière ? L'homme lui fait signe de s'asseoir du côté passager.
– Alors quoi ? T'es jamais monté dans une bagnole ?
Pour s'asseoir, Joseph a ôté la partition cachée dans son slip. Il la lisse sur ses genoux et la garde dans les mains. Ils roulent en silence jusqu'à la ferme d'Avantigny. L'homme y va comme s'il connaissait le chemin par cœur. Drôle de bonhomme. Qui est-il ? Au fond, Joseph s'en fiche. La campagne défile vite, les petits chemins défoncés, ceux qu'ils prenaient chaque dimanche en suivant la fanfare, le pré où ils se baignaient dans la Choisille, la carrière de pierre où travaillent les tout-petits, la voie ferrée... Toute une vie en quelques kilomètres, et maintenant la peur au ventre, l'immense déchirure, l'envie que ça s'arrête. Que rien ne change.

Comment retrouver Aimé dans ce lieu si vaste ? C'est un monde affairé, organisé et bruyant, les cris des animaux, les rafales de vent dans les arbres, les coups de marteau, les sifflets, les appels et les ordres, le tracteur, les charrettes... Joseph sent l'homme plus mal à l'aise que lui, il ne connaît pas le monde de

la Colonie, ça se voit, il n'y comprend rien, il a hâte que ce soit fini. Joseph s'avance vers le maréchal-ferrant.
– Je cherche Dubois.
L'homme relève la tête : c'est un colon d'une vingtaine d'années, le visage buriné, pris par des rides profondes, déjà.
– Qui ça ?
– Aimé Dubois.
Joseph ne voudrait pas avoir cette voix-là, altérée par l'émotion, cet air suppliant. Il a la partition, il aurait dû la laisser dans la bagnole, maintenant il est là, avec ce bout de papier dans les mains. Comme un con. Le colon le regarde : le crâne rasé de Joseph, ses habits ridicules, ses chaussures trop grandes, et l'homme à ses côtés.
– T'es placé ?
– Oui.
– Où ça ?
– Tu le connais, Aimé Dubois ?
Le colon se retourne pour lui désigner une courette.
– Aux paniers, j'crois.
C'est miracle qu'il soit ici, et non aux champs, une chance inouïe. Mais Joseph est tétanisé par la trouille. Il ne sait pas de quoi. C'est une peur globale, une peur de tout, comme s'il marchait sur des mines, comme si c'était déjà fait, le monde est en train d'exploser. Et c'est Aimé, encore, qui s'avance, à grandes enjambées, droit sur Joseph, une hotte de vendange à la main. Le vent s'engouffre sous sa tunique, on dirait qu'il revient de la mer. Ils se font face. L'homme est resté deux pas en arrière, mais il les observe. Aimé sourit, de ce sourire abîmé et franc, immense.
– J'répare les paniers tu vois... toujours dans la paille, hein... comme à la Petite Roquette...
Joseph essaye de rire mais ça ne vient pas.
– Où qu'tu vas ?

- À Paris.
- À Paris ?
Joseph sait qu'Aimé ne connaît de Paris que l'enfermement. Mais il dit :
- J'te retrouverai, va.
Joseph s'approche de lui, la partition lui échappe, bousculée par le vent. Aimé pose un pied dessus et la lui rend.
- Tu vas jouer, à Paris ?
- On y va, maintenant.
L'homme s'est avancé, et son ordre est sans appel. Comment se dire au revoir ? Comment ne pas se quitter ? C'est Aimé, comme toujours, qui connaît les codes. On se serre la main, bien sûr, c'est comme ça qu'on se quitte, entre hommes. Joseph voit cette main tendue, cette main calleuse et brune de paysan, il se souvient d'elle, sa rugosité, sa force, et les petites entailles, il voudrait y poser son visage, encore, les yeux fermés sur cette paume qui sent la terre et la sueur. Il voudrait l'embrasser, la mordre, la lécher. Qu'elle lui appartienne. Il la prend simplement dans la sienne, il voudrait, par une pression, dire quelque chose, quelque chose de plus que simplement au revoir, il voudrait la tenir, la suivre, rester là.
- Ça va aller, te bile pas.
Aimé se veut rassurant mais Joseph sent son émotion, et déjà il lui a tourné le dos, il faut se fuir, tellement on a envie de se prendre. Et Joseph suit l'homme, laisse derrière lui le bagne, et son amour dedans.

L'homme actionne la manivelle avec nervosité et démarre, il semble contrarié, Joseph s'en fiche, et il peut bien l'emmener où il veut, il s'en fiche aussi, il n'a qu'une envie, chialer un bon coup, mais il y a longtemps qu'il ne sait plus le faire. Sauf dans l'amour. Avec Aimé. Ils roulent vite, c'est presque injuste qu'un paysage puisse disparaître si facilement, que tant d'enfants maltraités puissent devenir une insignifiance, en haut d'une forêt, quelque part dans la nature. Est-ce qu'ils vont rouler comme ça jusqu'à Paris ? Joseph a un haut-le-cœur, l'homme s'arrête et Joseph vomit sur le bord de la route, une bile jaunâtre. Quand il relève la tête, il voit qu'il ne voit plus rien, plus rien de Mettray, plus rien de ce monde-là, et il a honte de ce qu'il a connu, honte de ce qu'il a vécu, honte de les laisser tous derrière lui.

– Je m'appelle Michel Lambert, je suis imprésario, tu peux m'appeler Michel.

Joseph ne sait pas ce que c'est « imprésario ». L'homme lui a parlé sans le regarder. Lui aussi a le visage tourné vers cet horizon sans fin, dont la beauté et le calme sont un mensonge.

– Tu manques de technique mais tu es un bon cornettiste. Mais je te préviens : à la première connerie, t'y retournes. C'est peut-être ce que tu veux, au fond ?

Il va me traiter de pédé, ce con, pense Joseph. Je m'en fous.

– Tu as faim ?

Joseph se tourne vers l'homme. Cette question-là, depuis la grand-mère, on ne la lui avait plus posée. Et à la vérité, il ne saurait pas y répondre. La faim est si permanente qu'elle est devenue familière. La faim est en lui. C'est tout.

Il regarde son assiette sans y toucher. À part de la soupe aux haricots et du pain, il y a longtemps qu'il n'a rien avalé.

– Prends au moins l'œuf, lui dit l'homme.

Joseph se verse à boire. Il aimerait ne pas trembler. Il aimerait que cette matinée ressemble à ses rêves, il est dehors, il fait beau, il est dans un bistrot au bord de la route, il n'a plus qu'à siffloter un air qu'il aime bien, et la vie reprend là où il l'avait laissée, il a faim il mange, il a soif il boit, il appelle l'homme Michel, lui demande de lui parler de ses musiciens et ils papotent toute la journée, dans une voiture qui va à Paris. Il a

posé la partition devant lui, sur la table, et soudain il la voit...
l'empreinte du sabot d'Aimé. La terre de Mettray.
— J'ai pas faim.
— Voilà que tu parles !
— On y va ?
— Celui qui décide ici, c'est moi. Mais oui, on y va.

Te voilà, alors, petite gueule. Te voilà. Ah oui ils sont noisette. Noisette pour les intimes. Marron pour l'Assistance. Mais t'as une gueule d'Assistance, et tu l'auras toujours. Joseph passe doucement la main sur son crâne, ça va repousser. Des cheveux blonds, on dirait. Comme les sourcils. Il y passe un doigt, ils sont fins comme ceux des filles. Lopette. Vicieux. Il caresse ses lèvres, se dit que maintenant il va pouvoir bien les soigner, et ses dents aussi, ses gencives, « mes instruments de travail », ça le fait marrer, un peu. Mon travail... La musique, mon travail... Bonjour, Joseph Vasseur, cornettiste. Il se redresse, se regarde toujours, étonné, sans se reconnaître.

– Alors, Narcisse, tu viens ? Michel t'attend !

Le gars a ouvert la porte sans prévenir, Joseph s'est retourné si vite, si soudainement que l'autre a un mouvement de recul.

– Oh ça va, je voulais pas te vexer ! Faut que t'y ailles, quoi.

Le gars lui lance un regard méfiant et s'en va. Joseph s'assied sur son lit. Il va vivre ici, dans cette chambre, avec ce type dont il a oublié le nom, ce gros bien nourri, jovial, ah oui c'est ça le mot, « jovial », il avait oublié ce mot, il en a oublié plein, il s'en rend compte maintenant qu'il a le droit de parler, maintenant qu'on lui demande son avis, qu'on lui passe les plats, qu'on blague, oui c'est fou comme ils blaguent tous, on dirait qu'ils ne pensent qu'à ça, rigoler, « prendre la vie du bon côté », agités du matin au soir, du soir à la nuit. Il va avoir du mal à les supporter, il le sent. Il n'a rien à leur dire. Il se sent vide parfois, insensible, sans opinion, sans désir. L'instant d'après, il est submergé d'angoisses. Il a envie de cogner, lui qui a toujours fui la violence, il a envie de taper sur tout ce qu'il trouve, et sur tout le monde. Il est à Paris mais c'est comme s'il n'y était pas. C'est la première fois qu'il est dans ce quartier, Clichy, Rochechouart, Montmartre, si loin de chez lui... Il n'y a pas la Seine. Même pas un canal. Une péniche, une écluse, rien. Du bitume. Des boulevards. Des places immenses, encombrées. Et des bars. Des restaurants. Des clubs. Des cabarets. Des music-halls. Des dancings. Des cinémas. À la pension ça rentre et ça sort sans cesse, les pensionnaires changent tout le temps, depuis huit jours qu'il est là, Joseph ne les reconnaît toujours pas, et souvent il les comprend mal, avec leurs accents cubain, argentin, antillais, américain, manouche, des musiciens qui semblent improviser leur vie, courent d'un club à l'autre, d'un cachet à l'autre, Paris est plus bruyant la nuit que le jour, c'est une ville sans répit. Joseph a le tournis. Il a la gerbe. Il voudrait s'allonger sur son lit et n'en plus bouger. Ce lit est bien, dur, solide, calé contre le mur. Le premier qui s'approche, il lui explose le crâne contre ce mur. Mais les gars ici, les rigolards, ne pensent qu'aux filles, apparemment, « les poupées ». « Tu viens, poupée ? » ils ordonnent, et elles viennent.

– J'ai pas l'habitude d'attendre, tu sais.
Michel s'est planté face à lui. Joseph le regarde sans comprendre ce qu'il fait là.
– Luc est venu te chercher y a un quart d'heure. T'as une montre ?
– Non.
– Ben je vais t'en passer une mon gars, parce qu'il va falloir

que tu respectes les horaires. Et puis tu me la rembourseras avec ta première paye. Enfin... quand ces enfoirés se décideront à te la donner. Allez, on y va !

Joseph se lève. Michel le regarde. Va pour remettre en place le col de sa chemise, puis se ravise très vite :

– Je te touche pas, je te touche pas ! C'est juste ton col, là... Remets-le, quoi, habille-toi bien...

Joseph tire sur son col, ses manches, rentre mieux sa chemise dans son pantalon, et attend.

– On y va, non ? dit Michel.
– Oui chef.
– Ne m'appelle pas « chef » ! Et avance !
– Oui.
– Mais bon Dieu, Joseph, ce que tu peux être empoté ! Prends ton instrument ! Je t'ai prêté un cornet, non ?
– Pardon, chef.
– Je t'ai déjà dit de ne pas m'appeler chef !

Joseph tire son étui de sous son lit. Cette manie de tout planquer ! Michel le regarde, hésite à lui parler encore, et finalement, renonce.

C'est une immense bâtisse ronde qui s'impose sur le boulevard Rochechouart, avec ses colonnes, ses fenêtres hautes et son dôme, l'œil infaillible. La bâtisse fait au moins vingt mètres de hauteur, on doit bien dominer de là-haut, voir aussi bien que Dieu lui-même, intérieur extérieur, oui même les gens sur le boulevard on les a à l'œil sans problème. Là-dedans par contre, on ne doit plus rien savoir de la vie, du monde, on doit être pris dans ces murs, comme par un bâillon.

– Je te fais passer par le boulevard pour que tu voies un peu la gueule que ça a, hein, mais nous, on entrera par la rue. Ça t'épate, hein ?

– Oui.

– Le temple de la joie !
– Oui.
– T'y étais venu, quand t'étais môme ?
– Non.

Ils quittent le boulevard et vont dans la rue des Martyrs. Sonnent à l'entrée des artistes. C'est sombre à l'intérieur. Rouge et sombre. Et ça pue terriblement, le crottin, l'écurie, la bête fauve. Le concierge est assis derrière son guichet, Michel lui présente Joseph, puis ils entrent. Oui, ça sent les bêtes. Ça sent le cuir, aussi. La poudre, le gras, la poussière, la sueur, la fumée. Ça prend à la gorge. Le désordre est indescriptible, accessoires, morceaux de décors, costumes, instruments de musique, caisses de vin, de champagne, projecteurs, Joseph suit Michel qui va dans ce dédale avec l'aisance qui est la sienne, saluant brièvement les uns et les autres, le barman, des employés, des artistes. Joseph serre son étui dans sa main, et il se souvient que Colette lui parlait du cirque Medrano... est-il possible que ça existe toujours, ce monde si lointain de son enfance ? Est-ce que sa mère est venue ici, comme elle est venue peut-être dans un de ces music-halls, les bras chargés de plumes extravagantes ?

Ils montent dans le bureau du chef d'orchestre, près des loges. Joseph se retient de se mettre au garde-à-vous. Maintenant il doit désapprendre tant de choses, pour en apprendre tant d'autres, c'est une vigilance permanente, qui demande bien plus que tous les réflexes qu'il avait acquis à Mettray.

– Tu as entendu, Joseph ? Joue donc pour monsieur Louis. Quelque chose d'entraînant, hein, de vif.

S'il joue mal, est-ce qu'il retournera à Mettray ? Est-ce que Medrano est sa seule chance ? Michel ne saura pas quoi faire de lui, sans ça ? Le chef le regarde et attend. Michel s'impatiente, Joseph le voit à sa jambe qui bat la mesure. Il lui a dit qu'il n'avait pas de technique. Alors, qu'est-ce qu'il a ? Il ferme les yeux. Il y a un brouhaha pas possible tout autour. Des gens qui gueulent, qui courent dans les couloirs. Il pense à Colette. Si elle était dans une des loges, à frimater avec ses jolis bouquets de plumes, et que tout d'un coup elle l'entendait ? Il prend son cornet et déjà il respire mieux. Il sait exactement quoi faire de lui quand il a son instrument. Il joue *La Marche lorraine,* et il y met toute la joie et la ferveur qu'il faudrait pour qu'une plumassière lève la tête de son ouvrage et l'écoute.

Au fil des semaines, son corps se détend un peu, il sursaute moins quand on arrive derrière lui, il mange quand il a faim, il peut dormir dans le noir quelques heures d'affilée, il se couvre quand il pleut, il se lave chaque jour. En cachette il réapprend à lire, des programmes de concert, des pochettes de disque, un journal qui traîne. Les mots reviennent, le temps des verbes, la justesse de la ponctuation, c'est difficile mais il retrouve avec émotion cette langue si élégante et compliquée qui le fascinait, enfant. Est-ce qu'il saurait écrire, encore ? Il essayera plus tard. Au calme. Quand il sera sûr que personne ne peut le surprendre.

Ses cheveux ont poussé, ils sont d'un châtain très clair, blonds au soleil, ils changent en fonction de la lumière, comme la couleur de ses yeux. C'est ce que lui disent les filles. Il plaît aux filles, il le voit bien, sans comprendre vraiment si c'est par instinct maternel, par désir ou par curiosité. Elles sentent tout de suite qu'il y a en lui quelque chose de différent, elles ont toujours mille questions : « Tu viens d'où ? », « T'as quatorze ans seulement ? Merde alors ! », « T'as pas fait le Conservatoire ? T'as appris où ? », « Faut te remplumer, mon coco, je te prépare quelque chose ? » Il ne répond pas, seulement sur son âge. Les filles sont choquées quand elles l'apprennent, un peu déçues aussi, il fait beaucoup plus paraît-il, et il se demande quelle tête il aurait s'il était resté avec la grand-mère, s'il n'y avait pas eu tout ça, dans sa vie, l'Assistance et le reste. Sainte-Anne est très loin d'ici, à l'autre bout de Paris. La Petite Roquette aussi. Parfois même, il se dit que ça n'existe pas, que la grand-mère est morte, que les prisons sont vides.

Sa vie maintenant, c'est la musique, et la pension de Jeanne, où il loge avec ces musiciens qu'il commence à repérer un peu, il y a un groupe, la plupart des Français, qui travaillent avec Michel eux aussi, piano, trompettes, saxo, batterie et contrebasse. Quand ils ne jouent pas, ils parlent de ce qu'ils ont joué, de ce qu'ils ont entendu, de ce qu'ils voudraient jouer ou entendre, après leurs concerts au Grand Duc, chez Bricktop, au Gaîté Club, au Casino de Paris, à L'Escadrille... Ils se retrouvent à La Rumba, à La Cabane cubaine de Joséphine Baker ou au tabac Pigalle, où ils ont rendez-vous sans même se donner rendez-vous. Ils y écoutent de la musique, boivent, rencontrent des filles, jouent au billard, aux cartes, et ils y trouvent du travail aussi, ils remplacent sur l'heure un pianiste, un batteur, la vie n'est pas sérieuse, seule la musique est sacrée, c'est un monde éclatant et d'une sauvagerie fraternelle, éméchée, bruyante, dont Joseph se tient à l'écart.

Lui joue pour les clowns, les écuyères, les acrobates et les dompteurs, des parades, des retraites, des airs toujours précis, calés sur les numéros, qui les soutiennent et vivent à leur rythme, soulignent leur démesure, frôlent avec eux le danger. Tout là-haut, si près du ciel, depuis l'orchestre, Joseph reçoit les cris de frayeur du public et les rires de plusieurs générations dans le même souffle. Il ne s'habitue pas à ce jeu avec la mort, il a peur de la chute, du ratage, de la seconde où le pied pourrait déraper, l'attention se perdre. Il se demande ce qui se passerait s'il se trompait, si subitement, au moment où il ne le faut pas, au moment où l'écuyer fait son saut périlleux d'un cheval au galop à l'autre, où le jongleur lance dans le noir ses torches enflammées, il soufflait dans son cornet. Mais il est tout au fond de l'orchestre, il n'a pas tant de pouvoir qu'il le craint. De deuxième cornet à Mettray, il est passé troisième.

Un soir, en rentrant de Medrano, il croise le groupe de musiciens français, qui s'attardent un peu dans la cuisine de Jeanne avant de repartir jouer, ou écouter les autres jouer, ou soudain jouer avec eux. Ils se coucheront quand le soleil se lève. Luc est trompettiste, Joseph sait ce qu'il pense de lui, il joue d'un instrument beaucoup moins noble que la trompette, un petit instrument de bals populaires. « C'est canaille, le cornet, hein ? » il lui a dit un jour, en se marrant. Ce soir-là, Luc lui dit qu'il a « une gueule d'enfant de troupe », et puis il rit, il a déjà un peu trop bu. Joseph ne répond pas, il déteste l'alcool, cette drogue à soldats, à surveillants, à désespérés. Mais l'autre insiste :

– Je suis sûr que tu connais *La Marseillaise* par cœur. Je me trompe ?

– Et alors ? Même si c'était vrai ?

– Alors, tu vas jouer *La Marseillaise* à ta façon, avec ton cornet. Et puis après, moi, je vais te la jouer à ma façon, avec ma trompette. Qu'est-ce que t'en dis ?

– J'en dis non.

Luc fait un signe à Henriette. Elle s'approche de Joseph. À elle, il fait confiance, toujours. Elle a plus de vingt ans, c'est une fille très grande, aux attaches fines mais solides, elle est brune et ses cheveux s'échappent toujours de son chignon, on dirait que c'est fait exprès, sa frange tombe sur ses yeux si las, si profonds. Sa voix est lente, un peu cassée, elle chante avec les musiciens, des chansons qu'elle chantonne indéfiniment et auxquelles il ne comprend rien, parce qu'elles sont toutes en anglais. Ces gens-là n'ont peut-être rien à dire avec leurs propres mots.

– Mon p'tit chat, joue *La Marseillaise*, c'est pas pour se foutre de ta gueule. C'est pour le ressenti.

Pour ne pas avoir l'air de celui qui se débine, il relève le défi, il prend son cornet, et il joue. Il le fait pour montrer qu'il ne craint rien, mais il a tellement honte de jouer devant eux qu'il a envie de chialer comme un môme devant l'inspecteur. Il a les joues rouges, le souffle irrégulier, est-ce qu'il joue comme un enfant de troupe ? Comment joue un enfant de troupe ? Comme un militaire, c'est ça ? Bien obéissant, bien tendu, rigide ? Lui ne sait pas jouer autrement que droit et fier, le regard porté au loin, mais il sait bien qu'eux jouent comme si la musique venait naturellement à eux et les suivait. Leurs corps sont libres, déhanchés, la musique jaillit et ils l'accueillent. Quand il rentre de Medrano, souvent il les entend, il ne s'attarde jamais mais il a tout compris, tout capté. Ils sont ivres, doués, et ils inventent. Lui n'invente rien. Jamais.

Ce soir-là, quand il a fini de jouer *La Marseillaise*, ils l'applaudissent gentiment, puis c'est au tour de Luc. Alors Joseph entend ce qu'il ne croyait pas possible, ce qu'il n'aurait jamais pu seulement imaginer. *La Marseillaise* jouée juste, mais comme délivrée, sur un rythme souple, heureux, surprenant. Une *Marseillaise* qui se balance, oui. Luc l'avait déliée mais il la respectait et c'était bien le plus surprenant, il osait en changer le tempo mais elle gardait intactes son émotion et sa grandeur. Est-ce qu'on peut faire ça avec tous les morceaux ? Est-ce que toutes les combinaisons, les arrangements, les rythmes sont possibles ? Est-ce qu'on peut en inventer à l'infini ? Est-ce que ce que disent ces musiciens est vrai : on peut jouer ensemble et improviser ? Si c'est ça, alors c'est une autre langue. « C'est les Amerloques qui nous ont amené ça, mon pote, en 1917 ! Vive la guerre ! »

Pour paraître dans le coup, et à l'aise, Joseph leur dit qu'il viendra les écouter. Il sait que c'est faux, il n'ira pas se frotter à ce monde frénétique. Toutes ces musiques qui ont des noms qu'il ne retient pas. « Vive la guerre ! »

Quel con ce type. Lui, il joue dans l'orchestre de monsieur Louis, et il se tient à carreau. La moindre connerie et il retourne en Colonie. Et pas sûr qu'on le renvoie à Mettray. Il y a neuf autres bagnes d'enfants en France. Il y a le choix... Quand le cafard prend trop de place, quand il doute de tout, il sort la partition de *La Marche de printemps* et la retourne pour voir l'empreinte du sabot d'Aimé dessus, et il sait que c'est ça, sa vie : le pas d'Aimé qui s'avance.

Il voudrait être heureux. Il fait tous les efforts possibles pour l'être. Mais il se sent plus seul qu'à Mettray. Sans repère. Largué. Les autres tournent dans un monde libre et débridé, mais c'est un dérèglement voulu et finalement bien réglé. Ils savent ce qu'ils ont à faire, ils ont leurs journées bien en main, et leurs nuits aussi. Ils savent boire, faire la fête, danser sur les tables, chanter, jouer jusqu'au petit matin. Ils se fichent de la police, des voisins, des menaces, ils vivent bruyamment, et lorsqu'ils tombent ils se couchent, comme ça, en plein milieu de l'après-midi, rien ne dérange leur sommeil, ni le jour ni le bruit, ils font d'eux-mêmes ce qu'ils veulent. Et ils s'aiment. Henriette est la poule de Fred, le saxophoniste, comment peut-on appeler «poule» une fille si belle et si douce? Comment peut-elle aimer ça? Joseph voudrait leur ressembler. Au moins pour quelques heures, être à l'aise. Rire quand il le faut, savoir «blaguer», et puis comme ça, assis au bord d'une table, poser sa clope et prendre son cornet et jouer, que les autres l'écoutent et puis le suivent, qu'ils jouent avec lui, qu'ils fassent ce qu'ils appellent «un bœuf». Mais il est raide toujours, attentif, jamais détendu. Avec Aimé il savait se laisser aller, avec lui il avait l'impression de se découvrir lui-même, il était audacieux, sans réticence ni complexe, et parfois même, il se sentait beau. Attirant. Mais pas comme les filles d'ici sont attirées par lui. Aimé n'était pas curieux ou étonné. Il était avide et reconnaissant. Joseph ne saurait expliquer cette merveille que c'était d'être dans ses bras comme s'il était enfin chez lui. Mais dans la violence de ces souvenirs, parfois revient l'intuition mauvaise : Aimé faisant la peau à Gimenez. Ayant la même rage à tuer qu'à aimer.

Quand ça vient, il sort, il marche sur les boulevards, il se mêle à la foule, se perd dans les rues dans lesquelles il n'a pas de souvenirs, où il ne connaît personne, il regarde les affiches colorées, géantes, les néons criards du Moulin Rouge et des cabarets, les hommes soûls au bras des femmes soûles, tous ces rires qui tanguent. Et un jour où un couple sort bras dessus bras dessous d'un cinéma, il pense à Augustin. Cette insouciance. Cette douceur dangereuse. Et il ne sait pas où mettre sa colère, ce besoin soudain de vengeance. Depuis la mort de Colette il vit ailleurs, c'est-à-dire nulle part. Et parfois, Mettray lui manque. Il voudrait être un homme parmi les hommes. Un homme paisible, aux sentiments simples. Quand il entend les enfants rire, il espère que personne ne voit son émotion. Pourquoi la joie lui donne-t-elle envie de pleurer ? Comment font les autres, qui sont simplement « contents », « heureux », « joyeux » ? Le rire des enfants, quand Rhum fait son numéro avec les clowns Bario et Dario, lui donne un cafard immédiat, et il s'agace lui-même de ce caractère incohérent qui est le sien. Ils sont plus de onze mille gosses avec leurs parents. Du fond de l'orchestre, Joseph ne voit pas les numéros, seuls le chef et les batteurs penchés par-dessus la balustrade en profitent. Entendre rire les gosses sans les voir est comme une éclaboussure, quelque chose qui remonte.

Parfois il pense aux minots de la Jeanne d'Arc, leurs bras chétifs, leurs jambes arquées ; leur vie était comme eux, mal faite. Personne ne sait qu'ils existent. La première fois qu'il est venu au cirque pour les répétitions du matin, tous ces gradins vides... bientôt pris d'assaut. Il a pensé aux alvéoles de la Petite Roquette. Il voit des choses que les autres ne voient pas, il a trop de souvenirs, il ne sait pas quoi en faire. La peur que l'on devine d'où il vient le hante. « Une gueule d'enfant de troupe », avait dit Luc. Mais c'est quoi, exactement ? Il ne sait pas à quoi on ressemble, quand on ne ressemble pas aux autres. Est-ce qu'il aime les mêmes choses que les autres ? Il aime entendre le bruit de la ville le matin quand il dort à moitié, les klaxons et les voix, tout proches. Il aime mettre ses chaussettes, il ne se lasse pas de cette douceur, comme s'il enveloppait deux petits chatons. Il aime avoir envie de « débourrer » comme on disait à Mettray, et savoir que personne ne le regardera, et qu'il a tout son temps. Il aime attraper un fruit dans la corbeille. Il aime les pas de Jeanne dans l'escalier. Il aime faire ses pages d'écriture, sur la table de la cuisine, quand il est seul. Il aime quand Henriette chantonne dans la chambre au-dessus de la sienne. Il aime écouter les clowns sans les voir et deviner quand les rires vont exploser, les répliques et les gags qui font toujours mouche. « Ignorant ! Illélléllétré ! Stupide indididi... stupide invvvivi... Abruti ! » Ils jouent avec les mots comme il voudrait savoir le faire. Ils renversent l'ordre du monde avec innocence, et ils sont ceux qui ne voient rien venir.

Après une représentation, un dimanche en matinée, monsieur Louis dit à Joseph qu'il doit rester, ils fêtent l'anniversaire de Nello, le fils de Bario. Il a quinze ans aujourd'hui. Tout le monde se retrouve au bar du cirque.

– Michel veut pas que je traîne. Je dois rentrer tout de suite après le spectacle.

– Je lui ai téléphoné, tu peux rester. Tu te changes et tu viens.

Ça ressemble à un ordre. Joseph obéit. Il ôte son joli costume, son nœud papillon, et il remet les habits neufs, que Michel lui a achetés et qu'il lui remboursera quand il touchera ses sous, à sa majorité. Il va encore avoir l'air con à cet anniversaire. Chez Medrano ils se connaissent tous depuis toujours. Ils sont nés sur les routes, ou en plein sur la piste. Quand un acrobate tombe, il devient clown et son fils le remplace. Quand un clown manque de partenaire, il appelle son frère. Même leurs noms de scène ils se les passent de père en fils. Ils sont tous frères et sœurs, cousins, ou mariés entre eux. Ils parlent toutes les langues. Ils savent tout faire. Joseph n'a rien à leur dire.

Ils sont tous là, les clowns et les autres, tous les artistes, et les garçons de piste, de cage, de barrière, le régisseur, Monsieur Loyal, et même le concierge, tous mélangés sans hiérarchie, au bar du cirque, ils se marrent, ils parlent fort, ils s'enlacent, Joseph les voit comme dans un brouillard. Une femme lui tend une coupe de champagne. On acclame Nello. Il a un an de plus que Joseph. On est le 28 août 1933. Le môme a commencé en remplaçant son père au pied levé, un soir qu'il était tombé malade, juste avant le spectacle. Et maintenant c'est son père qui l'applaudit. Ils chantent et ils jouent pour Nello, ils sont bruyants comme des gitans, extravertis comme des Italiens. Accordéons, mandolines, guitares et trombones, piano, tout se mélange, Joseph boit un peu, il ne sait pas où se mettre, comment se tenir, il les regarde en souriant, enfin il espère, il faut avoir l'air joyeux, mais il ne connaît même pas ce Nello dont le chemin est tout tracé, il épousera la fille d'un autre clown et ils auront beaucoup d'enfants, qui feront rire les enfants des autres. Ça y est, Joseph devient mauvais, il se déteste quand il est comme ça. Il boit d'un trait sa coupe, c'est aussi radical qu'un coup de poing dans la gueule, ça l'étourdit sur-le-champ, ça l'écœure, il va s'asseoir un peu à l'écart, sur une banquette. Il ne remarque pas tout de suite l'homme qui s'assied à ses côtés. Il fait sombre et l'homme est silencieux. Puis il allume une cigarette et lui en propose une. Joseph refuse d'un geste. L'homme s'adosse et fume lentement, il observe la fête, il est tranquille. Joseph sent le calme qui émane de lui, comme s'il vivait dans un autre paysage. C'est un petit homme ordinaire et paisible. Il se tourne vers Joseph et lui sourit. Ses yeux sont minuscules, attentifs, Joseph hoche la tête, histoire de lui rendre son sourire. Puis il regarde ailleurs, pour ne pas avoir à engager la conversation. Il se demande combien de temps il est censé rester à l'anniversaire pour ne pas avoir l'air impoli. Mais est-ce que monsieur Louis remarquerait seulement son absence ? Il voit le trombone et le premier cornet qui se marrent entre eux, deux gars qui sortent du Conservatoire et ne font que passer. Ils ne rêvent que radio et orchestres symphoniques. Ils ont de l'ambition. On crie dans sa direction, on lui fait signe de venir, ah non, ce n'est pas pour lui, c'est pour le petit homme : «Henri! *Ma vieni! Vieni con noi!*» L'homme les rejoint et ils s'exclament, lui ouvrent les bras en riant.

Comment Joseph a-t-il été assez con pour être assis à côté d'Henri Sprocani sans lui parler ? Assez con pour ne pas le reconnaître, sans maquillage et sans son costume de scène ? Assez con pour refuser la cigarette que lui tendait le plus grand clown de l'histoire ? Pourquoi se comporte-t-il toujours comme un taré de l'Assistance ? Il les regarde, ces gens ensemble, qui s'appellent, se rejoignent et s'étreignent, ils sont juste devant lui mais c'est une image lointaine, un cœur inaccessible. Rhum, de son vrai nom Henri Sprocani, a pris Nello contre lui, qui le dépasse déjà d'une tête. Le clown rit et s'exclame, Joseph le voit mais n'entend rien. Cinéma muet, éclatant, dans le désordre. Il faut faire de chaque désespoir une pirouette. Il faut s'amuser de la médiocrité du monde, survoler le grand merdier humain, c'est le seul moyen de s'en sortir. C'est la philosophie de Rhum, et il a raison, il faut planer au-dessus de la tristesse et la regarder du ciel, uniquement du ciel.

Tant qu'il ne sait pas si elle vit encore, il n'arrive à rien. Il a beau travailler, essayer de calquer ses jours sur ceux des autres, le rythme commun, ce n'est que du vent. Depuis six ans il pense à elle, même quand il croit qu'il n'y pense pas. Il a tenté de faire d'elle une image abstraite, mais il sait bien qu'elle n'est pas un souvenir. Elle est le fondement de sa vie. Il voudrait éviter la douleur qu'il y aurait à apprendre sa mort, et la douleur qu'il y aurait à la revoir.

Cela fait sept mois maintenant qu'il vit dans le monde libre, mais il reste différent, l'Assistance gravée sur sa peau. C'est comme ça. Ça se voit. Ça se sent. Henriette lui a dit qu'il ne ressemblait à personne. Ça l'a blessé, puis ça lui a plu. Puisqu'à elle, ça semblait plaire. La seule qui sache à qui il ressemble, si elle vit encore, il doit la retrouver.

Et un matin, il y va.
À pied, depuis la place de Clichy jusqu'à l'hôpital Sainte-Anne, traversant Paris en ligne droite, comme s'il traçait un grand trait dans la ville, la coupant net, la gare Saint-Lazare, les boulevards, les beaux monuments qu'il ne connaissait qu'en photo, la Madeleine, la Concorde, puis la Seine retrouvée, la

beauté des perspectives dans la lumière ocre, les beaux quartiers froids des Invalides, et puis le Paris populaire du XIVe, les Parisiens qui ressemblent à ceux de son quartier, des gens dont la vie n'est rien d'autre que le travail et la faim, et il trouve juste que la grand-mère vive loin près du peuple auquel elle appartient, celui des bonnes à tout faire, des ouvriers, des artisans et des bistroquets, ceux qui ont la peau dure. Ici sa gueule d'orphelin passe inaperçue, ses cheveux trop longs maintenant, sa casquette cassée, son corps maigre et noueux, il fait partie de ceux dont l'allure n'est pas dans le costume, mais dans la façon d'aller, intense, alertée, au milieu des autres. Mais cela ne dure pas. Quand il est face à Sainte-Anne, il reconnaît la force des bâtiments officiels. C'est la même entrée haute et voûtée que dans tous les lieux où sont gardés les reclus, la même immensité, chapelle, jardins, galeries, pavillons, annexes, allées, garages... Le cœur de Joseph bat au rythme de ses pas, c'est-à-dire lourd, décuplé, il avance et il se perd, et plus il se perd, plus il gagne du temps, mais le lieu est inévitable et il va bien finir par trouver l'hospice des vieillards, et prononcer le nom de la grand-mère, et attendre la réponse, l'implacable justesse des registres.
– Florentine Vasseur ? Voyons... Florentine... Florentine Vasseur... Avec un e ? Non ? Vasseur sans e, Vasseur...
– Avec deux s.
– Comment ça deux s ?
– V.A.S.S.E.U.R.
– Évidemment !
La secrétaire sait-elle à quel point ce nom est sacré ? Comment peut-elle dire « C'est le bâtiment derrière vous, là, le C, et puis troisième étage » et se ronger un ongle après ? Comment peut-elle lui annoncer que la grand-mère est vivante, vivante ICI, et puis le laisser seul ?

Putain putain putain putain... Joseph tourne sur lui-même devant le bâtiment C, il a envie de gueuler, de se décharger de l'émotion envahissante, mais il ne peut que répéter, les mains devant le visage, putain putain putain putain ! Comment y aller ? Pourquoi est-ce qu'elle ne vient pas le chercher ? Elle ne le voit donc pas ? Son fauteuil n'est pas près de la fenêtre ? Il lève la tête, il n'y a personne derrière les fenêtres, et elles ont des barreaux. Putain de merde !
— Ça va, monsieur ?
Un gamin, toque de cuisinier sur la tête, marmite dans les mains, le regarde, d'un air si doux, si gentil... Joseph fait signe que oui, ça va très bien. Et il se calme instantanément. Le gosse l'a appelé « monsieur ». C'est bien la première fois qu'on l'appelle monsieur, merde alors, il n'a pas quinze ans. Monsieur... Il réajuste sa veste. Sa casquette. Souffle un bon coup. Et entre dans le bâtiment, monte les trois étages, les larges escaliers creusés, ça sent comme à l'office des enfants assistés, à croire que tous ceux qu'on assiste, enfants et vieillards, ont besoin de soupe et d'eau de Javel. Il se fait des réflexions banales et ironiques, pour éviter le cœur de ce qu'il vit, contourner le choc. Il va la revoir. Il va redevenir son petit-fils. Joseph Vasseur. Est-ce que ça peut se faire ? Si soudainement, un jour ordinaire ?

Il n'a pas besoin de demander pour savoir où elle est. Six ans après, il la reconnaît même de dos, une vieille femme assise au milieu de vieilles femmes assises. Mais elle, elle a comme ça, sa main sur sa cuisse, qui passe et repasse, comme si elle lissait un petit format, elle, elle a des chansons dans la tête, que les autres n'ont pas. Il salue l'infirmière dans son petit bureau vitré et s'avance.
— Ce n'est pas l'heure des visites.
Il la regarde sans y croire, la dévisage comme si elle n'était pas vraiment là, posée entre la grand-mère et lui. Qu'est-ce

qu'il peut dire ? Rien n'est jamais aussi juste qu'un règlement. Il regarde cette fille, si pâle, si petite, et il reconnaît en elle la brutalité de ceux qui font trop bien leur métier.
– C'est quoi, l'heure des visites ?
– C'est marqué à l'entrée, vous savez pas lire ?
Et comme il la regarde toujours, ébahi, elle enchaîne :
– C'est à trois heures les visites, jusqu'à cinq heures.
– Je travaille, à trois heures.
– Et moi, je travaille maintenant.
Il connaît cette fille depuis toujours, elle est consciencieuse et sans sentiment. Il ne peut rien faire d'autre que repartir. Mais au moment où il va pour abdiquer, il voit derrière elle la photo du môme, et il comprend que le pouvoir, c'est lui qui l'a, il suffit de prendre sa tête de « monsieur », comme disait le cuisinier.
– Je travaille à Medrano. Deux places pour aller voir les clowns, ça vous dit ?

Il s'agenouille face à elle, pour qu'elle le voie. Mais elle somnole. Alors il la regarde. La peau fine comme du papier à cigarette. Les bleus. Les petites croûtes sur le crâne aux cheveux épars, le cou cassé, le buste attaché au fauteuil par un drap, la bave qui s'échappe lentement de sa bouche ouverte. Grand-mère, c'est moi, il le dit tout bas d'abord, en caressant doucement son bras maigre et qui n'est plus que rides. C'est moi, Joseph. Elle ouvre les yeux et le regarde sans comprendre, elle ne le reconnaît pas, et il répète, Bonjour grand-mère, ça va grand-mère ? pour qu'elle sache qui elle est, qui elle est pour lui, et il lui dit, Ça fait longtemps, hein, ça fait longtemps qu'on s'est pas vus ? Elle sourit en hochant la tête, et d'une voix lointaine, une voix à peine elle dit, Oh oui, comme ça, sans étonnement ni chagrin, et sa main se pose sur la sienne, alors Joseph y pose l'autre main, et elle son autre main, et ainsi leurs quatre mains sont superposées, bien ensemble, et elle dit de sa voix minuscule, On est faits pour être ensemble. Alors il lui demande doucement, Tu sais qui je suis ?. Elle sourit sans répondre, mais son sourire se crispe un peu, il la tourmente avec sa question, mais il ne peut s'empêcher de la lui poser encore, Tu sais qui je suis ?. Elle le regarde droit dans les yeux et chante de son filet de voix, J'ai descendu dans mon jardin, j'ai descendu dans mon jardin, pour y cueillir du romarin, et elle sourit de bonheur, et puis elle est fatiguée soudain, elle ferme de nouveau les yeux, et sa tête retombe sur sa poitrine. Joseph pose son visage sur ses genoux, comme quand il était tout gosse, il sent son odeur de vieille femme mal lavée, mal nourrie, si seule. Il pense, Je suis Joseph Vasseur, le fils de Paul. Ce n'est pas grave si tu ne sais pas qui je suis, moi je sais qui tu es. Je sais qui tu es.

Elle lui a semblé fragile, mais ce n'est peut-être qu'extérieur. Il ignore tout d'elle. Il ignore ce qu'elle garde en mémoire, sa vie avant lui, hors de lui, ce qui l'habite en secret. C'est une vieille femme pauvre, qui connaît la condition humaine, une bonne à tout faire, discrète et docile, en apparence. Du chiendent, en vérité. Il faut bien l'être, pour survivre à Sainte-Anne.

La vie est une forêt sauvage, les voilà avertis tous les deux.

Joseph va vers ses quinze ans. Il lui semble en avoir le double. Et pourtant, il ne sait rien de la vie ordinaire, il a tant de choses à rattraper, comme s'il revenait de si loin, de l'autre côté de la mer, et maintenant il aimerait rejoindre les autres. Vivre avec eux. Comme eux.

Il pense à Aimé, et il sait : c'est par le regard que tout se transmet, c'est le regard qui se pose sur l'autre et le touche, le fait venir à vous. Est-ce que son regard peut avoir la force de celui d'Aimé ?

Ce soir-là, ils sont tous dans la petite cuisine de la pension, Jeanne leur a fait un festin avec trois fois rien, ils ont mangé et beaucoup bu, c'est un soir de relâche, un soir sans concert et sans cirque, et soudain Joseph sait qu'il trahit tous ceux de Mettray. À cette heure-là Aimé est couché dans le dortoir, à Avantigny ils y sont plus de cent, tête-bêche dans leurs hamacs pourris, ils ont travaillé comme des bêtes de somme, là-bas, dans une Touraine sans châteaux, on est en janvier et Aimé a sûrement froid. Il n'a même pas de chaussons de drap.

Dans la cuisine ils ont pris leurs instruments et ils jouent, obsédés, accompagnés, liés jour et nuit à leur musique d'enfants de la liberté. Et quand Joseph regarde Henriette, il sait d'emblée que c'est ce qu'elle attendait, depuis la première fois qu'elle l'a vu, son crâne rasé et croûteux, ses habits aussi ridicules que ceux des clowns de Medrano, son air buté d'enfant imprévisible. Il se souvient de son sourire lointain et de la façon dont de sa voix grave elle lui avait dit « Je peux ? » avant de poser lentement la main sur sa nuque et de la brosser à rebours. « J'adore... Je pourrais pas expliquer pourquoi, j'adore ça... » Lui déteste ça. Qu'on le touche. Qu'on l'attrape. Surtout la nuque, le dos, toutes les parties de la traîtrise. Mais il l'avait laissée faire. Quand elle avait ôté sa main, elle s'était éloignée à reculons, sans le quitter des yeux, pour ne pas l'effrayer. C'est pour cela que c'est elle qu'il choisit ce soir-là, elle est gentille. Il la regarde, de ce regard qui dit « Je te choisis ». Mais elle ne vient pas. Il pense qu'il le fait mal, il a encore son regard d'enfant de l'Assistance – et qui veut d'un enfant de l'Assistance ? Il essaye encore, il insiste, ses yeux marron/noisette/miel, ses yeux la foudroient maintenant, il sent la colère se mêler à la honte, est-ce qu'il a l'air d'un vicieux, d'un taré, est-ce qu'elle sait qu'il est une lopette, est-ce qu'elle se sent regardée comme une putain ? Joseph sort de la pension.

Paris n'est pas si grand finalement, c'est toujours une terre qui se rajoute à une autre terre, et puis encore à une autre, autour de la ville on met les cimetières, les prisons et les taudis, les asiles et les usines, mais les quartiers pauvres sont comme leurs habitants, ils s'accrochent, ils restent, et la ville finit par s'agrandir.

Joseph regarde la neige tomber sous les réverbères, c'est si beau. À Mettray on n'avait pas le droit de toucher la neige, elle était comme un tableau très beau, accroché dans le salon des autres. Est-ce que, s'il pense très fort à la grand-mère, elle va le sentir ? Est-ce qu'Aimé sait qu'il le croit quand il dit « Je te retrouverai » ? Il le retrouvera, Paris est éclairé jour et nuit, c'est une veillée permanente.

– Joseph...

Henriette est à ses côtés, elle lui a apporté son écharpe et son manteau.

– Toi alors... tu retires jamais ton manteau quand tu arrives, et tu sors en chemise quand il neige !

C'est vrai. Il a mis du temps à retirer son manteau quand il rentre, à s'asseoir au fond des chaises, tous ces gestes que font les gens qui s'installent, qui ne savent pas que tout est provisoire. Henriette est jolie, mais son regard est maternel. Il ne ressent plus aucun désir.

– Laisse-moi faire, mon p'tit chat...

Elle s'approche doucement, ses longs bras l'entourent, elle lui met son manteau sur les épaules, son écharpe autour du cou, il sent son odeur de fleur sucrée, le chaud de ses cheveux, le désir revient, il ferme les yeux, il sent sa main dans la sienne, c'est incroyable une main de femme, si long, si doux, on dirait un petit poisson...

Il ouvre les yeux et la suit, ils entrent dans la pension, la musique les accueille, la trompette et le saxo ont une douceur si triste, Joseph les préférerait vainqueurs, joueurs, il aurait moins de mal à suivre Henriette, est-ce qu'ils vont aller dans sa chambre, dans son lit, est-ce qu'elle va oser cela, est-ce que Fred, son homme, est d'accord ? Un lit, c'est toujours un monde...

Dans la chambre, Henriette lui ôte le manteau des épaules, l'écharpe, le fait s'asseoir à ses côtés sur le lit défait, aux draps sales, aux trous de cigarette, elle prend son visage dans ses mains.
– T'as pas quinze ans, vraiment ? Bon, tant pis... De toute façon, t'as l'air d'en avoir mille...
Elle l'embrasse doucement, en le respirant. Puis elle se déshabille. Et comme il la regarde sans bouger, avec des gestes lents et tendres, elle le déshabille, le fait s'allonger. Et s'allonge sur lui. Elle est légère, plus grande que Joseph, longue et chaude comme un drap qui reviendrait du soleil. Elle détache son chignon, et c'est là qu'il se sent bien, derrière la protection de sa chevelure, un peu mouillée de neige, un peu froide de nuit, et qui se balance au rythme d'Henriette, le caresse et l'entraîne, et il se revoit dans l'eau de la Choisille, Aimé le rejoint, les cheveux d'Henriette, comme les algues d'une rivière, cette femme si chaude qui coule en lui, Aimé s'approche, ses longues jambes, ses pas décidés, Joseph respire sous l'eau, il entend les râles d'Henriette, rauques et étonnés, un plaisir qui s'ouvre, qui n'a pas peur, une jouissance qui transforme l'air, et puis l'aveugle et l'entraîne, Aimé le prend brutalement contre lui, se cogne contre lui, l'empoigne, le tient, le serre, et il jouit si fort qu'Henriette est surprise par ce chant qu'il n'a pas su contrôler.
Ce qui étonne Joseph, c'est la douceur de l'instant qui suit. Il a voulu partir mais Henriette l'a retenu. Ils entendent la musique en bas, que se passerait-il si Fred venait ? Elle murmure :
– T'inquiète pas mon p'tit chat...
Il est un peu vexé qu'elle l'appelle encore « mon p'tit chat », après ce qu'il vient de se passer. Elle fume lentement, assise en tailleur sur le lit, et le regarde. Il pose son bras sur son visage.
– Pourquoi tu te caches ?

– Je suis moche.
– Si t'étais moche, tu crois que j'aurais joui ?
– Oui.
Elle rit si spontanément, si gentiment qu'il rit aussi, ôte son bras, et ils restent là à se regarder, à essayer de se deviner un peu, en silence. Puis elle demande :
– Tu étais vierge ?
– Ça dépend.
Elle rit très fort cette fois-ci. Il s'assied à ses côtés, prend sa cigarette et fume lentement, sans vraiment aimer ça. Il est si bien qu'il pourrait lui raconter sa vie.
– J'aime quelqu'un.
– Quelqu'un avec qui tu as déjà fait l'amour ?
Il hoche la tête lentement, en fixant devant lui le mur crasseux, où il semble voir des merveilles.
– Elle en a de la chance, tu es drôlement mordu, mon p'tit chat.
Comme c'est simple de mentir. Les autres vous aident tellement avec leurs formules toutes faites. Et après tout, s'il disait « Je suis amoureux d'Aimé », qui penserait qu'il s'agit d'un garçon ?

Maintenant, il est vraiment un homme. Il a fait l'amour avec une femme. Il a fait jouir une femme, oui, il est un homme ça y est, c'est fait, il pourrait l'inscrire sur son registre, il pourrait s'en vanter, le dire dans la loge à François et Carlo, les trompettistes de Medrano, en se regardant dans la glace et en coiffant ses cheveux en arrière comme ils le font, la main gauche accompagnant la droite qui tient le peigne, « à la Gabin » à ce qu'il paraît, comme les vrais durs. Aujourd'hui il marche au hasard, à grandes enjambées, comme Aimé. Il se balade. Il fait son innocent. Non, c'est faux... il sait très bien où il va. Il va retrouver l'assassin. Celui par qui tout est arrivé.

Paris est glacé. La ville se renferme sur ce froid, ce ciel blanc, sans nuance. Joseph n'a pas beaucoup de temps. On est jeudi, il joue en matinée. Il va, les mains dans les poches, les poings serrés, les épaules rentrées, il est plein d'un cafard impatient, irascible. Il va là-bas. Dans ce pays qui n'existe plus. Il a mal au ventre. Il a l'impatience angoissée d'un gosse qui va réclamer sa part.

Il est midi, il faut faire vite. Un retard chez Medrano, et c'est le renvoi. Pas pour les autres. Pour lui, qui vit sous une autre loi. Il longe les Tuileries, le jardin paisible, les enfants qui poussent leurs petits bateaux sur le bassin, sous le regard tranquille de leurs nourrices. C'est insupportable tellement c'est faux. Il fonce vers les escaliers. Descend sous la terre, dans le Paris des égouts. Il est dans le fracas du métro, les tunnels creusés jusqu'à la Bastille. Les lumières artificielles lui font mal aux yeux, il a du mal à respirer. Il appuie son visage contre la portière. On le bouscule. Il aime ça. Bousculez-moi, insultez-moi, je suis là, avec vous, je suis là, je suis là, je suis là... Et puis cette vie souterraine prend fin. Il faut descendre du wagon et revenir sur terre. Là-haut, au-dessus du quai, il y a toute sa vie. Son enfance. Sa maison. Son école. Le canal.

Ce qu'il comprend, quand il est là, rue du Faubourg-Saint-Antoine, au milieu des passants, des voitures, des tramways, de tous ceux qui ont un endroit où aller, c'est qu'il ne connaît personne. Il regarde ces rues auxquelles il a pensé si souvent depuis six ans, auxquelles en vérité il a pensé chaque jour, ces rues gravées en lui, la forme des toits, le cul du génie de la Bastille, le ciel entre les cheminées, les trottoirs encombrés, ce sont les formes mêmes de son enfance, quand il ne savait rien d'autre de la vie que ces rues, ce quartier, quand il pensait que tout naissait et finissait là, quand il dormait dans l'innocence et le désir de savoir... mais savoir quoi ? Savoir le savoir. Celui de l'école de la République. C'était un chemin bien droit, assez joyeux, Colette ne se plaignait jamais de la fatigue ni du manque d'argent, Colette ne se plaignait jamais de rien. Il est rue du Faubourg-Saint-Antoine... à l'angle de la rue de la Roquette. Cette rue qui monte, si étroite, presque fragile, innocente... Il réalise à quel point il lui a tourné autour depuis sa naissance, comme s'il lui avait été destiné, comme si chaque enfant pauvre y était attendu. Histoire de remplir les alvéoles, et tout leur silence. Il détourne le regard. Il n'est pas ici pour s'attendrir. Mais tout de même, c'est étrange comme le passé n'en finit jamais.

Est-ce qu'il va le reconnaître ? Il a grandi et de toute façon il a changé, il n'a pas la même gueule que les autres, et c'est trop tard il ne l'aura jamais, il aura toujours celle de Gimenez, de Delage, de Coste, d'Audouze, du petit Monnier, et d'Aimé. De lui, il a aussi la démarche, le regard, et il sait maintenant que ce ne sont pas ceux d'un garçon qui n'a peur de rien. Ce sont au contraire le signe de la plus grande peur, la démarche et le regard de celui qui fonce pour ne pas tomber, qui ose pour ne pas disparaître. Comment Joseph a-t-il pu se tromper à ce point-là sur Aimé ? Comment n'a-t-il pas vu qu'il n'était qu'un môme portant des fleurs à la Vierge ? « C'est fait ! » Ce n'était pas la forfanterie d'un gros dur, c'était le soulagement du timide. Oser prier celle à qui « ils y ont pris son fils aussi ». Tu as raison, Aimé, ils y ont pris son fils, aussi. Et Joseph traverse à grands pas la place pour aller rue de la Bastille, à la brasserie Bofinger.

Midi et demi. Le coup de feu. C'est si joli cette coupole, ce bar, ces boiseries, ces escaliers, et tous ces gens heureux qui ont rendez-vous les uns avec les autres, qui ont réservé leur temps, leur table, et se sont faits beaux. Lui, mon Dieu, avec son manteau trop fin, sa casquette cassée, comme cela se faisait à Mettray, et cette mine qu'il doit avoir... Il regarde, par-dessus les épaules de ceux qui attendent leur table, accoudés au bar, le visage des barmen, mais tout va si vite, l'image bouge à une vitesse hallucinante, il voudrait pouvoir l'arrêter. Un homme le bouscule.

– C'est pour embaucher ? Pousse-toi du passage, passe par-derrière, par les cuisines.

Pauvre con, il pense. Oh comme j'aimerais avoir du pognon plein les poches et te commander un beau plateau de fruits de mer... Et ton meilleur champagne aussi. Mais ça se voit que j'ai les poches vides, et je n'ai pas une tête à me faire servir.

– Oui, c'est pour embaucher.

– T'es sacrément en retard. Je t'attends derrière.
Il n'en revient pas. Il se dit qu'il ne devrait pas y aller. Il ne devrait pas manquer la matinée à Medrano. Il risque sa place. Il risque la pénitentiaire. Il est fou. Il devrait rester là, commander une bière. Il regarde encore les garçons derrière le bar, le meilleur moyen de savoir si Augustin est là, c'est d'être admis ici. Il est trop tard pour reculer.

Dans le vestiaire, le gars le jauge en une seconde, le prévient que s'il arrive encore en retard il le vire, il lui montre son casier, lui donne un tablier, un calot et en cuisine le présente à Norbert, un petit homme vif, affairé, qui d'un coup de menton lui désigne un baquet débordant de plats sales, « Si t'étais arrivé à l'heure, tu serais moins dans la merde, et nous aussi. » Le bruit est assourdissant, la vapeur se mêle aux odeurs de rascasse, étrangement Joseph se sent chez lui, à sa place, dans cette cuisine. Il plonge ses jolies petites mains blanches dans l'eau sale et brûlante, il prend la brosse, le détergent et il frotte. Dans son dos la fourmilière s'agite, il entend les ordres hurlés, ce ballet bien réglé. Le temps passe, il sait qu'à Medrano monsieur Louis a déjà téléphoné à Michel, ça s'agite là-bas aussi, dans les coulisses il y a les chevaux, les clowns, les tigres, les jongleurs, chacun son numéro, son trac, les muscles s'échauffent, les costumes brillent, l'orchestre s'accorde, les premiers spectateurs prennent place, les enfants sont émus, c'est l'après-midi qu'ils n'oublieront jamais.

Plus le temps passe, plus Joseph lave avec acharnement, comme s'il voulait s'enfoncer dans ce baquet fétide, la merde des autres, tout ce qu'ils jettent, tout ce qui reste dans leurs assiettes, et il revoit les haricots flottant dans les gamelles de la Colonie, il a envie de rire devant la bêtise du monde, est-ce qu'il y a dans la salle des actionnaires de Mettray ? Des membres de ces deux cents familles qui s'engraissent pendant que les ouvriers ont faim ? Gavez-vous, gavez-vous bien les gars, dépêchez-vous, avant que tous ceux qui triment pour vous vous fassent la peau. Et puis il entend le nom. C'est comme un éclair, un flash hurlant. Il se retourne. C'est toujours les mêmes gars autour de lui, des plongeurs, des petites mains, le chef, les cuistots, les homards et les grands crus sont plus loin. Mais qui a dit « Augustin » ?

Il est planté au milieu de la cuisine, ses mains dégoulinantes, droit, stupide, et il regarde tous ces types qui passent, si vite, apparaissent, disparaissent, affairés, efficaces, chacun son poste. Aucun n'est Augustin. Et aucun ne prononce de nouveau son nom.

– Qu'est-ce tu fous ?

Son chef est face à lui, si petit, furieux.

Joseph regarde toujours les plongeurs, les serveurs, et il s'approche des fourneaux à petits pas tétanisés : où est, dans ce brouillard, l'homme qu'il cherche ? Le chef le secoue.

– Ça va mon gars ? Ho ? Ça va ?

Il n'est pas possible de ne pas être mort à la Petite Roquette, de ne pas être mort à Mettray, et de faire un malaise dans une cuisine. Il n'est pas possible de ne pas survivre à cela : revoir l'homme que sa mère aimait.

Le patron a été correct, ses heures de vaisselle ont été payées, et voilà Joseph « remercié » comme ils disent, c'est-à-dire viré, et il attend à la porte des cuisines, comme on attend à l'entrée des artistes, il attend car il a entendu ce nom, il ne l'a pas rêvé. Augustin. Il sortira bien un jour, ou une nuit, il a tout son temps, il est trop tard maintenant pour Medrano, c'est comique vraiment, qui peut se vanter de s'être fait virer de deux boulots dans la même journée ? Il est encore un peu sonné, son corps en déséquilibre.

Il regarde les passants, jeudi après-midi, les mômes en liberté, malgré le froid il irait bien avec eux pêcher dans le canal avec des cannes à pêche qui cassent au premier goujon, il prendrait bien le train à la gare de la Bastille pour aller voir la couleur de la Marne, il irait bien... chez lui ? Non. Non. Trois fois non. Il y a des lieux qui meurent quand vous les quittez, et c'est bien comme ça.
Il revoit la grand-mère, si loin d'ici, dans la chambre commune... Est-ce qu'elle cherche encore à sortir chaque nuit ? Les docteurs ont sûrement prescrit les bons médicaments, mais est-ce que la chimie lui laisse un tout petit espace pour que son esprit respire encore ? Il se dit qu'il va aller lui jouer du cornet,

lui montrer ce qu'il sait faire, comme quand il était petit, « Regarde, grand-mère ! ». Mais il réalise qu'il n'a plus de cornet, il n'a plus d'instrument, il a plongé ses mains dans l'eau sale et il les a trahies. Il est revenu au point de départ.
Un mendiant vient fouiller les poubelles du restaurant, c'est sûrement un habitué, il a des gestes précis et consciencieux. Joseph sait d'où il vient, de quelle enfance. B.A.A.D.M. D'un geste il le salue. Ami du malheur. L'autre lui sourit. Sans dents. Il pense à Aimé. Il pense qu'il n'arrivera plus à se mêler aux bien portants, ceux qui n'ont vu du monde qu'une si petite partie, et il comprend que ce n'est pas lui qui marche au bord du monde, comme il le croyait à Mettray, lui a les deux pieds dans la terre, ce sont les autres qui marchent au bord du précipice, sans le voir.

La porte s'ouvre. Le mendiant s'en va aussitôt. Trois gars sortent des cuisines, allument des cigarettes et regardent le ciel blanc, Joseph va pour les saluer mais la porte s'ouvre encore, des filles et des garçons qui eux aussi ont fini leur service. Les trois gars s'éloignent en bavardant. Joseph regarde tous ceux qui arrivent, sans savoir à qui parler. Une fille lui sourit, c'est peut-être à elle qu'il faut demander. Mais si Augustin sort pendant qu'il lui parle ? Quel âge il a, aujourd'hui ? Presque trente ans. Il ne faut regarder que les vieux, alors. Un vieux aux yeux bleus, à la moustache blonde.
Et soudain il le réalise : il y avait un type aux yeux bleus parmi les trois premiers qui sont sortis, celui qui a allumé sa cigarette en se penchant, comme s'il y avait du vent, c'est lui, il le sait, c'est lui c'est sûr, il est parti vers le boulevard. Joseph bouscule les employés qui sortent les uns après les autres, forment des groupes qui l'empêchent de passer, il faut appeler Augustin, qu'est-ce qu'il risque, si c'est lui, il se retournera, mais il ne peut pas parler, il peut à peine respirer et il doit courir, le rejoindre.

Une marchande des quatre-saisons lui bouche le passage, il se cogne contre son étal et fait tomber deux oranges, elle crie qu'il va les lui payer, elle crie mais il s'en fout, car il l'a vu, le chapeau d'Augustin, c'est lui, il est près de la bouche du métro, en haut des escaliers il parle avec ses deux copains, c'est lui Joseph en est sûr, les yeux bleus, la moustache blonde, la marchande le rattrape par la manche, des gens sortent du métro et lui cachent les trois hommes, il faut y aller au plus vite, la femme tire toujours sur sa manche, Joseph se retourne vers elle : « Tire-toi espèce de morue ! » La femme recule, le regarde avec un grand calme effaré. Il pourrait tous les crever, il va devenir un monstre s'ils l'empêchent d'approcher de cet homme, et déjà il ne le voit plus, il est perdu maintenant dans la foule qui sort du métro.

Est-ce qu'il doit aller le chercher sur le quai ? Est-ce qu'il doit retourner chez Bofinger, s'assurer que c'est lui et demander ses heures de service ? Mais soudain il le voit, il est là, sur le boulevard Beaumarchais, il jette sa cigarette et il va, lentement, comme s'il laissait à Joseph le temps de le rattraper.

Il suit l'homme, il a la démarche élégante et assurée de celui qui ne craint rien. Il se jure de tenir bon, c'est fini les malaises et les colères, il est Joseph Vasseur, le fils de Colette, son représentant sur terre. Arrivé à sa hauteur, il voit que ce n'est pas Augustin. Celui de son enfance. C'est un homme, solide, presque carré, comme si ses os avaient pris une autre forme et que sa peau s'était tannée. Passé le choc, c'est simple, Joseph lui demande s'il a du feu. Mais il n'a pas de cigarette et l'homme sourit. Alors Joseph feint la surprise :

– Augustin ?

Augustin plisse les yeux, un peu embêté, il cherche... Son joli regard bleu interroge ce visage. Joseph lui tend franchement la main.

– Joseph Vasseur.

Le visage d'Augustin prend la couleur du ciel, blanc, sans vie, statique, et puis il le regarde comme s'il ne pouvait y croire, comme s'il était impossible que Joseph soit face à lui, et soudain il le prend dans ses bras, «Mon Dieu... Mon Dieu...», et Joseph sent cette odeur que rapportait sa mère, le parfum ambré de cet homme, par-dessus le tabac froid.

Augustin le lâche, et Joseph voit qu'il pleure un peu, il s'essuie vite les yeux, et avec ce petit rire qu'ont les hommes pudiques quand ils sont gênés, il dit :

– Excuse-moi.

Et puis :

– Tu as tellement changé.

C'est la première fois depuis Mettray que quelqu'un reconnaît Joseph. Non. C'est la première fois depuis l'enfance.

– J'ai grandi.

– Oui, bien sûr... Je suis désolé, tellement désolé, si tu savais...

– Pour quoi ?

– Pour l'Assistance.

Joseph s'attendait à tout, sauf à ça, à tout sauf à ce mot-là. Ainsi il savait ? Mais bien sûr ! Le jour où Joseph est monté dans le fourgon, le jour où il croyait partir pour l'école en plein air, tout le monde savait où il allait. Les voisins, les copains, les instituteurs, les commerçants, le propriétaire, la concierge, tout le monde, tout le quartier, ils savaient qu'il ne reviendrait pas, qu'il était devenu «un gosse de l'Assistance». Et Joseph voudrait dire, «J'étais pas loin, juste en haut de la rue», mais ça changerait quoi ?

– Tu m'en veux, Joseph ?

– Je devrais ?

Il y a une telle ironie dans cette question qu'Augustin détourne le regard.

– Hein ? Je devrais ?

- Tu as déjeuné ?
- J'ai pas faim.
- Je t'offre un verre ?
- J'ai pas le temps. Je viens de me faire virer. Je dois aller récupérer mes affaires dans ma loge.
- Dans ta loge ?
- Qu'est-ce tu crois ?
- Rien. Je ne sais rien de toi.
- J'ai perdu ma mère, ça tu le sais, non ?

Et comme l'autre le regarde, avec cet air bouleversé, Joseph enchaîne :
- Je suis musicien, moi, comme elle l'avait dit, un artiste, comme elle l'avait dit !
- Tu lui ressembles tellement...

Augustin a ce geste un peu vague qui dessine le visage de Joseph, et Joseph voudrait qu'il le touche et lui dise exactement, précisément, où, quelle partie de son visage lui ressemble, quelle expression, ce qu'il a d'elle, dont il ne pourra jamais se défaire.
- J'ai été blessé pendant mon service militaire, on a fait une manœuvre qui a mal tourné, je suis resté deux mois à l'hôpital et ces cons-là ont pas fait suivre le courrier...

C'est tout ? pense Joseph. Ce type-là m'explique que ma mère est morte parce qu'on lui a pas fait suivre le courrier ? C'est fou comme le courrier marche mal dans ce pays... Lui-même, à la Petite Roquette, ne recevait jamais de réponse à ses lettres... Mais voilà le moment des confidences. Et il n'est pas sûr d'avoir envie de les entendre. Il pense à Henriette, et c'est terriblement gênant. Il y a des vies de sa mère qui sont à Augustin, mais ce sont des fragments sans importance, trois fois rien. Alors la musique monte en lui, il regarde Augustin et il ne le voit plus, son buste bouge doucement, il entend la parade, la

partie cornet qui vient juste après celle du trombone, qui vient juste après celle du tambour...
– Tu m'entends, Joseph ?
– On t'a pas fait suivre le courrier.
– Tu me cherchais ? Ce n'est pas un hasard, n'est-ce pas ? Qu'est-ce que tu voulais ?
– Te casser la gueule.
Augustin sourit, hoche la tête, en signe d'acceptation. Apparemment il ne sait pas ce dont un gosse de l'Assistance est capable. Il ne sait pas non plus que Joseph ne serait pas simplement puni pour cela, il serait chassé de ce boulevard, de cette ville, et du monde des vivants.
– J'ai plus envie.
– Je n'ai pas eu de nouvelles de Colette pendant deux mois, est-ce que tu comprends ça ? Ses lettres, à ce moment-là, au moment où j'étais à l'hôpital, avec cette double fracture du tibia, j'y aurais répondu, tu penses bien ! On m'a opéré deux fois, j'étais dans le coaltar, je ne pouvais ni lui écrire ni la joindre. Est-ce que tu comprends ?
– Ses yeux, ils étaient bleus ?
– Pardon ?
– Est-ce que les yeux de ma mère étaient bleus ?
– Oui...
– Avec un peu d'or au milieu ?
– Mais... oui...
– Est-ce qu'elle avait... tu sais... les paupières un peu lourdes ?
– Je crois... oui... oui, bien sûr...
– Et ses cheveux, ils étaient bouclés par l'humidité ?
– Ça je ne sais pas... Je ne me souviens pas...
– Tu te souviens pas ?
Comment Joseph a-t-il pu donner tant d'importance à ce type ? Brutalement, il lui dit au revoir, comme s'il le congédiait,

avec la certitude d'abandonner sur le boulevard un simple figurant.

Plus tard, alors qu'il pense à tout autre chose et qu'il est dans l'oubli apparent de leur rencontre, la phrase d'Augustin lui revient : « Tu lui ressembles tellement. » Et soudain il lui semble porter en lui toute une famille, et avoir, pour la première fois, un héritage. Il en est parfaitement et simplement heureux.

Quand il arrive à la pension, ils sont tous partis bien sûr, sauf Jeanne, qui s'empresse de le nourrir, le sert avec une sévérité toute maternelle et des soupirs de tendresse déçue. Joseph n'ose pas lui demander si Michel est dans le coin, s'il va venir aujourd'hui, si le téléphone a sonné pour lui. Depuis qu'il a commencé à Medrano, il y a huit mois déjà, il redoute ce qui lui arrive aujourd'hui, et maintenant, c'est presque un soulagement : c'est fait. Il est viré. Il pourra toujours aller faire la vaisselle dans un restau, une cantine, un hôpital, ou mettre en avant ses qualités de... « blanchisseur ». Blanchisseuse ? C'est vrai qu'il est un peu gonzesse, il peut dire « blanchisseuse ». Du moment que Michel ne prévient pas le directeur de l'agence de Paris, il s'en fiche. La musique, c'était un rêve, maintenant il se réveille, et au fond il a toujours su qu'il se réveillerait un jour, que ça se terminerait. Avec sa gueule à connaître par cœur *La Marseillaise*, son incapacité à comprendre leur musique américaine, leur façon sublime de la maltraiter pour mieux la faire sonner et qu'elle éclate précisément où on ne l'attend pas. Son incapacité à se mêler à leurs conversations, lui qui confond les noms des compositeurs avec ceux des interprètes, qui tente de retenir les noms de leurs musiques : tango, musique tzigane, fox-trot, jazz, biguine,

rumba, et blues aussi, et swing... mais est-ce que le swing est une danse ou un rythme ? Et ces répétitions dans sa chambre avec la trouille qu'on se moque de lui, que Luc dise encore, croyant qu'il ne l'entend pas « Oh God ! L'enfant de troupe s'acharne ! ».
— Vas-y, mon p'tit.
Jeanne s'est assise face à lui, les bras croisés posés sur la table.
— Où ?
— À Medrano.
— Tu sais quelque chose ? Michel t'a parlé ?
Elle hausse les épaules. Il bafouille :
— Ben oui je vais y aller. Je dois récupérer mon gilet dans ma loge.
— Joseph, vas-y maintenant, attends pas que le Michel t'ait botté le cul. Tu vas dans le bureau de monsieur Louis et tu t'excuses jusqu'à ce qu'il t'assomme pour que tu te taises.
— Ça changera quoi ?
— File.
— J'irai demain à la première heure.
Elle prend l'assiette posée devant lui et se lève. Très bien, il va y aller maintenant, et puis qu'est-ce que ça peut faire ? Il a fait pire dans sa vie, non ? Il en a vu des chefs en colère. Il en a eu des engueulades, des sanctions, des punitions, les grandes révoltes viriles, il connaît par cœur, alors une de plus une de moins... il s'en fout. Il regarde le dos si large de Jeanne, qui prépare déjà le repas du soir, ses cheveux coupés court, gris, toujours un peu gras, il pose sa main près de sa nuque... s'il osait... la toucher... Prendre un peu de sa force... Elle murmure :
— File, je te dis !
Et il file.

Sitôt dehors, il est pris d'une fatigue immense, il voudrait dormir, ça fait des années qu'il voudrait dormir, ne rien faire d'autre. Il est dans son manteau comme dans une couverture, il pourrait s'allonger sur le trottoir, avec les autres, et ne plus ressembler à rien, qu'à un petit tas. Fermer les yeux, ne plus être ici. À Mettray c'est déjà l'heure de la prière, à genoux près des hamacs, là-bas la nuit est longue.

L'odeur du cirque l'émeut. L'odeur dont on ne se débarrasse pas. Celle dont on a toujours un peu honte. L'écurie, la cage, la merde toujours la merde qui encombre la vie. Joseph monte les escaliers à la jolie moquette rouge, en bas la piste est dans le noir, comme un ventre vide, épuisé. Il frappe à la porte du chef d'orchestre, il ne sait pas ce qu'il va lui dire, il n'a aucune excuse valable, ce n'est pas grave il dira «Pardon» et puis encore «Pardon», des dizaines, des centaines de fois «Pardon», jusqu'à ce que l'autre l'assomme pour qu'il se taise, comme disait Jeanne.

Il frappe. On lui crie d'entrer. Ce qu'il voit en premier, c'est Michel, assis face au bureau du chef, et qui lui lance un regard à la rancune si froide qu'il en est glacé d'un coup. Et ce n'est pas monsieur Louis qui parle, c'est lui :

– Ne dis rien ! Ce que tu as fait est inexcusable. Tu sais le taux de chômage dans ce pays ? Tous ceux qui cherchent après le travail ?

Alors il ne dit rien. Il reste sous leurs regards, leur colère froide et leur déception. Il est debout, face à eux, il est à leur merci, ils peuvent faire de lui ce qu'ils veulent, ils ont tous les droits. La fatigue l'envahit de nouveau, comme une brume très douce, il retient un bâillement, se mord l'intérieur des joues, il aurait envie de leur demander de le renvoyer sans sermon, sans grande jactance sur l'existence, mais c'est trop tard, Michel commence :

– Jamais ! Tu m'entends jamais un artiste ne s'absente ! Ça n'existe pas !

Mais je suis pas un artiste, pense Joseph, et puis je suis fatigué, faites de moi ce que vous voulez. Mais pour avoir l'air de s'intéresser, tout doucement il dit :
– Vous avez décidé quoi ?
Ils se regardent. Ils ont préparé quelque chose bien sûr, ils ont pris « les décisions qui s'imposent » et ils se demandent qui va les annoncer. La porte s'ouvre. Décidément, en costume de ville, Rhum ressemble à tous ceux qui ne ressemblent à rien.
– Pardon, je dérange ?
Et puis il regarde Joseph. Le prend précipitamment contre lui.
– Louis, fais venir le toubib !

Joseph disparaît dans la maladie, des jours entiers tourné contre le mur, à dormir, ou réveillé, à foutre sa tête le plus profondément possible dans l'oreiller quand les pensées sont trop précises, les souvenirs trop vrais. Il est pris d'une fièvre intense, Jeanne change ses draps chaque jour, trempés de sueur, il n'en éprouve aucune honte, il n'éprouve rien pour ce qui se passe dans cette chambre, rien pour ceux qui viennent le voir, Jeanne, Henriette, les musiciens, il est recroquevillé sur lui-même, il a chaud et il claque des dents, c'est comme si quelqu'un de très puissant le secouait en permanence, un mal de mer constant, pourtant, il ne délire pas, il est lucide, il se demande combien de temps ça va durer, ce qui va se passer ensuite, jusqu'où on va le secouer comme ça, le bombarder d'images, de visages qui passent devant lui et qu'il ne peut ni fuir ni attraper, il vit dans un tourbillon aux températures extrêmes, c'est tantôt un grand feu, tantôt un long silence glacé, est-ce que Dieu le punit pour quelque chose, est-ce que Dieu existe, il sent une présence mais ce n'est pas lui, c'est une présence sans démesure, un souffle léger, d'une grande humilité.

Et étrangement, c'est ce souffle-là qui apaise le chaos, les suées, les tremblements. Comme un papillon sur l'épaule. Et grâce à cette fragile sentinelle, lentement, il revient. Il boit un peu. Recommence à manger. Perçoit la présence des autres, leurs mouvements, leurs voix, la musique parfois.

Un matin très tôt, à l'heure où les musiciens viennent à peine de se coucher, Michel prend une chaise et s'assied à ses côtés. Il lui semble que c'est la première fois qu'il le revoit depuis Medrano.

– J'ai quelque chose à te dire.

Ce n'est pas la voix de la sanction. C'est au contraire la voix trop clémente des nouvelles qu'on ne voudrait jamais entendre. Joseph prend son visage dans ses mains.

– On y va quand tu veux. Je me suis occupé de tout.

C'est la première fois que leur nom de famille est gravé dans la pierre. La première fois qu'ils ne font pas partie des indigents. Michel a dit que c'était une concession. Alors, c'est là que Joseph sera enterré, avec la grand-mère, au grand cimetière du Montparnasse, à la lisière de la ville, comme un coup d'arrêt.
– J'ai fait mettre une croix, je savais pas..., dit Michel.
Joseph hoche la tête... une croix... Oui, c'est bien... Une croix, mais sans le fils de Dieu dessus, c'est parfait. On peut imaginer quelqu'un d'autre, on peut mettre le corps supplicié de qui on veut et le déclarer lui aussi « né de la lumière », comme le vrai. Le légitime.
– Tu m'entends, Joseph ? Ils m'ont donné ses affaires... Y avait pas grand-chose. Un jupon. Des souliers. Son alliance.
Des souliers... Les derniers, ceux qu'elle avait quand ils l'ont embarquée. Cette manie qu'elle avait de les garder aux pieds, même à l'intérieur, ce qui faisait râler les voisins du dessous. Elle voulait pas être en chaussons « comme une vieille »... Et son alliance. Le mariage avec un homme qu'elle avait choisi d'oublier.
– Je voudrais bien les souliers.
– Tu ne t'es jamais demandé pourquoi je t'ai sorti de Mettray ?

Ah... On y est, pense Joseph. C'est le moment de la gratitude. Le moment de la dette. « Je t'ai sorti de Mettray », comme s'il était un clebs trouvé sur le bord de la route.

– J'aime pas les cimetières, et encore moins les confidences, mais ici au moins, je sais que tu te défileras pas, alors je vais te dire une chose : j'étais jamais entré à Mettray avant de venir t'y chercher, je savais même pas qu'un lieu comme ça pouvait exister. Mais je t'ai entendu jouer une fois, devant l'église du village. Et j'ai eu envie de t'engager, tout de suite.

– Pourquoi ?

– Cherche pas à savoir pourquoi. Sache seulement que ce que tu as donné ce jour-là, malgré ta technique maladroite, ce que tu as donné, je l'ai jamais retrouvé ici. Je suis venu plusieurs fois t'écouter à Medrano. Y a pas d'âme dans ta musique, Joseph. Y a pas une once de toi, pas la plus petite partie.

– On pourrait acheter une statuette de la Vierge. Ça serait joli sur la tombe. Ça se fait, regarde les autres.

– Continue comme ça et tu passeras le reste de ta vie à te dire que t'as pas eu de chance. Demande aux autres d'où ils viennent, tu te sentiras peut-être verni. La musique, ça n'existe pas. TA musique, elle, elle existe. Mais tu es bien trop radin pour nous la donner.

– Je fais ce que je peux.

– Rien ! Tu fais rien, Joseph ! Tu répètes pas, tu vas pas écouter les autres jouer, tu vis avec des musiciens hors pair et tu le sais même pas ! Tu écoutes de la musique ? Dans les cabarets, les boîtes, les églises ? Tu sais même pas allumer la radio, poser un disque sur un gramophone ! Tu sais rien, tu connais rien, et tout ce que tu veux, c'est barboter dans ton ignorance, tomber malade et te faire border ! Alors, écoute-moi bien : à partir d'aujourd'hui tu es comme les autres, tu vas courir le cacheton, jouer dans plusieurs endroits dans la même journée, courir, t'adapter, suer, ça te donnera enfin une bonne raison d'être fatigué !

– C'est tout ?
– C'est tout ! Et mets ce que tu veux sur cette tombe, des Vierges, des étoiles de David, des fleurs, des pierres, tout ce que tu veux, ça m'est égal !

Michel s'en va, Joseph entend ses pas sur le gravier, comme un voleur qui quitterait un jardin. Lui regarde la pierre tombale : « Florentine Vasseur. 1849-1933. » Il y passe la main, repousse des saletés, quelques feuilles de tilleul, il fait lourd et l'air est sucré, le silence un peu encombrant. Cette concession je la rembourserai à Michel, je vais te la payer, grand-mère, ta dernière demeure, comme ils disent, et j'espère que c'est cher, hors de prix. Il pose les mains sur le prénom de Florentine. Repose-toi, repose-toi bien... Ses mains frémissent, la pierre est vivante, il sent le flux de son sang le long de ses paumes, il se dit que sur cette tombe il fera graver les noms de Paul, Marius, Lucien, et de Colette aussi, tous ceux que la grand-mère a dans le cœur seront inscrits au Montparnasse. Des Parisiens, de génération en génération, c'est ce qu'ils sont, non ?

Le chagrin vient plus tard, quand il ne s'y attend pas, lorsqu'il se pense tiré d'affaire et qu'il n'a pas encore compris qu'avec la grand-mère disparaissent à jamais la venue au monde du bébé Joseph, la procession émerveillée de ses premières années et tous les espoirs que l'on plaçait en lui. Personne ne le connaîtra comme elle l'a connu, avec la tendresse et la peine attentive des pauvres gens, le courage tenace de ceux qui n'ont rien d'autre que l'amour maternel pour les représenter dignement. Elle était, avec Colette, le socle de toute sa vie. La place est vide.

Les mois qui suivent, Joseph fait ce que Michel attend de lui, il travaille consciencieusement, n'est jamais malade, ne pose aucun problème, joue en matinée au Palais-Rochechouart, le cinéma sur les grands boulevards, le soir dans une brasserie derrière la place Pigalle, pendant quelques semaines il joue aussi pour les thés dansants du Claridge, de cinq à sept, mais ses lèvres commencent à s'abîmer, et Michel lui dit de ralentir le rythme, il va «bousiller la mécanique».

Quoi qu'il en soit, à présent on ne croirait jamais qu'il est de l'Assistance, et c'est là le point essentiel : il ne ressemble plus à un orphelin. Son passé est oublié, ses journées sont une succession de paysages différents, et il se passe suffisamment de choses dans le monde pour que sa «jeunesse difficile», comme le dit Michel, ne paraisse qu'une simple mésaventure.

Mussolini. Staline. Hitler. Joseph apprend des noms et des visages nouveaux, puis ces noms et ces visages deviennent familiers, font partie des conversations, comme le prix du pain et le nombre explosif de chômeurs chaque mois.

Mussolini. Staline. Hitler.

L'autorité paternelle, à grande échelle. Il y a tous les jours des mauvaises nouvelles, l'Europe devient brune, l'URSS une grande puissance sanguinaire. Joseph se penche sur l'atlas, comme lorsqu'il allait à l'école et que découvrir un continent ou le nom d'un océan, c'était y être invité. Mais plus personne ne semble être invité nulle part. Le monde se rétrécit, Joseph a l'impression de se tenir sur un minuscule morceau de terre à peine protégé, étrangement épargné.

Mais le 6 février 34, les ligues déferlent place de la Concorde, tentent d'entrer dans la Chambre des députés. La police charge. Des deux côtés la violence est extrême. Il y a des morts et des centaines de blessés. Le lendemain, les rues ressemblent à une vaste demeure saccagée, incendiée et brisée. Deux jours plus tard, Daniel, le frère de Jeanne, est blessé à la jambe dans la contre-manifestation du Parti communiste contre cette tentative de coup d'État fasciste. Cela ne l'empêche pas de se joindre à la manifestation organisée quelques jours après par la CGT. Il parle de grève générale, d'unité de la gauche contre le fascisme. Affaire Stavisky, scandales, faillites, les affaires succèdent aux affaires, les gouvernements aux gouvernements, les contre-manifestations aux manifestations. De droite ou de gauche, syndiqués ou non, les manifestants sont pour la plupart des anciens combattants. Se sont-ils battus pour ce pays qui les trahit ? Ces puissants corrompus, ces riches toujours plus riches ? Cette misère et ce chômage ?

Daniel dit que les artisans ont faim, que les ouvriers ont faim, que les paysans ont faim. Joseph pense aux soupes de la Petite Roquette et de Mettray. Il revoit le corps déjà si maigre d'Aimé, à bout de souffle. Les plus fragiles, les plus menacés ne sont pas ceux qui marchent sur les pavés, banderoles à la main, et se battent avec des boulets de charbon, des lames de rasoir, de la fonte, du fer, du feu, des balles de revolver...

Le seul moyen de s'isoler, c'est de jouer. Pourtant, ce qu'attend de lui Michel, retrouver ici ce qu'il donnait à Mettray, ne vient pas, Joseph le sent bien. Dans ce cinéma où il accompagne des films muets, dans cette brasserie où pendant que les clients mangent et boivent, il joue les derniers airs à la mode, il regrette parfois la fanfare de la Colonie. Les colons défilaient au pas cadencé, le ventre vide, mais jouaient sans démériter, car leur âme était là, dans ces heures musicales, quand on les écoutait. Qui les écoute, dans cette brasserie ? L'orchestre joue en fond sonore, il amortit les bruits, les rires et les bagarres aussi. Il est loin le temps où, à Medrano, Joseph craignait de jouer en décalé et que son jeu ne mette en danger un artiste. Ici, les musiciens sont plus âgés que lui, ils ont de l'expérience et un peu de lassitude, quand ils cherchent leurs partitions ils parlent de leurs mômes ou de leurs femmes, quand ils se changent après avoir joué, dans la pièce minuscule et encombrée qui leur sert de loge, ils ne commentent ni leur jeu ni celui des autres. Ils ont simplement envie d'une bière.

C'est quand ils répètent que Joseph aime jouer avec eux, quand la musique est pâle encore, mais que petit à petit il va oser, oser se tromper, oser recommencer, et que vont naître les nuances, crescendos, decrescendos, mezzo piano, et quand ils jouent vraiment tous ensemble, Joseph est étourdi de joie. La musique est là, elle vit, il le sent. C'est peut-être à une répétition que Michel devrait assister pour ne pas être déçu par lui, quand Joseph a donné son souffle, que ce souffle a créé des notes dont il arrive à contrôler le surgissement, l'intensité et l'alliance. Oui, c'est quand il accompagne jusqu'au bout cette musique fragile qu'elle vaut quelque chose.

Les jours et les mois passent. La misère n'est plus une fatalité, et les manifestations s'enchaînent, drapeaux rouges, drapeaux tricolores, *La Marseillaise* est le chant de la rue, *L'Internationale* aussi, de plus en plus. Joseph croise un jour la manifestation des midinettes qui se sont mises en grève. Elles sont belles, elles marchent bras dessus bras dessous, elles crient dans les rues. Il les envie. Crier ensemble. Traverser Paris et que Paris vous écoute. Si Colette vivait, est-ce qu'elle serait avec elles, est-ce qu'elle les soutiendrait ? Quatre mille ouvrières, qui viennent de chez Lanvin, Chanel, Worth, Nina Ricci... Elles osent..., se dit Joseph.

Et il tente de se rappeler les amies de Colette, jupières, manchières, corsagières, qui avaient commencé à douze ans... Mais tout souvenir lui échappe, il lui semble que sa mémoire ne contient personne d'autre que lui-même, il est seul dans son passé.

Jeanne accueille à la pension des réfugiés qui arrivent d'Allemagne, une valise dans une main, leur instrument dans l'autre. On dit qu'ils sont juifs, et que là-bas ils ne passaient plus inaperçus. Il en arrive tous les jours à Paris et en province, des milliers.

Joseph se demande quand on va le démasquer, quand on se dira que s'il a été en prison à neuf ans, c'est qu'*il a fait quelque chose*. Il ne sait pas s'il a fait quelque chose qui méritait la prison, mais il sait qu'à tout moment il peut y retourner. À la pension, les discussions sans fin prennent parfois le pas sur la musique, l'organisation se fait et se défait sans cesse, Joseph partage sa chambre avec trois garçons dont il ne comprend pas la langue, mais chez qui il reconnaît l'alerte permanente de ceux qui n'ont plus de place. Ils viennent de Cologne, ils ne sont pas partis loin de l'Allemagne car ils y retourneront bientôt. Frantz s'applique pour dire : « Ça passera, comme ils disent les Français. Ça passera. Les Juifs ont l'habitude. » Ils ont des mots rassurants, mais leurs corps disent le contraire. Frantz joue du saxo, sans arrêt, comme si le saxo était soudé à ses mains, à sa bouche, il joue trop, pense Joseph, il va s'abîmer, mais l'autre ne cesse de jouer, les yeux fermés, et Joseph se demande ce qu'il voit. Les deux autres, Thomas et Gustav, sont guitariste et violoniste. Tous trois sortent le soir avec leurs étuis et reviennent au petit matin, fatigués et prudents.

C'est un temps étrange, où la peur est lestée d'incertitudes, où la colère surgit de partout, comme des départs de feu, pourtant ce n'est pas le chaos. C'est une corde qui vibre, celle du désir, désir de s'unir, d'avoir une vie, un avenir.
Joseph a seize ans maintenant et il ne sait pas quel sera le sien. Serait-il capable de donner sa vie pour la musique ? Dans cinq ans il sera majeur, l'Assistance publique le rayera de ses registres, qui sont comme des albums de famille, avec les photos de ses huit ans, neuf ans, dix ans… Et la minutie des rapports anthropométriques. Son corps change, il s'y habitue et il s'habitue aux regards. Même quand il joue. Il est moins gêné, il bouge plus facilement, s'abandonne un peu, mais sa retenue, il le sent dans le regard des femmes, est encore une attirance. Il a appris à les laisser venir. Puisqu'elles viennent et qu'au fond, une fois dans leurs bras, il n'a pas grand-chose à faire. Et il préfère cela aux bras des garçons. Il a essayé. Mais un soir il a failli tuer le gars qu'il tenait contre lui, quand il a tenté de l'embrasser. La violence est revenue, pure, vitale, la violence de Mettray. « Tu m'embrasses, j'te crève ! » Le garçon a eu l'instinct immédiat de la fuite, et Joseph est resté là, dans ce square où des corps invisibles donnaient à la nuit des cris de jouissance, des respirations vers les étoiles, quelque chose de très banal et de très merveilleux. Lui, il pensait à la bouche d'Aimé, cette bouche comme un monde, toute sa vie inscrite là, sur ces dents brisées, ces lèvres qui connaissaient la soif, la faim, l'hostilité du dehors, et la joie aussi, la prière, et la provocation. Depuis ce soir-là, il fuit les garçons et accepte les femmes, et il se méprise pour cela : ne les voir que pour un soulagement de quelques secondes.

Tout change brusquement un matin de novembre. Il est tôt, Joseph et Michel prennent leur café à la brasserie Wepler avant que Joseph n'auditionne chez une comtesse qui donne des soirées privées, et dont l'orchestre a besoin d'un deuxième cornet pour le jour même. Ils ont commandé un café, et ils ne se parlent pas, ils regardent le soleil pâle caresser à peine les toits et se refléter dans l'eau qu'un serveur a jetée sur le bout de trottoir qu'il lave sans précaution, en éclaboussant les passants. *Paris-Soir* est posé sur le guéridon d'à côté, un client l'a laissé là, près de sa tasse vide, Joseph regarde le journal sans le regarder vraiment, et puis le gros titre en première page lui saute à la figure : « UNE HONTE : METTRAY, ÉTABLISSEMENT PRIVÉ... ET DE TORTURE. » Il pense qu'il se trompe, il a lu un nom pour un autre, son émotion est stupide. Il prend le journal. Il y a bien écrit « Mettray ». En première page « Mettray ». Il ne comprend pas ce que ce nom fait là, place de Clichy, à côté des cafés et des croissants. C'est comme un accident, un fracas tout à l'intérieur de lui. Il voudrait cacher le journal, que personne ne voie ce titre, ne lise ce nom de « Mettray », mais *Paris-Soir* est le journal le plus vendu, celui qui traîne partout, sur les banquettes des cafés et celles du métro, sur les bancs publics et chez les familles, il est comme un animal familier, même si on ne le remarque pas, il est là, tout le temps. Joseph sent le regard de Michel sur lui, il sent qu'il l'observe. Il lit : « Dans cette Maison paternelle, on supplicie les malheureux gosses placés là en éducation surveillée. Un surveillant général aujourd'hui à la retraite y a notoirement tué des enfants. » « Les malheureux gosses »... C'est lui ? C'est lui, vraiment ? Et qui sont ces enfants tués ? Le surveillant, c'est Guépin, c'est sûr. Repenser à ce gaffe le fait frissonner de terreur. Est-ce qu'il a tué Aimé ? Le journal tremble, c'est un journal fou, incompréhensible, Michel pose une main dessus et le rabat.

– On parle beaucoup des Colonies depuis la mutinerie. Ça t'étonne ?

– Quelle mutinerie ?

– Ne me dis pas que tu ne sais pas.

– Mais de quelle mutinerie tu parles, bordel ?

– Mais tu vis où, Joseph ? Cet été des colons se sont évadés du pénitencier de Belle-Île, les habitants, et même les touristes, les ont chassés toute la nuit, je croyais que tu le savais. Tout le monde en a parlé. Un poète a même écrit un poème là-dessus, « La chasse à l'enfant », Jacques Prévert, tu connais pas ?

Il me demande si je connais la chasse à l'enfant, la chasse à la prime, la traque ? Il me demande si je viens *réellement* de la Colonie ? Joseph est livide. Tout se bouscule et se confond. Un temps il a cru qu'une évasion avait réussi, cet été, à Mettray. Un temps, infime, fugace, fulgurant, il a pensé qu'Aimé avait réussi. Il ne comprend plus rien à rien. De quoi est-ce qu'il s'agit ? Qu'est-ce que le passé vient faire ici, ce matin ?

Alors il reprend *Paris-Soir*, l'ouvre en grand en le faisant claquer un peu, comme le font les habitués, les lecteurs adultes qui lisent des catastrophes pour se détendre. Il sait lire. Il a réappris tout seul, il n'a besoin de personne pour savoir ce qu'il y a à savoir. L'article est rédigé sous la forme d'une lettre adressée au garde des Sceaux. Joseph y lit sa vie, avec les noms des surveillants, d'un chef d'atelier, et même de certains chefs de famille. Il y reconnaît l'obsession d'Aimé : Mettray est une bonne affaire commerciale. Il y lit ce qu'il a vécu, ce qu'il a vu, le quartier disciplinaire, les coups, les camisoles de force, les agonies, il lit l'article comme si sa vie était posée là, noir sur blanc, pourtant ce journaliste, Alexis Danan, parle d'un pays qui n'existe pas, tout est vrai et tout est faux, tout est impossible, et tout est arrivé :

« Tous les surveillants ont à leur actif des souffrances, des agonies sans nom. À cause d'eux, des enfants se sont enduit les yeux de chaux vive, ont absorbé du cresyl, de la peinture, du verre pilé, ont enflammé leurs plaies à l'aide de "réveille-matin", ont provoqué en telle ou telle partie de leur corps des abcès, des ulcères, se sont froidement mutilés dans l'espoir de mourir. Et le plus odieux de tous ces tortionnaires, comment ne vous le citerais-je pas, Monsieur le Ministre, leur instructeur et leur chef, celui qui fut pendant près de quarante ans Monsieur le Surveillant général Guépin, ancien moniteur de Joinville, aujourd'hui et depuis fort peu bourgeois retraité dans la banlieue parisienne ? Monsieur Guépin a tué des enfants à Mettray. J'ai dans *Paris-Soir* imprimé le nom de ses victimes et la date de ses crimes. Je sais qu'il a lu mes accusations comme je sais qu'on les a lues à Mettray. Monsieur Guépin n'a pas bronché. Son directeur n'a pas bronché. Les membres éminents du conseil d'administration de la Maison paternelle n'ont pas bronché. Le silence est une politique trop commode. Moi, je ne me tairai pas. IL FAUT FERMER METTRAY ! »

Joseph plie le journal, avec des petits gestes précis il le referme, lui ferme la gueule, le rapetisse, voudrait en faire une

boulette, un déchet. Il se lève comme si rien ne s'était passé, rien n'avait eu lieu, il prend son étui et ajuste sa casquette.
– On va être en retard chez madame la comtesse, il faut y aller, tu crois pas ?

Les jours, les semaines, les mois qui suivent, Joseph ne pense plus qu'à ça : Mettray est menacé. Et si Aimé était sur la liste des morts ? Celle que détient le journaliste ? Il supplie Michel de prendre des nouvelles d'une façon ou d'une autre, sous n'importe quel prétexte se renseigner, savoir comment ça se passe vraiment, et s'il y allait, hein, s'il y allait comme avant, sous prétexte d'écouter les musiciens de la fanfare ?
– Si t'y vas pas, j'irai moi, je te préviens !
– Ben vas-y mon gars, jette-toi dans la gueule du loup.
– J'ai des amis là-bas, des frères. Il en parle pas de ça, ton journaliste, hein, mais nous, on s'aimait aussi ! On n'est pas des enfants perdus, on est des hommes !
– Des hommes ? Si seulement tu en étais un, je pourrais te casser la gueule pour que tu puisses plus dire autant de conneries. Des hommes !

Joseph voudrait que ça s'arrête. Mais ça ne s'arrête pas. Le journaliste ne lâche pas le morceau. Toutes les semaines il écrit sur les bagnes d'enfants, et les anciens colons lui envoient des lettres de témoignage, il dit qu'il en reçoit plusieurs centaines chaque jour, est-ce que c'est possible ? Joseph hésite à aller le voir, à lui demander de l'aider à entrer en contact avec Aimé. Mais il a peur d'être fiché, peur qu'il se serve de lui dans sa bataille contre le gouvernement français, peur que son nom soit marqué dans le journal et que tout le monde sache d'où il vient.
Dire que tous ceux qui n'y connaissent rien ont découvert soudain Belle-Île, Eysses, Doullens, Mettray, dire que chacun y fourre son nez sans y comprendre rien.

« Des enfants martyrs en uniforme », « Les petits déshérités de la vie », « Des enfants trouvés dans le ruisseau ou au coin d'une porte », « Des enfants que les mères ont souvent lâchement abandonnés »...

Il ne se reconnaît pas, ni sa mère, il ne retrouve rien de leur amour joyeux, de leur insouciance, il n'y a rien de leur vie dans ces condamnations pleines de pitié, pas la moindre vérité, le plus petit détail. Eux, ils se sont perdus sans tragédie. Il repense à cette nuit où il la croyait endormie et où la vie lentement, patiemment, la quittait. Le malheur peut être très lent et très doux. Tout peut arriver, à tout le monde, en dehors des ruisseaux et en dehors de la misère. Tout.

Il regarde la partition avec la terre de Mettray, la marque du sabot d'Aimé. « Je te retrouverai, va. » Le monde change, le monde change si vite, est-ce qu'une promesse peut encore être tenue ? Est-ce qu'un amour peut rester sacré ?

Tout change, et les murs tombent les uns après les autres. En 1935, ceux de la prison pour femmes de Saint-Lazare sont abattus. Quelques années auparavant, les enfants étaient sortis de la Petite Roquette pour être transférés dans des prisons ordinaires. Les femmes prennent leur place. Quand il apprend cela, les femmes à la Petite Roquette, quand il imagine cela, Joseph est sans révolte. C'est une tristesse inhabituelle, longue comme un voile, qui s'empare de lui, et la vie derrière ce voile est comme retenue. Impossible d'y participer.

La nuit, il ne dort pas. Il est dans les couloirs de la prison, les box de la chapelle. Il est sur sa paillasse. Et l'autre est derrière lui, l'autre vient se servir et le tuer, chaque nuit un peu plus. Il cherche les mots dans les murs de la courette. Et il cherche les mots en lui, pour décrire, essayer de comprendre cette tristesse qui s'obstine.

Qui pourrait l'aider, si ce n'est Aimé ? Qui pourrait soulever le voile et se glisser dessous, être tout entier avec lui dans ce passé commun ? Qui pourrait aller avec lui dans les rues de Paris et voir la même chose, avec cette lucidité atroce ? Qui saurait, si ce n'est Aimé, voir derrière les murs ? Joseph ne veut plus vivre sans lui. Coupé en deux. Étranger à tout. Il joue mal. Sa musique manque de souffle. Sa musique manque de corps. Sa musique est un fantôme de musique. Il le sait. Et il n'en a pas honte. Il n'a d'autres sentiments que cette tristesse nouvelle et impuissante. Il se fiche de ce que Michel pense de lui, il se fiche de le décevoir, qu'il attende quelque chose ou qu'il n'attende plus rien, qu'importe. Mais quand il essuie son cornet après avoir joué, quand il le range et referme l'étui, il a l'impression d'avoir trahi l'instrument, de lui avoir volé son éclat.

Un jour, pourtant, la musique vient le chercher, et elle ne soulève pas seulement le long voile de tristesse, elle l'arrache.
Frantz, le jeune Allemand qui partage sa chambre, joue un peu moins du saxo maintenant qu'il a installé dans la pièce un gramophone acheté aux puces de Saint-Ouen. Il n'a qu'un unique disque, *J'ai deux amours*, dont il tente d'apprendre les paroles par cœur, par amour de Paris, par amour du français, ou de Joséphine Baker, nul ne sait, mais l'air finit par être entêtant, insupportable. Un jour il entre dans la chambre en tenant précieusement un autre disque, qu'il sort de sa pochette en le faisant glisser dans sa paume comme s'il était vivant et qu'il ne voulait pas l'effrayer. Il rit d'impatience, Joseph se demande ce qu'il va écouter maintenant. Qu'est-ce qu'il va leur faire subir encore, sans relâche ?
– Ça va aller, Joseph, tu t'inquiètes pas, tu écoutes.
– C'est ça, oui, « ça va aller »…
Joseph se résout à écouter, assis sur son lit, les yeux fermés, le corps abandonné. Le disque grésille un peu, ce gramophone est vieux et son aiguille laboure les sillons. Puis la musique commence. Joseph s'étonne de la technique du musicien, il n'a jamais entendu une trompette offrir ce son-là, aller si loin dans les aigus, il ne savait même pas que c'était possible. Il guette et il analyse, anticipant ce qu'il dira à Frantz pour montrer qu'il

s'y connaît, il emploiera les mots que les autres musiciens sûrement emploieraient pour décrire la virtuosité des mélanges, des rythmes, des volumes et des fluctuations.

Mais soudain, le type alterne la trompette et le chant, soudain ce type est tout proche, sa voix rocailleuse et généreuse lui parle à l'oreille avec une puissance fracassée, Joseph a l'impression qu'il sourit à travers ses larmes, et quand il reprend sa trompette, c'est comme si sa voix se prolongeait, comme si son âme éclatait.

C'est la première fois que Joseph comprend ce mot : âme. Le mot de Victor Hugo et de la Petite Roquette. Âme.

C'est une trompette qui gémit vers le ciel, le dépasse, crève les nuages et rit de sa victoire. Joseph ne saurait dire si la trompette est la voix de cet homme ou si sa voix a intégré le son de l'instrument, mais son souffle est un chant. Quand le morceau est terminé, il garde les yeux fermés. Il n'a pas envie de revenir. De parler avec Frantz, de mettre tout ça à plat, de maquiller son émotion derrière une théorie. Il voudrait écouter le morceau encore et se mettre sous son aile, c'est tout. Mais bien sûr il faut revenir, dans cette chambre, et dans ce monde de bavardages.

Quand il rouvre les yeux, il comprend que Frantz non plus n'a pas envie de parler. Il est face à la fenêtre et il regarde au-dehors, les toits de ce Paris qu'il dit tant aimer. Joseph ne veut pas le déranger. Il prend la pochette : le dessin éclatant d'une trompette par-dessus la tour Eiffel et le dessin fragile de Montmartre. « Louis Armstrong. »

– C'est ici, à Paris, l'enregistrement, dit Frantz.

– Oui, je vois. « Paris, 1934. »

– Paris, la liberté !

– Tu crois ça, toi ? Paris, la liberté ?

– Je sais pas. Je voudrais. Tu connaissais Satchmo, enfin, Armstrong ?

– Non... Quel morceau tu m'as fait écouter ?
– *Songs of the Vipers.*
– Les vipères ?
– Oui, les vipères... la drogue...
– Ah...

Joseph prend sa veste, met sa casquette, Armstrong lui donne envie de sortir, d'aller marcher sous le ciel de Paris que vénère tant cet Allemand.

– Tu travailles ? Maintenant ? demande Frantz.
– Ce soir, pas maintenant.

Il est impossible de tricher après avoir écouté Louis Armstrong. Ou bien c'est qu'on est un idiot. Joseph et Frantz se regardent, et c'est très simple. Joseph lui tend la main, sans penser à rien d'autre qu'à son besoin immédiat, incontournable, d'avoir sa main dans la sienne.

La musique d'Armstrong lui ouvre les portes qu'il n'avait jamais osé pousser. Après avoir couru le cachet à droite à gauche, passé minuit, Joseph va dans un des innombrables clubs du quartier où l'on danse le tango, le fox-trot, la biguine ou la rumba, où l'on écoute les musiques américaines, le blues et « le jazz », comme disent certains, et même le jazz manouche. Il y va avec Frantz. Pour le jazz, uniquement, cette musique qui n'est pas là pour distraire, étourdir ou défouler, mais les emmène ailleurs, là où ils vont si rarement, le fond hurlant de leur être.

Joseph se souvient de *La Marseillaise* jouée par Luc, ce premier choc, mais Luc le provoquait, c'était un défi et en un sens, ce soir-là, le trompettiste l'avait mis à la porte de cet univers. Sans Frantz, peut-être qu'il n'aurait jamais osé y revenir.

Il écoute cette musique surgir et se déployer, et à l'instant où il pense qu'elle va se briser, elle redescend et renaît, souple et douce comme du velours. Elle est imprévisible mais maîtrisée, démesurée et intime. Il claque des doigts, remue les pieds, se balance un peu, son corps vibre de tant de beauté, et grâce à cette partition si libre, ce vertige risqué, chaque soir, pour quelques heures, il abandonne ses peurs.

– Non. C'est l'inversement : tes peurs t'abandonnent.

– On dit « inverse », Frantz, pas « inversement ».
– Inverse.
– Pourquoi tu te marres ?
– Moi je suis inverse, et toi aussi.
– Non. Moi je vais avec les femmes.
– Encore ?
– Non.
– Tu es tellement un menteur !
– Non, c'est pas des craques, Frantz, je vais avec toi. C'est tout.
– C'est tout ?
– Qu'est-ce que ça peut te faire ?

Ils savent que leur relation est éphémère. Ils improvisent eux aussi, et ils s'accordent, c'est tout. Il ne s'agit pas d'amour, il ne s'agira jamais d'amour. Ils sont ensemble dans un monde inquiet et inquiétant, et ensemble, passé minuit, ils écoutent les meilleurs jazzmen et parfois même, comme un cadeau tombé du ciel, les génies de la musique : Django Reinhardt, Stéphane Grappelli, Duke Ellington, Cole Porter, alors la vie prend enfin sa vraie dimension, elle est immense, et tout paraît possible, tout reste à créer. Et parce que lorsqu'on peut tout perdre, plus rien n'a vraiment d'importance, Joseph et Frantz se parlent librement, osent des questions naïves, cruciales :
– Joseph, est-ce que je ressemble à un Juif ?
– Je sais pas ce que c'est, « un Juif », comment je pourrais savoir si tu y ressembles ?
– Fais l'effort : regarde-moi, ça se voit ? Le nez, les cheveux, les œils…
– Les yeux. On dit les yeux. Et moi : est-ce que ça se voit que je suis de l'Assistance ?
– De la quoi ? Je la connais pas celle-là !
C'est la première fois que Joseph dit d'où il vient. Il sait qu'un

patron peut vous virer pour cela : être de l'Assistance. Que des femmes peuvent vous délaisser, ou vous vouloir pour autre chose que vous-même. Mais il apprend qu'Armstrong est passé, lui aussi, par les maisons de redressement, et que c'est là qu'il a appris à jouer, et du cornet, comme lui. Il repense à Pépère, ce pauvre alcoolique qui n'avait personne à qui léguer ce qu'il avait de plus précieux. Il se revoit le suppliant pour avoir l'embouchure et quelques mots d'enseignement. La musique n'est pas un rêve. Elle est réelle. Nécessaire. Comme elle l'était sur ces chemins de Picardie. Armstrong peut faire pleurer une salle entière avec deux notes, deux petites notes qu'il emmènera où il le veut. Les notes disent l'univers qui vous entoure et celui qui vous habite, et pour Joseph cesser de jouer est comme manquer d'eau. Il se sent libre pour la première fois depuis l'Assistance, c'est une sensation d'innocence légère, un sourire sans raison. Il écrit à Aimé. Il ne sait pas lire, mais il saura bien soudoyer quelqu'un pour lui faire la lecture. Il sait que les colons ne reçoivent pas de courrier, mais peut-être que les choses s'arrangent un peu, depuis que le journaliste fourre son nez dans leur grand merdier. Il écrit qu'il pense à lui. Qu'il espère qu'il n'a pas eu froid, cet hiver. Que les moissons ont été bonnes. Qu'il doit lui répondre, trouver quelqu'un pour ça, quelques mots suffiront. Il ne lui parle pas de ce que disent les journaux, il ne lit plus les journaux, il ne veut plus rien savoir en dehors de la musique. Mais un jour ce sont Frantz, Thomas et Gustav qui les brandissent, téléphonent en Allemagne, écrivent des lettres et se disputent, dans une panique incessante, et il n'est plus question de jazz, de 78 tours, de Paris la liberté, il n'est plus question de partage. Il est question d'une réalité qui change. Et de toutes les illusions qui s'effacent, les unes après les autres. Il est question de la menace fasciste. De la puissance nazie. De l'ordre du monde qui vacille irrémédiablement.

Joseph n'arrive plus à s'isoler avec Frantz, à parler avec lui. Alors il décide de l'attendre à la sortie du Casino de Paris où il accompagne chaque soir Jean Sablon et Mistinguett. C'est le mois de novembre, un mois de grisaille lourde, l'automne a perdu toute saveur, le ciel est humide, les journées se traînent et les nuits sont sans grâce.

Frantz sort, le col de son manteau relevé comme s'il faisait froid, le chapeau enfoncé sur le crâne, le dos courbé. Il n'a plus vingt ans. Il est devenu vieux. Joseph s'approche et Frantz le repousse vivement en criant un mot que Joseph ne comprend pas. Son regard met quelques secondes à s'apaiser. Il a eu cette peur que Joseph connaît, et il s'en veut d'avoir surgi sans précaution.

– Je voulais pas te foutre les jetons, pardon.
– Ça va.
– Viens, le Hot Club de Grappelli et Reinhardt joue chez Bricktop.
– Non.
– Viens, ça te fera du bien.
– Non. On marche si tu veux. Et on se tait.

Ils marchent longtemps, en silence. Un Allemand et un Français. Joseph sait d'où ils viennent tous les deux, le père de Frantz aussi a fait la Grande Guerre. Il n'est pas revenu, « même pas son corps ».

– Je sais ce qui se passe chez toi. Daniel a parlé de ces nouvelles lois…
– Tais-toi, je t'ai dit.

Ils vont dans Paris qui flotte, indécis, parsemé de lieux dédiés à la musique, au chant, à la danse, au théâtre, un monde souterrain et secret, mais dont la musique cesse dès que l'on sort sur les grandes avenues, les jardins aux statues gelées, les ponts entre deux rives. Ils marchent et Joseph sait que c'est trop tard, maintenant Frantz est derrière les mots, c'est fini il ne lui dira plus rien. Il se demande s'il a laissé un amour à Cologne, un type dont ni le nez, ni les cheveux, ni « les œils » ne sont juifs...

Daniel a dit que Nuremberg était une loi sur la protection du sang et de l'honneur allemands, et qu'à partir de maintenant, il était interdit aux Juifs de s'unir avec un citoyen allemand. Il sait que les parents de Gustav ont été expulsés, que Thomas se dispute avec les siens, qui refusent de s'exiler. Quand Daniel a raconté ça à Jeanne, elle n'a rien répondu. Elle a plongé la salade dans la bassine d'eau et elle a dit, pour elle-même : « Ça galope. » Et maintenant, Joseph le sent, c'est comme si ça le touchait, physiquement, derrière lui, à grandes enjambées dans ces rues désertes, ça s'avance. Ça galope, oui.

Ils ont marché en silence. Mais déjà ils savaient, ils le savent depuis toujours : le corps dit mieux que les mots. Il faut juste le laisser venir. Et cette nuit-là ils se rejoignent, doucement, silencieusement, dans la chambre commune où Thomas et Gustav dorment ou font semblant. C'est la première fois qu'ils s'aiment ailleurs que dans des parcs, sous des ponts, des lieux dédiés aux hors-la-loi comme eux, aux tarés, aux lopettes, aux vicieux. Le plus silencieusement possible, retenant leurs soupirs, leurs souffles et leurs plaintes, et goûtant cette retenue qui augmente le plaisir, le rend magnifiquement insoutenable, ils savent qu'ils tiennent entre leurs bras plus qu'eux-mêmes. Ils enlacent les amours lointaines, interdites, uniques, et c'est comme un hommage, ils pourraient dire les prénoms de ces garçons, se donner aussi ce partage. Ils font l'amour sans trahir ceux qu'ils ne tiennent pas contre leur peau. Et quand c'est fini, physiquement fini, mais émotionnellement envahissant, ils se séparent. Ils ont tous deux besoin de rester seuls.

Le lendemain matin, alors que Joseph boit son café dans la cuisine, Michel vient le trouver. Il lui donne le choix : c'est lui ou Frantz, mais l'un des deux doit partir.
– Partir où ?
– Où tu veux. Mais tu te pointes dans mon bureau tous les lundis à huit heures.
– Et mon cornet ?
– Tu le gardes. Parce que t'as intérêt à bosser, crois-moi.
– Tu vas cafter à l'inspecteur ?
– Tu bosses et tu viens tous les lundis matin me faire un rapport. Sans ça j'appelle les flics. Allez tire-toi maintenant, je t'ai assez vu.

Joseph le hait autant qu'il haïssait les gaffes, et peut-être plus, parce que lui a l'instruction qu'eux n'avaient pas. Il n'a pas été déglingué comme eux par quatre années de guerre, ni par l'alcool. Son pouvoir est aride, cruel. Il monte faire son baluchon. Les Allemands dorment encore. Frantz est tourné sur le côté, son épaule nue dépasse du drap. Joseph hésite à le réveiller... Mais cette épaule est si paisible... Il ne faut pas la déranger, il faut la regarder et puis partir sans faire de bruit. Il sort de la pension sans saluer personne, pas même Henriette, pas même Jeanne ou Daniel. Il part parce qu'on le lui demande et que depuis toujours il obéit. Il quitte le quartier, il ne veut pas risquer un jour d'y croiser Frantz, lui attirer des ennuis. Il marche longtemps, il se déleste, il se fatigue, il passe dans cette ville immense que l'on pourrait croire ouverte, avec, dans ses clubs, ses cabarets et ses music-halls, des gens qui ont traversé l'Atlantique, franchi des frontières, des artistes noirs, blancs, manouches, des accents, des religions, des visages si différents. On pourrait croire cette ville habitée par le monde lui-même, le monde à ses pieds. Mais Joseph sait que les registres sont ouverts, l'encre des tampons est fraîche, les appareils photographiques sont bien plantés, et ça n'en finit pas. Ça n'en finit pas. Ça n'en finira jamais.

LE GOSSE

Il marche au hasard, croit-il, mais quand après deux heures de déambulation il se retrouve devant la prison de la Petite Roquette, il comprend que c'était son but. Le bâtiment n'est pas plus petit que dans son souvenir, comme le sont les autres lieux de son enfance. Il est bien plus grand. Joseph est entré dans cette prison démesurée à neuf ans, quelques mois plus tard il en sortait, et c'était un autre lui-même qui partait pour Mettray.

Maintenant il comprend qu'il fallait d'abord venir *ici*, avant d'aller *là-bas*. Le jour où il est sorti de prison, il croyait que les clefs, les unes derrière les autres, ouvraient puis refermaient les portes. Il n'avait pas compris. Aucune porte ne se refermait. Toutes s'ouvraient sur Mettray. La fin définitive et absolue de l'innocence.

Est-ce que s'il jouait là, sur le trottoir, on l'entendrait à l'intérieur de la Petite Roquette ? Un instant il y pense... jouer pour elles... mais il sait bien que c'est impossible, il y a déjà tant de tumulte autour de lui, la musique s'y perdrait. Pour les prisonniers, Paris n'est qu'une ville absente. Combien sont-elles, les femmes ? Quatre cents ? Cinq cents ? Des femmes qui sont gardées, et regardées, jour et nuit... Comme l'étaient les enfants... Jour et nuit... Il tourne subitement le dos à la prison et il s'en va, très vite, à pas précipités de gosse affranchi, il descend la rue de la Roquette et il sait très bien, maintenant, où aller.

Augustin dit oui tout de suite. Il lui ouvre les bras. Et Joseph l'imagine ouvrant les bras à Colette, spontanément heureux, spontanément d'accord. Lui incline simplement la tête, il ne s'approche pas, il n'a pas envie de le sentir contre lui, de lui taper sur l'épaule, de devenir son pote. Il lui demande de le loger pour une semaine ou deux, le temps de trouver une chambre. Et il le remercie poliment.

Il voudrait se faire discret, être là sans y être. Mais malgré lui, il est à l'affût. Il se demande si Colette venait ici, si c'est le même appartement. Il n'y a pas de trace d'elle, pas une photo, un objet, rien. Il cherche sa mère à travers cet étranger, et il lui en veut d'avoir d'elle des souvenirs et des connaissances qu'il n'a pas. Il aimerait savoir en quoi il lui ressemble, pourquoi Augustin lui a dit ça la première fois qu'ils se sont revus. Il aimerait savoir l'importance qu'elle avait dans sa vie, est-ce qu'ils avaient des projets, est-ce qu'ils s'étaient promis des choses, est-ce qu'il y avait un futur, un futur pour eux trois ? Mais il ne demande rien.

La seule confidence que lui fait Augustin, c'est qu'il n'est pas marié. Enfin, ne l'est plus. Sa femme est partie avec son meilleur ami. Il rit le jour où il le raconte à Joseph, et dans son rire, la tête brutalement renversée en arrière, le buste offert, Joseph est gêné de saisir ce qui a pu, chez cet homme, troubler sa mère. Mais comment peut-on rire que votre femme vous ait quittée ? Est-ce que l'amour ne veut rien dire pour Augustin ? Joseph aura bientôt dix-sept ans, il est à peine plus jeune que lui quand il a rencontré sa mère. Elle avait dix ans de plus que lui et il se rappelle la médisance des voisines, leurs petites offuscations, le scandale qui pointait déjà, bien avant l'avortement. Cet homme a provoqué le scandale, oui, et toutes les catastrophes après lui, est-ce qu'il le sait ? Parfois Joseph le hait, est-ce qu'il le sait ? Si elle avait survécu à l'avortement, est-ce que Colette aurait fait de la prison ? Est-ce qu'elle aurait été punie pour ça ? Finalement, elle et lui, mère et fils, sont deux hors-la-loi. Mauvaise graine. Magnifique graine. La fameuse hérédité.

Les semaines passent, Joseph n'a pas assez d'argent pour se payer une chambre, et Michel ne lui en prête pas. Chaque lundi à huit heures il est dans son bureau. Michel lui dit où il joue, les mariages, les anniversaires, les cérémonies et les commémorations. Il voit son regard sans étonnement, bien sûr, il fallait s'y attendre, ce gosse ne décolle pas, il ne l'a décidément sauvé de rien. Joseph reste à la surface des choses, il se calfeutre dans une torpeur apaisante. Oubliés le jazz et les musiciens de génie. Oubliés ce vertige partagé entre mélomanes, le raffinement et la recherche de la note bleue. Lui, il fait danser les gens ordinaires. Ceux qui boivent du gros rouge le jour de leurs noces. Qui mettent la jarretière de la mariée aux enchères pour avoir quelques sous de ménage. Il joue pour ces banquets à la fin desquels les vieux chantent en pleurant de leurs yeux aveugles. Il joue *La Marseillaise* devant des statues de la Grande Guerre à la pierre déjà usée. Il joue sur le parvis des églises lorsqu'en sortent les baptisés et toute la parentèle qui n'a jamais cru en Dieu. Il joue devant des tombes. Droit et grave, comme à Mettray. Il joue pour ceux qui n'ont pas de fric. Ceux qui ne connaissent pas les noms de Louis Armstrong ou de Django Reinhardt. Ceux qui chantent Maurice Chevalier et Tino Rossi.

Augustin vit tout en haut de la rue Cuvier, de l'autre côté de la Seine, près du Jardin des Plantes. La nuit on entend les cris des grands singes et les barrissements des éléphants. Il pense à la grand-mère que ses patrons forçaient à cuisiner des morceaux de trompe, il pense au cirque Medrano, à son fondateur qui était médecin et avait compris que faire rire un enfant était le guérir et qui s'était fait clown pour cela. Il pense à la longue tristesse des enfants de Mettray. Il pense à Aimé.

Rue Cuvier, à n'importe quelle heure du jour et de la nuit, passent des gars et des filles de son âge, dix-neuf ans, vingt ans, et aussi des hommes plus âgés comme Augustin, et des hommes plus vieux encore, des fatigués tout usés. Ils parlent comme le faisait Daniel, de l'unité de la gauche, de Léon Blum, des prochaines élections législatives, les filles disent que si elles pouvaient voter, elles n'hésiteraient pas. Ils font des tracts, des pancartes, des banderoles, soutiennent les copains en grève, ils sont fauchés, ils mangent mal, ils s'habillent mal, ils se soignent mal, et on dirait qu'ils ne se reposent jamais. Un jour l'un d'eux demande à Joseph de se joindre à eux, une grande manifestation est prévue dimanche à partir de la porte de Vincennes, les élections sont dans quelques semaines, il ne faut pas relâcher la pression. Joseph prétexte un concert, et décline.

– T'as pas l'air beaucoup plus verni que nous, mon pote. Pourquoi tu nous snobes comme ça ?

– Laisse tomber, c'est un môme.

– Un môme ? Quand les fascistes seront au pouvoir, il verra s'il a encore un avenir, « le môme » !

Est-ce que Joseph vient de trahir sa famille ? Tous les domestiques, les employés, les ouvriers et les soldats nés avant lui ? Est-ce qu'il n'a aucune conscience de classe ? Il ne veut pas défiler. Il a peur de la foule et de sa colère. Il a peur des rues envahies. Il a peur des affiches. Il y en a avec de jolis mots, des phrases bien tournées : « Pain Paix Liberté », « Les banques je les ferme, les banquiers je les enferme ».

Il y en a d'autres avec une haine qui lui est destinée, parce qu'il n'est pas vraiment un enfant de la République, parce qu'il coûte cher à l'État, parce qu'il n'a jamais rien fait pour son pays : « Avant toute chose DU PAIN pour les vrais Français. À la porte les Juifs, les salauds qui exploitent les travailleurs », « Contre l'invasion métèque, faites grève »...

Il n'est de nulle part, comme les Juifs, et s'il ne réclame rien, c'est qu'il n'a droit à rien. Le nez, les cheveux, « les œils »... S'ils avaient vu sa tête quand il est sorti de Mettray...

Le défilé est un immense succès, un demi-million de personnes dans la rue, et Augustin rentre de chez Bofinger avec une bouteille de cognac cachée sous sa veste. « Un Martell, excusez du peu ! » Il se vante de les avoir bien eus, ces salauds de patrons, il est fébrile comme s'il venait de braquer un bijoutier de la place Vendôme. Joseph n'aime pas l'alcool mais il accepte de trinquer avec lui. Le premier verre est une brûlure. Il manque s'étouffer. La tête lui tourne instantanément, et il voudrait vomir. Le deuxième verre, étrangement, l'apaise. Le cognac est doux et se cale au fond de son ventre, chauffe doucement son sang, son corps est comme apaisé. Il demande un troisième verre. Augustin le lui refuse.

– Savoure mon gars... Prends le temps... laisse venir...

Joseph sait que quelque chose est en train de lui échapper, quelque chose à quoi il tient plus que tout, la petite serrure bien vissée au fond de lui. Il n'a pas appris le silence à la Petite Roquette. Il n'a pas appris la violence des insultes à Mettray. Il a appris la cache. La planque. La dérobade. Il a appris à être là sans y être. À recevoir les coups et à les bloquer tout au fond de son être, là où tout est gardé, bien archivé, poussiéreux et monumental. Le jazz l'a libéré de cette sensation d'apnée permanente, le jazz était comme la présence d'Aimé, une longue, très longue respiration.

– Ta mère, elle aimait pas l'alcool, ça non... La première chose qu'elle m'a demandée, quand on s'est... enfin quand on a commencé à se fréquenter, quoi, c'est combien de verres je buvais par jour ! Moi, j'avais pas encore fait l'armée, hein... je buvais pas. Mon père est mort d'une cirrhose, alors t'imagines !

C'est drôle, ça fait des mois que Joseph espère qu'Augustin lui parle de sa mère, et maintenant que ça vient, ça le dégoûte un peu. Il n'aime pas la Colette d'Augustin. Il préfère sa mère. Celle qui embrassait ses paupières, imitait Joséphine Baker et s'amusait à prendre des poses dans son joli maillot de bain bleu. « Mon roseau chéri. » Il se fout d'Augustin et de ses souvenirs.

– Quand j'étais à l'armée, elle m'a beaucoup écrit tu sais, tous les jours je crois bien, oh oui, tous les jours sûrement. Quand j'étais à l'hosto, j'ai plus rien lu, je pouvais pas, mais j'ai un paquet de lettres. Je pourrais te les montrer si tu veux... enfin, pas toutes hein, parce que...

– Non merci.

– Bien sûr. Tu as raison... Tu sais Joseph, tu peux rester ici tant que tu veux.

– Je reste jamais très longtemps au même endroit.

– Ben ici, tu pourrais.

– Ici non plus je resterai pas très longtemps.

– D'accord...

– Sers-moi un autre verre.

Augustin le sert. Il connaît cet instant, cette minuscule seconde où, sous l'effet de l'alcool, la volonté bascule d'un coup et l'esprit se libère. Il sait que maintenant, ce gosse va lui dire quelque chose. Il s'attend à tout. Sauf à ce qu'il entend :

– Emmène-moi à Mettray.

C'est la première fois que Joseph parle d'Aimé, et l'émotion le fait parler si vite, des mots à la place des autres, des mots d'une violence qu'il n'aurait pas voulue, des phrases pas finies, des phrases par-dessus les phrases, il s'entend parler, et il n'y a rien à faire pour se rattraper, c'est comme le jour où après la mort de sa mère il avait couru et couru si longtemps dans les rues qu'il s'était retrouvé devant la plumasserie, le mur concret de l'absence. Il court. C'est inévitable. Il croit parler d'Aimé et seulement d'Aimé, mais ce qu'il raconte, c'est sa vie. Et Augustin revoit ce môme un peu timide qui sifflotait pour faire plaisir à sa mère, la peur fragile qu'il avait de la décevoir. Il se souvient de son regard étonné, de sa grande timidité heureuse. Il l'avait trouvé malicieux et gentil. Il avait cette bonne volonté des enfants qui veulent prouver aux adultes qu'ils ont raison de les accueillir dans leur monde et qu'ils ne le regretteront pas. Et c'est avec cette même bonne volonté qu'après avoir parlé, il regarde Augustin.

– Écoute, Joseph. Les élections sont dans quelques jours, tu le sais. Dès qu'elles sont passées, que les grèves s'arrêtent, je trouve une voiture et on ira, tu as ma parole.

– À Mettray ?

– Ben oui... À Mettray. C'est ce que tu veux, non ?

– Oui. C'est ce que je veux.

Quelques jours plus tard, le 3 mai, le Front populaire remporte les élections. « Victoire ! », « Victoire sur la misère ! », « Victoire de la classe ouvrière ! », « Victoire complète ! », « Grande victoire ! »... Paris explose de joie. La vie est nouvelle. La vie appartient au peuple, enfin.

Joseph, lui, ne pense qu'au voyage pour Mettray. Pourtant, *L'Internationale* que tous chantent, les adultes comme les enfants, devient son chant intime, il accompagne ces jours d'espérance, et lui aussi, parfois, sans même y penser, lève le poing en signe de conquête. Les copains d'Augustin qui passent rue Cuvier mettent son changement d'humeur sur la victoire du Front populaire. Ce type-là appréhendait la défaite, il cachait bien son jeu. Ils font des paris sur la composition du gouvernement, Blum a un mois pour le constituer. Y aura-t-il des femmes, comme annoncé ? Un secrétariat au Sport et aux Loisirs, « un ministère de la Paresse », comme dit la droite ? Mais surtout, y aura-t-il les quarante heures ?

Joseph et Augustin préparent le voyage, ils regardent la carte routière, décident du jour où ils partiront et à quelle heure. Il faut arriver à la Colonie au petit matin. Si Aimé travaille toujours aux champs, il faut être là-bas à six heures. Mais peut-être faudrait-il passer d'abord par Avantigny. Les colons sont peut-être encore employés dans cette ferme. Avantigny. Mettray... Joseph n'en revient pas de prononcer ces noms et qu'ils soient vrais. Il lui semble les tirer du lointain et les ramener à la vie. Il aurait envie de les dire tout le temps, pourtant il a un peu peur de ce qui est en train de devenir réel. Et si Aimé n'était plus là-bas ? S'il s'était engagé dans la territoriale ? S'il avait été envoyé à Cayenne ?

Augustin sait qu'il va découvrir un monde qu'il n'a pas envie de connaître. Il revoit ce môme qui sifflait « comme un merle » sous l'œil attentif et ravi de sa mère. Elle ne savait pas à quel point l'amour pour son gosse la rendait belle, ni à quel point il redoutait d'engager sa vie avec eux, cet univers clos qu'ils formaient sans le savoir. Il avait menti à Colette sur son âge, il lui avait fait croire qu'il avait été appelé. La vérité est qu'il avait devancé l'appel. Il était parti à l'armée pour la fuir. Il conduira Joseph à Mettray, comme on demande pardon.

Mais soudain le pays explose. Le gouvernement n'est pas formé et les travailleurs ont peur de tout perdre. Ils ont été trahis trop souvent, ils ne font plus confiance.

Les grèves surgissent de partout, Le Havre, Toulouse, Courbevoie, spontanément et les unes après les autres les usines sont occupées, les plus modestes comme les plus emblématiques : Renault et ses trente-cinq mille ouvriers. La métallurgie, le textile, l'alimentation, le transport, le pétrole. Les syndicats et les partis appellent à la reprise du travail. En vain. Les camionneurs, les restaurants, les hôtels, les garçons de café, les coiffeurs, les ouvriers du livre, les employés des grands magasins, tout le monde débraie. Et il n'est pas seulement inenvisageable d'aller à Mettray. Il est tout simplement impossible de sortir de Paris.

Augustin arracherait volontiers le drap dans lequel Joseph s'est enroulé, depuis que le voyage à Mettray a été annulé. Il renverserait le lit, lui foutrait la tête sous l'eau froide, le forcerait à s'habiller, à sortir et à écouter le cri inespéré de tous les fauchés, les méprisés, les courbés, soudain debout. Paris redevient Paris, la grande ville des vivants, et lui reste prostré dans son coin comme un insecte coincé dans les lattes du parquet, Augustin ne peut plus supporter de le voir affalé là, une partition tenue contre lui, *La Marche de printemps*, alors que le printemps c'est dans les rues qu'il éclate. Aujourd'hui, les journées ont le rythme du courage, de l'unité et de l'espoir, le peuple s'est levé, plus rien ne peut s'opposer à son désir de vivre, c'est une puissance chimique, organique, maintenant ça coule dans leur sang, c'est trop tard, on ne changera plus le cours des choses, le cours de l'espérance, ça va trop vite, un autre monde surgit, un autre siècle, et Joseph reste là, inerte, à moitié mort, ça le rend fou. Un jour il n'y tient plus, il fait le geste sacrilège, il prend le cornet et souffle dedans, son crâne va péter sous la pression, mais du cornet sort un son, faiblard et enroué, qu'il répète et répète encore. Joseph bouge sous son linceul, il grogne un peu, Augustin souffle plus fort, plus longtemps, Joseph saute à bas du lit, se rue sur lui et tente de lui

arracher l'instrument. « Rends-moi ça, bougre de con ! Rends-moi mon cornet ou je te massacre ! J't'explose ta gueule, j'te l'jure je t'explose, espèce de salope ! » Le cornet est à terre et ils se battent maintenant, mais Joseph est affaibli par ses jours de torpeur, et Augustin a vite le dessus. Accroupi sur lui, ses genoux sur les biceps du môme, il les laisse tous deux reprendre leur souffle, il a gagné la première manche, Joseph est sorti de son lit. Puis il le prévient :
— Michel est venu. Il a dit que tu étais sûrement le seul gars qui dormait dans ce pays, que c'était une manie chez toi, te coucher devant l'obstacle, mais il a quand même laissé quelque chose pour toi. Si ça t'intéresse, tu te laves, tu t'habilles, tu sors et je te le donne.
— Ça m'intéresse pas.
— À mon avis, ça devrait.
— Il a des nouvelles d'Aimé ?
Augustin se relève.
— On se retrouve au café, il est fermé mais c'est un pote, tu frappes à la petite porte de derrière, il te fera entrer.

Le soleil l'attendait c'est sûr, il le chope à peine Joseph a mis un pied dehors, il en est étourdi, et plutôt content d'être dehors. Les rues ont changé. La plupart des boutiques sont fermées, les rideaux de fer sont descendus, sur le trottoir d'en face les travaux sont arrêtés, le bitume est éventré, la grue immobile. Joseph frappe à la porte du bistrot, le patron le fait entrer, la salle est sombre et enfumée, au fond, un groupe d'hommes et de femmes ont rapproché les tables et discutent à voix basse, comptant des sous et vérifiant des listes. Il n'y a qu'eux et Augustin un peu plus loin, qui lui fait signe, comme s'il était difficile à repérer !
— Alors ? Qu'est-ce que t'as à me donner ? Il t'a apporté quoi, Michel ?

– Ça.
– Quoi, ça ?
Augustin prend le journal posé sur la table et le met devant Joseph. En gros titre : « VOULEZ-VOUS CONTRIBUER AU SAUVETAGE DE L'ENFANCE MALHEUREUSE ? »
– Putain, ça recommence ? L'enfance malheureuse ? C'est ça que Michel t'a demandé de me donner ? C'est ça les nouvelles d'Aimé ?
– Mais je t'ai jamais dit qu'il avait des nouvelles de ton gars. Lis avant de monter sur tes grands chevaux, arrête de faire chier, Joseph.
Et parce qu'il a dit « ton gars », que ce mot, cette reconnaissance-là le bouleversent, lui ôtent sans qu'il sache très bien pourquoi toute résistance, Joseph lit ce qui suit : « Sommes-nous bien d'accord, les uns et les autres, que la grande misère des enfants de France a suffisamment duré pour notre déshonneur ? »
– Encore ce journaliste ! Mais putain j'en ai rien à foutre !
– Écoute, Joseph, ce gars-là lance un appel au pays, il demande à tout le monde de s'engager, à tout le monde, tu comprends ce que ça signifie aujourd'hui ? Le peuple opprimé, le prolétariat et les enfants maltraités, c'est la même cause, parce que tous, vous, nous, on est au service des grands financiers. Tu m'as bien dit que Mettray était une institution privée, qu'on vous faisait travailler pour ainsi dire à l'œil ? Alors cette révolution est la tienne. Danan demande que dans chaque quartier, à Paris et dans toutes les grandes villes, dans chaque village, on crée des comités de vigilance et d'action, qu'on dénonce ce qui se passe, qu'on protège les enfants et que leurs dossiers...
– Tu crois que Mettray était un endroit secret ? Tu crois qu'on n'a jamais vu débarquer les inspecteurs, les juges et même les photographes ? Tu sais qui fait partie du comité d'honneur ? Du conseil d'administration ? Je les connais moi, parce que j'ai

joué pour eux, oui j'ai joué en leur honneur et plus souvent que tu le crois ! C'est des puissants ces gars-là, des indéboulonnables, je les connais.

— Putain Joseph, t'as vraiment dormi trop longtemps ! La société est en train de changer, comment faut te le dire ?

— Y avait du beau monde là-bas tu sais, mais pas seulement. On travaillait pour les gens du coin, les fermes, les champs, les commerces, on refaisait même les routes, ils disaient qu'on mettait le feu aux granges, mais c'est nous qu'on appelait quand il y avait des incendies, et même des inondations. Tu comprends rien, Mettray c'est... c'est plus que Mettray...

— C'est ce que je te dis, Joseph, c'est un système, et c'est ça qui va changer, il faut que tu y croies, il faut que tu sois avec nous.

— Rien va changer. Y aura toujours des riches et des pauvres. Y aura toujours des orphelins, des vagabonds et des crève-la-faim. Et des guerres aussi, y en aura toujours. Et c'est toujours les péquenauds qui les feront, et quand les péquenauds qui seront pas crevés en reviendront avec la gueule trouée et des moignons à la place des bras, eh ben on les fera encore travailler, et on leur dira que c'est pour leur bien !

— Joseph, écoute-moi, je te promets que dès que ce sera possible, on ira chercher ton gars. Mais si tu te recouches encore une seule fois dans ce lit avant deux heures du matin, je t'abandonne comme un pauvre petit enfant malheureux.

— Un pauvre petit enfant malheureux ?

— Oui ! Un pauvre petit enfant malheureux ! Allez, viens, j'ai quelque chose à te montrer. Et prends le journal, t'as pas tout lu, crois-moi !

Ils sont si nombreux, ils font un tel raffut, Joseph a du mal à suivre Augustin, du mal à comprendre où ils sont exactement. Sous la verrière les voix résonnent, métalliques, et pèsent sur l'air saturé de chaleur. Joseph a faim, des odeurs de soupe se mêlent à celles des cigarettes, du fer et de la rouille, sans le café qu'il vient d'avaler il ne tiendrait pas, la tête lui tourne, même une soupe aux haricots il la boirait sans rechigner.

Augustin se retourne régulièrement, lui fait signe de le suivre encore, il se faufile comme il peut, jouant des coudes, trébuchant, Augustin, lui, est à l'aise, on dirait qu'il marche sur la mer, il flotte, avec un grand sourire heureux, la cigarette coincée au bord des lèvres, il salue parfois un copain, tend le poing en criant.

Ma mère aimait ce type, pense Joseph, elle l'aimait vraiment, il lui plaisait plus que le soldat sur la photo. Augustin rit maintenant, Joseph voit sans l'entendre, son grand rire, la tête renversée en arrière, le buste offert, ça oui, il est plus attirant que le soldat sans visage, comment tousse un type qui a la grippe mais plus de bouche?, putain il faut pas penser à ça, il faut suivre cet homme qui a promis de l'emmener à Mettray, mais Joseph voudrait faire demi-tour, l'odeur de la foule lui rappelle celle de l'atelier à la Petite Roquette, celle des dortoirs, l'odeur âcre et encombrante des hommes ensemble. Mais ici c'est l'inverse de la prison, ça gueule et ça chante, une excitation au bord des nerfs, une étincelle et ça s'embrase, les bouteilles de vin circulent, on boit au goulot et on fait passer, on va bras dessus bras dessous, un drapeau rouge à la main, un gamin sur les épaules dont la tête frôle les banderoles suspendues : « Allée Maurice-Thorez », « Place Léon-Blum », les filles ont l'air ivres de bonheur et les hommes posent leurs mains sur le bas de leurs dos qui se cambrent.

Augustin serre dans ses bras une femme aux cheveux gris, puis elle se détache et prend son visage dans ses mains en lui parlant, les yeux dans les yeux. Joseph ne s'était jamais demandé d'où venait Augustin, et il lui paraît incroyable qu'il ait une mère, car cette femme est sa mère, qui d'autre le regarderait avec cet air de profonde connaissance, cette inspection rapide et béate ? Augustin reprend sa marche à travers la foule, et quand ils arrivent dans la cour, c'est comme une décompression, la fin d'un voyage épuisant, même si la cour est pleine de monde, l'air y est frais et le ciel installé dans un bleu tellement pur qu'il semble faux. Il y a des tentes plantées là, et des hamacs sont suspendus, fabriqués avec des couvertures... ceux-là sont sûrement trop fragiles pour qu'on y dorme à deux. Joseph a rejoint Augustin, qui passe son bras par-dessus son épaule, comme s'ils avaient le même âge.

– Antoine, je te présente Joseph, le cornettiste dont je t'ai parlé.

Antoine est le chef de la fanfare de l'usine, c'est un homme absolument énorme, une démesure d'homme, au regard tranquille, à la respiration saccadée. C'était donc ça, le but de l'expédition. Il salue Joseph d'une vigoureuse poignée de main et dit en riant :

– Bienvenue au Camping Carbus ! Ici on fait... enfin, on faisait les moteurs et les pièces détachées pour les cars et les autobus, Augustin t'a dit ? On occupe l'usine depuis dix-huit jours, pas un de moins, oui monsieur, et notre cornettiste est un jaune, est-ce qu'on peut imaginer ça ? Je l'ai viré de la fanfare, et j'ai inscrit son nom noir sur blanc sur le tableau à l'entrée, tu l'as peut-être vu : « Ici travaille une salope, Émile Bardoin, faisant 133 heures par quinzaine, absent pendant la grève. » J'aurais aimé le remplacer, mais je peux plus jouer. J'ai un point commun avec Satchmo moi, devine lequel !

Joseph n'en revient pas que ce type connaisse Armstrong, et le surnom d'Armstrong.

– Je sais pas...

– Les lèvres ! Les lèvres en compote... Les miennes aussi ont explosé, tu vois, mon petit... Et contrairement à lui, elles guériront pas, c'est fini. Un cornet qui appartenait à mon père, tu te rends compte ?

Augustin guette la réaction de Joseph, il sent son regard, il est ici chez lui, et il le présente aux siens. Il revoit la femme aux cheveux gris qui tenait son visage dans ses mains. Elle était drôlement fière. Est-ce qu'elle est encore ouvrière ? Jusqu'à quel âge travaillent-elles, les femmes ? Il ne sait plus grand-chose du monde, il est divisé en trop de morceaux. Mais ici, quelque chose lui appartient, quelque chose lui ressemble, il ne saurait dire quoi. Le courage, peut-être, la résistance, non, la naïveté plutôt, l'étonnante naïveté qu'il faut pour croire qu'on s'en sortira. Et il se dit que si ces ouvriers réussissent à obtenir ce qu'ils demandent, alors lui aussi réussira, à vivre libre, et avec Aimé. Il demande :

– Quels morceaux vous jouez ?

Et il s'assoit à côté d'Antoine, ils vont parler d'homme à homme maintenant, de musicien à musicien. Finie l'enfance malheureuse.

Joseph reste plusieurs jours dans l'usine occupée, il n'en sort presque plus. Augustin lui a apporté son cornet et il joue dès qu'on le lui demande, et même quand on ne lui demande pas, et il bouge en jouant comme il ne l'avait jamais osé, il est sans complexe, cette foule ne lui fait pas peur, elle a un visage, un visage fier et juvénile sous les cernes et les rides, et elle a un nom, « camarade ». Jouer du cornet pour la faire danser est comme une étreinte, une liberté candide. Joseph partage avec elle les patates mal cuites, le mauvais vin, le tabac roulé, les nuits sans sommeil, il écoute les palabres sans fin, il apprend les vies des autres qui se lient à la sienne, il redevient un Parisien, et il est un « prolétaire », ce mot nouveau qui dit « taire » mais qui se gueule pourtant.

Un jour un vieil ouvrier lui demande d'où il vient, il répond que sa mère était plumassière et que son père travaillait à Saint-Ouen chez Farcot, alors le vieux s'exclame que ce sont des durs, là-bas, et qu'en 48, ils sont venus à Paris soutenir la révolution, et qu'il n'y en avait pas beaucoup qui faisaient ça à l'époque, les quarante-huitards de chez Farcot ont même pris les armes, il le savait, ça ? Le parti ouvrier révolutionnaire était drôlement implanté à Saint-Ouen, il lui a raconté, son père ?

– Mon père est né en 1895, improvise timidement Joseph, et il était pas causant.

– Né en 1895 ? Il faisait peut-être partie des pacifistes de la SFIO alors ? Hé ! Pacifiste en 1912, fallait être sacrément gonflé !

– Mon père s'est battu... dans la Somme...

– Ah ben alors... il a peut-être fait partie de ceux qui ont créé la première section de l'Internationale communiste, parce que c'est là-bas que c'était, à Saint-Ouen !

Joseph lève la main pour saluer le bonhomme et tout en s'en allant murmure :

– Ah oui peut-être, peut-être bien...

L'homme lui lance un regard suspicieux, et pour conclure, bourru, il ajoute :
– En tout cas y en a des grèves là-bas, et des dures !
Mais Joseph est déjà parti. Il décide de ne plus parler de ses parents, ne plus avouer son ignorance. Ce type l'a assommé à vouloir faire de Paul Vasseur un héros et un fils de héros, faire la guerre c'est déjà bien suffisant, non ? Il ne comprend rien à tout ce qui s'est passé avant lui, tout ce qui a eu lieu pour arriver à aujourd'hui, ces usines occupées pour la première fois, ce pays arrêté, cette monstrueuse bête à terre. Il n'a pas de culture, il ne connaît rien, il est en retard sur tout.

Un matin, il sort de l'usine pour faire une cour, et quand il rentre, pour soutenir la grève, il donne les pièces qu'on lui a jetées depuis les fenêtres. C'est la première fois qu'il donne quelque chose. On le remercie et il répond « C'est rien, camarade », pour le plaisir du mot. Sous les guirlandes et les banderoles du Parti communiste qui appellent la jeunesse à s'unir, quand l'accordéon lance la java, il danse avec les grévistes. Les filles dansent souvent entre elles, quand la danse du balai les brouille tous dans une jolie pagaille. Mais les garçons ne se mêlent pas aux garçons, Joseph le remarque d'emblée. Ça ne se fait pas. Alors il fait comme tout le monde, il danse avec les filles, mais leur désir l'encombre et il se sent malhonnête de le leur inspirer, il triche, il triche encore. Teresa, la mère d'Augustin, lui apprend la valse, il lui massacre les pieds et puis ne les lui massacre plus, au bout de quelques valses il progresse. Il sent son corps large contre le sien, son corps généreux et abîmé, et il n'ose pas lui demander combien elle a eu d'enfants.
Un soir où il a trop bu, il la serre fort et lui dit qu'elle est belle. Elle lui répond en patois vénitien des mots qu'il ne comprend pas, et ils rient d'être si libres, si fatigués, si dépareillés. Il comprend qu'Augustin s'appelle Agostino et qu'elle lui en veut d'avoir

francisé son prénom de naissance. À Joseph, cette trahison plaît bien. Augustin n'est pas l'être parfait qu'il essaye de paraître, et il se réserve le droit de l'appeler Agostino, à la première dispute.

Mais l'ambiance se tend, la joie est comme un son lancé trop haut, prêt à se briser. À la fin de la semaine, le dimanche, on organise un banquet, des parties de basket-ball, on déclame des poèmes, on lit *L'Humanité* à haute voix avant de s'en faire des chapeaux, l'attente a une intensité proche de la fureur, ils n'en peuvent plus d'espérer, leur ardeur se fait brutale, la vie en commun les épuise. Dans la nuit, ils brûlent le pantin des quarante-huit heures dans la cour, les étincelles jettent des lucioles affolées, ils font la ronde autour du brasier en gueulant des promesses. Dans leur dos les machines immobiles semblent plus lourdes que sous leurs mains, Joseph les trouve d'une beauté menaçante et leur silence est triste. Les grévistes parlent d'elles avec des mots familiers, des mots d'amour et de rancune. Ils parlent des contremaîtres aussi, et Joseph ne leur dit pas à quel point ces gars-là, qu'ici on appelle « les chronos », il les connaît, et depuis longtemps.

La nuit la plus longue est celle du 7 juin. Blum réunit le patronat et les syndicats pour négocier les réformes. À deux heures du matin, un syndiqué arrive en gueulant « C'est gagné ! ». Il faut aux camarades quelques secondes avant que vienne le cri de victoire qui creuse dans la nuit le gouffre étourdissant de l'avenir. *L'Internationale* retentit aussitôt, et on s'embrasse en pleurant, Joseph serre Teresa contre lui et pleure lui aussi, pleure de cette étreinte plus que de la victoire, et Teresa a ce geste qu'elle n'a que pour son fils, elle prend le visage de Joseph dans ses mains et le fixe de ses yeux pâles, sans un mot, sévèrement, longuement, elle lui donne sa confiance, puis elle pose sur son front le signe de la bénédiction.

Le salaire des ouvriers est porté de quatre-vingts centimes de l'heure à trois francs, la semaine de travail passe de quarante-huit à quarante heures, le patronat accepte les contrats collectifs, la liberté syndicale et l'élection de délégués. Et surtout, les travailleurs ont droit à quinze jours de congés payés. Pourtant les usines restent occupées, les grèves ne s'arrêtent pas. Joseph retourne rue Cuvier. Il n'a plus la force de partager le combat des camarades, même s'il comprend leur méfiance.

– Tu vois Augustin, c'est comme ces histoires de bagnes d'enfants qui fermeraient. C'est trop gros, ça passe pas. Ils ont raison de se méfier. Toi, tu fais partie des naïfs, des toujours contents. Tu crois vraiment que les patrons vont payer les travailleurs pour qu'ils se barrent en vacances ?

– Je suis sûr qu'ils pourront avoir quinze jours fériés, sans être payés d'accord, mais ils y auront droit, Blum ne cédera pas. Je croyais que ma mère voudrait se reposer, mais tu sais ce qu'elle m'a dit ? Qu'elle aimerait aller à Bari, pour connaître ses petits-enfants. Ma sœur vit là-bas. Je crois pas qu'elle aura les sous pour le voyage... Dis, tu l'aimes bien ma mère hein ?

– On était les meilleurs valseurs de l'usine !
– Tu comprends son patois ?
– Pas un mot.

– C'est bien.
– Oui c'est bien, Agostino !
– Ça, je savais que tu l'avais pigé. Mais c'est tout ?
– Oui, c'est tout, je savais même pas que t'avais une sœur. Dis. Quand est-ce qu'on part à Mettray ?

Augustin trouve une voiture et ils partent le 15 juin, quand le pays s'est apaisé, que tous les accords ont été signés, les journées de grève payées. La France s'est remise en marche, mais elle n'est plus la même. La peur a changé de camp, la force n'est plus uniquement du côté des puissants. Et c'est avec ce sentiment rassurant de pari gagné qu'Augustin et Joseph partent pour Mettray, dans la nuit, pour arriver à l'aube.

Au début c'est presque drôle, la bagnole est tellement vieille, on dirait qu'Augustin conduit un âne malade, elle grince et a des ratés, de brusques hoquets. Au début il y a la joie de quitter Paris, de rouler la nuit, de rejoindre enfin le but de Joseph. Ils se disent que ceux qui partiront en congés payés seront aussi excités qu'eux, le pays va devenir celui de vieux enfants émerveillés, ils rient, ils parlent pour faire passer les heures, et puis au fil du temps l'angoisse est là, l'intuition mauvaise qu'ils n'ont aucune idée de ce qui les attend.

Bien sûr ils ont préparé quelques bobards et quelques papiers, Augustin a mis ses habits les plus classe et Joseph, avec ses cheveux épais, sa moustache, son corps qui a forci, n'a plus rien du colon efflanqué et tondu qu'il était il y a cinq ans. Dans deux mois il aura dix-huit ans. Il demande à Augustin ce qui se passe avec Danan, il veut quoi au juste, est-ce que les gens ont adhéré à ses comités de vigilance ?

– Partout, Joseph. Partout les comités se sont créés et les gens signalent à la justice les mauvais traitements que subissent les gosses. Et il y a des inspections dans les maisons de correction.

Tiens, y en a même qui ont dénoncé des parents nourriciers. Des beaux salauds qu'ils étaient, des bourreaux, oui ! Et les tiens ? Ils étaient comment ?

Joseph ne revoit d'eux que des silhouettes, des corps qui travaillent, qui prient, qui boivent et qui travaillent encore. Penchés sur la terre du matin au soir. Entourés de champs de patates, de champs de betteraves et de cimetières.

– Ils étaient tristes.

Il revoit Pépère, ses mains tremblantes d'alcoolique démontant son cornet.

– Et gentils aussi. Mais on s'aimait pas beaucoup.

– Paraît que Danan va sortir un livre de témoignages. Ceux qui l'ont lu disent que c'est affreux ce que les gosses racontent. Tu aurais dû lui écrire, ça serait publié.

Jamais Joseph n'aurait écrit à ce type. Est-ce qu'il corrige les fautes d'orthographe ? Est-ce qu'il donne l'identité de ceux qui témoignent ? Y a peut-être des gonzes qu'il a connus dans ce livre, il lira peut-être des choses qu'il a vécues. Et s'ils parlent de lui ? Alors, tout le monde va être au courant.

– Tu le diras jamais, hein, que je viens de là-bas ?

– Je croyais que tu venais d'une famille de Parisiens depuis trois générations ? C'est pas ça ? Si on me demande, je dirai que je t'ai connu haut comme trois pommes, en train de siffler, les mains dans les poches, la casquette sur la tête, un vrai titi !

– C'est bien.

– C'est pas bien, c'est vrai.

– Oui, c'est vrai.

– Putain, c'est beau n'empêche, dit Augustin.

Il a arrêté la voiture juste avant la côte. Il la ménage un peu. Il n'est même pas six heures, les colons fermiers ne sont pas encore partis aux champs. La forêt prise entre la brume et la lumière semble à la fois impénétrable et fragile. Ça change un peu des longues plaines. Depuis qu'ils sont en Touraine, que sont apparus les grands champs plats dans le soleil du petit jour, Joseph se tait, et Augustin a compris qu'il avait tout intérêt à lui fiche la paix. Plus ils approchaient de Mettray, plus il se tassait sur son siège, il paraissait petit, et vieux en même temps, se grattant les mains et faisant des bruits agaçants avec sa bouche, ça commençait à devenir franchement insupportable. Il était presque laid, courbé comme ça, avec ses petits tics, Augustin espère qu'il tiendra le coup, et il ne sait pas si s'arrêter dans cette forêt a été une bonne idée. Joseph reste adossé à la voiture, les mains dans les poches, à se mordre les lèvres.

– Ça c'est le rouge-gorge, t'as entendu, Joseph ? Le premier oiseau qui chante le matin, c'est toujours le rouge-gorge !

Joseph le regarde en silence. Un regard tendu, qui pense à autre chose. Puis il dit :

– Allez on se magne maintenant, on y va qu'est-ce qu'on attend ?

– Cinq minutes, quoi...

– Quoi, cinq minutes ? Pourquoi, cinq minutes ? T'as les jetons, c'est ça ? Allez, on file !

Ils remontent en voiture. Joseph plaque son front contre la vitre et regarde la forêt comme si elle avait des comptes à lui rendre. Augustin lui demande :

– Tu te souviens de ce qu'on a dit ? On s'avance tranquilles, je viens chercher mon neveu, Aimé Dubois, peinard, tout doux...

– T'en es sûr ?

– Oui, il paraît que maintenant les familles ont le droit de venir reprendre leurs gosses.

– Tu parles de retrouvailles ! Et les gosses qui ont pas de famille ? C'est-à-dire presque tous ?

– Mais je sais pas tout, Joseph, c'est un truc qui se met en place, y a des libertés conditionnelles, des placements, ça s'organise doucement...

– C'est là !

Joseph espère qu'Augustin ne dira pas encore que c'est beau, parce que ça l'est, et parce que c'est ça, le pire, cette beauté. Mais Augustin ne dit rien. Ils sont tous les deux devant l'allée de marronniers, sur laquelle la lumière s'est posée en douceur, et Augustin met simplement une main sur l'épaule de Joseph. Lui se souvient. « Alors tu y vas mon con ? » Il avait dix ans… Et il se croyait un homme. « Entre ma salope, on va pas y passer la nuit. » Et c'est comme s'il n'y était jamais entré. C'est la même sensation d'angoisse et de fragilité, comme s'il n'était plus rien, comme si on pouvait faire de lui ce qu'on voulait, l'emmener dans les endroits les plus secrets, les plus obscurs et les mieux organisés. Il se croyait un homme. Et maintenant, il a vraiment ses dix ans, il les retrouve, intacts, désarmés et impuissants, à l'entrée de cette colonie pénitentiaire.

– Allez, viens mon Joseph.

Joseph voudrait dire à Augustin de ne pas être trop gentil avec lui, il va falloir tenir. Il ne faut pas s'attendrir, lui dire des mots qu'il ne lui avait jamais dits. « Mon Joseph. » Pourvu qu'il sache mentir, les autres salauds flairent le bobard à dix kilomètres. Ils avancent dans l'allée déserte, inchangée, accueillante et paisible, la glycine sur le mur de la maison du directeur est toujours aussi belle. Les volets sont fermés. Ils doivent dormir à cette heure-là. Dans leurs jolis draps en lin damassé. Leurs initiales brodées…

– Pourquoi tu t'arrêtes ?
– Écoute…

Joseph s'est approché de la maison, il écoute… Il pense à Aimé, la trace des barbelés sur sa peau. Il ne peut pas y aller. Guépin est toujours près du mur de la cour, il l'attend, il n'a jamais bougé de là, rien ici n'a changé, tout va reprendre, ça va recommencer, la ronde, la ronde sans fin. Il dit à Augustin :

– Longe la maison sur ta gauche, avance jusqu'à ce que tu voies une cour.

— On avait dit qu'on commençait par les champs, c'est là qu'il travaille, non ?

— Ça te prendra deux minutes, vas-y, je te dis ! C'est important.

Augustin s'avance vers la cour des punis, c'est si étrange de le voir ici, à Mettray, dans son pantalon de flanelle froissé, cet air sûr de lui qu'il essaye de se donner, alors que le lieu, dans ce silence et ce petit jour, dans cette douceur meurtrie, est effrayant. Mais le jardin est moins bien entretenu, avant on n'aurait jamais laissé les mauvaises herbes envahir les rosiers, et les graviers étaient bien ratissés, les allées nettes et bien tracées. Augustin revient presque en courant. Oui, il a les jetons, ça se voit.

— Il y a une cour là-bas et c'est tout, c'est ça qu'il fallait voir ?

Danan a peut-être obtenu des avancées, ou bien les sévices sont mieux cachés maintenant, ils ont lieu ailleurs. Joseph s'avance vers son ancien pavillon, à droite de la chapelle, de l'autre côté du Grand Carré. Six heures sonnent au clocher. C'est familier et accueillant. Lentement menaçant. Atroce. Joseph comprend soudain :

— Faut aller aux cachots ! S'ils sont plus dans la cour, ils sont aux cachots. On y descend tout de suite, en passant par la chapelle.

— Écoute-moi bien toi, on n'est pas venus ici en sauveurs. On va pas délivrer les mecs dans les caves, d'accord ? Je suis pas Zorro moi, je viens juste chercher mon neveu, on me le présente et je rentre à Paris. T'as compris ?

— Mais je sais qu'ils sont là, sous la chapelle.

— Faut que tu te ressaisisses, Joseph. On suit notre plan et uniquement notre plan, d'accord ?

— Oui... D'accord.

— Putain ça pue, c'est quoi ?

— Les urinoirs. Juste là, sous l'escalier.

– Ben ça veut dire qu'il y a encore du monde, hein, ça schlingue et pas qu'un peu.
– C'est l'odeur de Mettray. La merde. La merde malade.
– Bon, si on suit notre plan, tu repères Aimé, on le prévient...
– Tu files l'argent au gaffe.
– Je sais.
– Avec le perlot. T'as pas oublié ? T'as les clopes sur toi ?
– T'inquiète pas. Et ensuite je vais chez le greffier.
– Non ! Tu vas chez le directeur d'abord, qu'est-ce tu veux qu'il foute le greffier sans la signature du boss ?

Et puis soudain Joseph les entend. Le bruit lourd de fer et de bois, en cadence, le pas militaire à six heures du matin, en rang deux par deux, regard loin devant, là où il n'y a rien d'autre à voir que la journée de souffrance qui les attend. Et les sifflets, un gars a dû déraper, louper une marche, un nouveau peut-être, avec des sabots pas à sa taille. Et les voilà qui descendent des dortoirs, ils arrivent en file indienne, leurs crânes rasés, leurs uniformes dégueulasses, leurs mines endormies. Joseph les regarde, ces mômes hors du temps, hors de toute logique, de toute humanité. Ils sont peut-être moins nombreux qu'avant mais ils sont là encore, et c'est aux champs qu'ils partent, avec leurs outils rouillés, et les minots aussi, putain, les minots sont là, des qui venaient à peine de naître quand Joseph est sorti d'ici... Et les gaffes... Avec leurs sales gueules d'alcooliques, comme ils sont vieux, mais ils ont toujours le fouet à la main, l'un d'eux crache un chicot, et Joseph se souvient du jeu du glaviot, auquel il avait étrangement échappé, une saloperie destinée à chaque nouveau, qui devait se tenir bien droit, bouche ouverte, pour que chaque colon lui crache dans le bec, une grosse glaire, et qu'à la fin il les avale toutes d'un coup. Joseph les regarde, d'une façon hâtive qui surprend Augustin, il ne les observe pas vraiment, il les voit simplement passer. Et eux, les

colons comme les surveillants, les remarquent à peine. Un instant Augustin a l'impression de disparaître, d'être ici mais absent, un visiteur invisible. Il a hâte de partir.
– Alors ? Tu l'as vu, ton gars ?
– Il est pas là. Je le savais depuis le début qu'il était pas là.
– Comment ça tu le savais ?
– Tu peux pas comprendre. Viens, on file à Avantigny. On perd notre temps.

Si ça n'était pas suspect, Joseph sortirait de Mettray en courant, comme il n'a jamais osé le faire, comme ils en ont tous rêvé, mais il se retient, il bride ses pas, respire le plus calmement qu'il peut, il avance et derrière eux Mettray se réveille, la cloche sonne la demie, ils vont tous se lever, prier, boire la soupe, écouter le rapport, travailler, obéir à tout, obéir à tous, comme des esclaves. Est-ce que vraiment Joseph a vécu ici trois ans ? Quand il passe devant l'allée de lauriers il chasse l'image du corps de Gimenez, atrocement mutilé. Aimé lui avait juste foutu une raclée, les autres sont venus après. Il ne lui a pas fait la peau. Jamais.

Ils ne trouvent pas la route d'Avantigny, le lieu n'est pas indiqué sur la carte, c'est bien trop petit, mais plus le jour se lève, plus la campagne ressemble à celle que Joseph a quittée, le paysage émerge comme une évidence, il avait oublié presque tout ce qu'il y avait vécu, et maintenant tout lui revient, comment est-ce possible ? Où étaient passés ses souvenirs ?

– Y avait des femmes, tu sais ce qu'elles faisaient ? Des salopes qu'elles étaient. Elles étendaient leur linge, sur leur corde à linge, alors le colon qui s'était biché, quand il voyait ce beau pantalon d'homme et cette belle chemise d'homme qui se balançaient sur le fil, qu'est-ce qu'il faisait ? Vite, il retirait son uniforme et il prenait les habits du civil, évidemment. La bonne femme, elle, elle avait fait passer un fil dans la manche de la chemise, et ce fil, il était directement relié à une petite cloche, bien planquée dans sa cuisine. À peine le gonze avait touché l'habit, ça sonnait et il avait les argousins au cul, et tout le village avec.

Augustin voudrait bien qu'il se taise un peu. Il aimait mieux le Joseph taiseux et buté. Il devient incontrôlable maintenant, excité, et incapable surtout de lui indiquer la route de cette ferme soi-disant immense mais qui n'apparaît jamais, cette ferme qui, Joseph en est sûr, n'a pas voulu lâcher Aimé, parce qu'il savait tout faire, accoucher une vache, dresser un cheval, tuer le cochon, tout, absolument tout... Et enfin c'est là, massif dans le lointain, au bout d'une petite route défoncée.

– Ça serait pas ça, par hasard ?

Augustin stoppe la voiture à l'entrée du chemin, au bout duquel se dressent plusieurs corps de ferme. Aussitôt deux chiens pelés viennent à eux en aboyant.

– Oui, c'est ici.

– On fait quoi avec les clebs ? Ils préfèrent le fric ou le tabac à ton avis ?

– Avance avec la bagnole.

En aboyant leur pauvre haine, les chiens tournent autour de la voiture qui va de nid-de-poule en tas de pierres, jusqu'au premier corps de ferme. Il y a plus de monde ici qu'à Mettray, il est un peu plus tard, les colons se mélangent aux civils, hommes, femmes et enfants, apparemment chacun sait ce qu'il a à faire, ça grouille mais sans hasard. Et c'est bien encadré, les gaffes sont partout. Joseph n'est venu qu'une fois ici, il n'a aucun repère, il se souvient du forgeron et des colons qui réparaient les paniers. D'Aimé qui lui avait serré la main pour lui dire au revoir. De Michel qui l'attendait. Il a repensé si souvent à cet instant-là qu'il lui semble l'avoir inventé, comme ces souvenirs usés qu'on embellit de temps en temps pour ne pas qu'ils meurent. Augustin stoppe la voiture et se tourne vers lui.

– Ça fait cinq ans que tu l'as pas vu. Il est peut-être le super-héros que tu m'as décrit, ou peut-être pas. En tout cas, le temps a passé pour lui aussi, et tu sais absolument pas comment. Est-ce que tu comprends ce que je te dis, Joseph ?

– Voilà le gaffe.

Les chiens se sont tus. Le surveillant regarde la voiture avec un intérêt suspicieux. Augustin sort et va à lui.

– Châssis à quarante chevaux, cinq mètres de long, deux tonnes !
– Elle semble en bout de course.
– Croyez pas ça, on arrive de Paris.
Joseph sort à son tour. Le gaffe se tourne lentement vers lui, plisse ses petits yeux gris, le regarde d'un air rêveur et doucement préoccupé, ça dure longtemps, Joseph manque se mettre au garde-à-vous, le gaffe pose une main sur la gueule d'un chien, ses petits yeux parlent à Joseph, lui disent qu'ils se souviennent, ils se souviennent très bien, ils se souviennent de tout, le cœur de Joseph fouette son sang, la peur lui fait mal aux jambes, la peur le pique tout le long du corps, et le gaffe lui demande tout bas : « Ça va ? » Joseph mord ses lèvres et reste là, immobile, droit, muet.
– C'est mon fils, dit Augustin.
Le gaffe répond sans lâcher Joseph du regard :
– Ah...
– Vous fumez ?
– Comme tout le monde.
Augustin sort un paquet de Gauloises, fait mine de l'ouvrir, se ravise :
– Oh, tenez, je vous le donne !
– En échange de quoi ?
Sa voix est égale, toujours douce, presque atone. Et ses yeux envoient toujours à Joseph son message de calme certitude.
– Je cherche mon neveu. Aimé Dubois. On m'a dit qu'il était ici.
– Connais pas.
Il prend le paquet de Gauloises, l'ouvre avec de tout petits gestes précis et dit à Augustin :
– Votre fils s'est pissé dessus.
Il relève la tête et regarde Joseph, sa langue passe doucement d'un coin à l'autre de sa bouche, comme s'il y faisait passer un

morceau de nourriture. Puis il sourit. Il n'a presque plus de dents. Gentiment, il dit :
— Faut faire demi-tour maintenant, hein...
Si Joseph ne s'était pas pissé dessus, Augustin trouverait des arguments, il soudoierait ce con et ils iraient voir si Aimé est là, ils demanderaient après lui, mais quoi faire avec un môme muet, tétanisé et pisseux ?
— Ça vous ennuie si mon fils va se changer... quelque part chez vous... dans la ferme ?
— Je t'ai dit de faire demi-tour mon con, t'as pas compris ?
La voix est douce encore, mais le langage a changé, même les chiens l'ont senti qui se mettent à grogner. Joseph va à la voiture à reculons et à tout petits pas. Il dit :
— Leur tourne pas le dos, va à la bagnole sans leur tourner le dos.
Le gaffe rit de son rire encombré de fumeur, et les chiens gémissent d'impatience. Soudain il claque des talons et fait le salut militaire. Quand enfin ils sont dans la voiture, Augustin démarre et commence son demi-tour. La peur le fait transpirer, ses mains glissent sur le volant. La voiture dérape dans la boue. Joseph lui dit d'aller en face, tout de suite ! Il faut aller en face ! La voiture est coincée dans l'ornière boueuse, le pneu tourne à vide. Joseph crie :
— Mais putain dépêche-toi, va sur le chemin, là, le chemin face à toi, vas-y, bon Dieu !
— Tu parles toi, maintenant ?
Augustin lui en veut méchamment, non seulement il ne l'a pas aidé, mais en plus il s'est pissé dessus. Il arrive enfin à sortir la voiture de l'ornière.
— Fonce, je te dis, va en face ! Fais pas demi-tour putain !
— Je peux pas aller en face, tu vois pas qu'il y a une charrette qui bouche le passage ?
— Mais va à la charrette ! Vas-y, je te dis !

– Il va nous envoyer les chiens, c'est sûr !
– Mais fonce, c'est trop loin on arrivera avant eux !
Augustin roule vers la charrette sur laquelle plusieurs colons se tiennent debout, la faux à la main. Il passe sur un terre-plein pour la dépasser, Joseph sort de la voiture avant qu'elle ne soit totalement à l'arrêt, trébuche et court en gueulant, la charrette s'immobilise, il y monte, hissé par un gars qui le tire par le bras, il y a comme une panique, un désordre soudain, Joseph parle avec un colon, une discussion apparemment agitée, précipitée, les gaffes les ont vus et sifflent en venant à eux, Joseph et le colon se prennent soudain dans les bras, une accolade énergique et tendue, les aboiements des chiens se rapprochent, Joseph se détache du colon, saute à bas de la charrette, monte en vitesse dans la voiture qui démarre pour quitter les lieux.

Ils ne se parlent pas tant qu'ils n'en sont pas sortis. Les mains sur le visage, Joseph souffle par à-coups, Augustin ne saurait dire s'il rit ou s'il pleure, s'il lui dit quelque chose ou se parle à lui-même, il commence à en avoir plus qu'assez de cette expédition, Joseph a salopé le siège avec son pantalon pisseux, la voiture est dégueulasse et la carrosserie a été abîmée par les pierres, c'est son copain qui va être content quand il va lui rendre sa voiture.
– Il m'a pas reconnu ! Tu imagines ça ? Il m'a pas reconnu ! Mais moi je l'ai reconnu tout de suite, et de loin, putain il a pas changé, comment c'est possible de pas changer en cinq ans, pas grandir, rien, absolument rien ?
– Il t'a peut-être pas reconnu mais il va avoir de sacrées emmerdes, grâce à toi.
– Je sais...
– Tu parles de retrouvailles ! Et on fait quoi maintenant ?
– Ben on va à l'hôpital, je te l'ai dit déjà ! Va à Tours, il sera sûrement indiqué, leur hosto.

La voiture pile d'un coup. Augustin se penche par-dessus Joseph et ouvre sa portière.
— Sors de là, tu pues !
— Qu'est-ce qui te prend ?
— Sors de là, je te dis !
Joseph sort de la voiture. C'est vrai, il pue. On ne peut pas venir ici et ne pas puer, ça ne l'étonne pas, mais il comprend la colère d'Augustin. Lui est pris dans un tourbillon violent et magnifique. Inespéré. Il faut qu'il explique à Augustin, qu'il lui dise tout. Il va à lui, qui est resté derrière le volant, il se penche et lui parle par la vitre baissée :
— C'est vrai tu sais, ce que dit ton journaliste, ils commencent à évacuer les colons, c'est un peu la panique pour tout le monde, le directeur, les financiers, les paysans, et même les gaffes, qui veulent pas perdre leur boulot, leur logement, tout le bordel. Je suis désolé de m'être pissé dessus. Écoute, Aimé est à l'hôpital de Tours avec pas mal d'autres, ils les retapent un peu avant de les envoyer à l'armée. Je comprends que t'en aies marre, mais on va pas tout lâcher maintenant, hein ? L'hosto est à quatre kilomètres... Je reconnaîtrai Aimé comme je viens de reconnaître Delage, au premier regard et même de loin, ça sera vite fait, je te le jure. J'ai besoin d'un clin d'œil pour savoir s'il est quelque part. Crois-moi. Allez, je t'en supplie. On y va... Ouvre le coffre, file-moi ton falzar ordinaire, celui en flanelle est trop beau pour l'hôpital, mais tant pis, tu le gardes... Hein ?

C'est toujours la même chose, les mêmes barrières entre les hommes : l'administration, le règlement, la loi, et sans Augustin, son joli costume, sa jolie gueule, sa jolie jeunesse, sans cette infirmière épuisée et distraite à qui il parle comme il parlerait à une princesse, jamais ils n'auraient été autorisés à aller dans la salle commune où sont soignés la plupart des mômes de Mettray. La visite du patron va bientôt commencer. Ils doivent y aller vite et ne pas s'y attarder. Augustin reste dans le couloir et allume une cigarette.
– Je te laisse y aller Joseph, je t'attends ici.
– Tu me laisses ?
– À deux on va trop se faire remarquer. Dépêche-toi.
– Et après on fait quoi ?
– Joseph, qu'est-ce que tu veux qu'on fasse ? L'infirmière l'a dit, il faut pas rester longtemps, le patron va arriver et de toute façon, les mômes sont très fatigués. Les bonnes sœurs de Mettray arrivaient même plus à les soigner.
– Viens avec moi alors, si ça dure pas longtemps.
– Ça recommence ? T'as la trouille ? Tu vas te chier dessus, maintenant ?
Augustin s'adosse contre le mur et savoure sa cigarette.

Joseph entre dans la salle commune. L'odeur de la Javel et de la merde. L'odeur de son enfance. Ils sont combien là-dedans ? Des tondus, des à la tête bandée, quelques civils aussi apparemment, alignés les uns à la suite des autres. Il s'avance lentement dans l'allée, il y a des petits carrés de lumière sur les tomettes, il y a des bruits de fer et des toux qui ne se calment pas, il y a des jurons à voix basse et des gémissements, de longues plaintes inertes, et il va comme un con entre les deux rangées de lits, le cœur à deux cents à l'heure, il n'ose regarder aucun malade trop franchement, on dirait qu'il se balade, c'est ridicule et il perd du temps, la visite va bientôt commencer, soi-disant qu'il reconnaîtrait Aimé très vite et même de loin, quel crâneur, il ne reconnaît personne. Absolument personne. Tous ces types sont allongés sous des draps, les yeux le plus souvent fermés, comment les distinguer les uns des autres ?

Joseph est arrivé au bout de la chambre, il entend derrière lui la voix du patron, grave et sûre comme celle de tous les patrons, son pas décidé, alors voilà c'est fini, il n'a plus qu'à ressortir par la porte face à lui.

Aimé n'est pas là, il n'est nulle part, l'infirmière ne connaissait même pas son nom, Aimé n'est pas là, et il ne l'a peut-être jamais été. Joseph se retrouve dans un couloir un peu sombre et étroit qui mène il ne sait où, il se dit qu'il ne peut pas repasser par la salle où la visite a commencé, et il ne sait pas comment retrouver Augustin. Et puis soudain il s'arrête. Et le temps s'arrête avec lui.
La vie retient son souffle. Joseph a les oreilles qui bourdonnent. Son dos s'embrase. Il baisse lentement la tête. Comme si on l'embrassait dans le cou. Il s'incline un peu. Et il sent que ça se rapproche. Ça s'avance. Lentement, ça s'avance vers lui, il le sait, c'est lui, c'est le même regard dans son dos, la même présence,

comme en prison, comme à la rivière, comme au réfectoire, c'est lui qui revient, il se retourne à peine, la tête baissée pour voir ses pas, mais celui qui s'approche n'a pas la démarche d'Aimé, ces grands pas, cette confrontation permanente. Joseph se retourne tout à fait, se redresse, et c'est lui, c'est Aimé, cet homme immense, maigre, avec des yeux si noirs qu'on les dirait faits seulement de leurs pupilles, des yeux plus vastes que le regard, la peau si pâle, si moche, le crâne rasé, cet homme mal assemblé qui tangue un peu en marchant, la main sur la rampe, cet homme qui cherche, qui se souvient sans se souvenir, qui a peur de le reconnaître, cet homme que Joseph voudrait rassurer, à qui il voudrait dire « C'est moi » mais à qui il ne peut pas parler. Et il reste là, sans venir au secours de celui qui se donne tant de mal pour le rejoindre, celui dont les pieds raclent le sol, et Joseph ne peut s'empêcher de regarder s'il a des chaussons de drap, s'il n'a pas froid, et maintenant ils sont si proches l'un de l'autre que Joseph sent sa respiration sur son visage, et il l'entend aussi, la fatigue et l'espérance dans son souffle ténu, il voit ses os sous la peau tendue, et ce léger tremblement épuisé. Joseph a peur de le briser, il pose tout doucement sa tête dans son cou, sa clavicule contre sa joue, il la reconnaît, et son odeur aussi, il la reconnaît, comme s'il y avait toujours un peu de paille sur sa peau, un peu d'herbe et de terre, une odeur qui le rassure et qui l'appelle, et il sent la main d'Aimé se poser doucement sur sa tête, toucher ses cheveux, trembler dans ses cheveux, Joseph est envahi de frissons, et Aimé dit : « C'est beau. » Sa voix est la même, plus fragile mais avec cet accent de certitude, d'absolue confiance. Et il caresse encore et encore ses cheveux, cette partie de lui, la seule, qui lui soit inconnue. Et puis sa main descend doucement sur sa nuque et le long de son dos, alors Joseph l'enlace avec prudence et ils sont enfin l'un contre l'autre, se touchant à peine, et totalement pourtant, rien de l'autre ne peut leur échapper.

Ils attendent toute la journée. Ils attendent la fin du jour, le déclin si lent de la lumière d'été. Et tout se passe simplement, parce que les services sont déserts, parce que l'infirmière de nuit est occupée ailleurs, parce que Augustin et Joseph se comprennent enfin et qu'être avec Aimé c'est être dans l'évidence, dans l'inéluctable. Ils n'ont pas eu besoin de lui expliquer ce qu'ils allaient faire pour qu'il le sache déjà et en soit d'accord. C'est un départ fait de gestes lents et délicats, ils sortent de l'hôpital avec l'assurance calme de ceux qui appartiennent à un autre monde, un monde sans ambiguïté, qui va simplement vers son but.

Ils roulent toute la nuit, en silence. Aimé est allongé sur la banquette arrière, son long corps replié comme un enfant qui dort. Il semble à Augustin et Joseph qu'ils sont partis depuis longtemps, un temps qui ne se calcule pas, ne fait pas partie du calendrier des hommes. Ils sont épuisés d'émotions mais tenus éveillés par l'étonnement d'avoir vécu ce qu'ils ont vécu. Les phares font naître dans la nuit une route qui s'improvise, surgit, meurt et renaît, et puis le jour se lève sur l'Île-de-France, les champs immenses qui mènent aux usines, les usines qui mènent aux portes de Paris, Paris qui apparaît, dans la lumière pudique de l'aube. Maintenant, Augustin va dire la vérité à Joseph, il a fui sa mère, à cause de lui, il a devancé l'appel parce qu'il ne voulait pas de cette famille, de ce gosse entre elle et lui. Ils longent la Seine, Paris se dresse face à eux, tenace et vibrant, comme un corps que l'on présente, tenu à bout de bras.

– Joseph...
– Hum ?
– Il faut que je te dise. Ta mère et toi... vous étiez drôlement beaux à voir, tu sais.
– C'est vrai ?
À l'arrière de la voiture, Aimé se réveille. Il a repoussé la

couverture et il se redresse lentement. Augustin sent l'inquiétude immédiate de Joseph, mais Aimé bouge et respire si calmement, des gestes sûrs et apaisés. Il pose son visage dans le cou de Joseph, qui sent ses cils trembler contre sa peau et sa bouche ensommeillée s'ouvrir doucement pour l'embrasser. Puis il relève le visage et passe ses bras autour de son cou. Joseph tient ses bras dans ses mains et murmure :
— Regarde. On est arrivés.

Épilogue

En 1936, le journaliste Alexis Danan crée la Fédération nationale des comités de vigilance et d'action pour la protection de l'enfance malheureuse. Ces comités Alexis Danan ont pour mission de dénoncer à la justice les mauvais traitements dont les enfants sont victimes. Moins visibles aujourd'hui, ces comités existent toujours.

Maisons de supplices d'Alexis Danan, recueil de cent cinquante témoignages d'enfants ayant été placés en maison de redressement en France, paraît en 1936 chez Denoël et Steele.

En 1937, sans prononcer de fermeture administrative, le ministère de la Justice et l'Assistance publique retirent les enfants de Mettray : placements, engagements militaires, libérations conditionnelles, détention dans d'autres centres, retour aux familles.

Début novembre 1937, les derniers enfants quittent l'établissement.

En 1939, les bâtiments de la Colonie sont réquisitionnés par l'armée française. De 1940 à 1941 ils sont occupés par les autorités allemandes. De 1946 à 1950 ils sont réquisitionnés par les militaires. Puis ils abriteront successivement des centres pour jeunes et un institut médico-professionnel, avant de devenir en 2005 et jusqu'à ce jour, un institut thérapeutique, éducatif et pédagogique (ITEP).

En 1939, la loi interdisant les exécutions capitales en public, la prison de la Petite Roquette est désignée comme lieu d'accueil pour l'exécution des femmes à Paris.

En février 1942, Georgette Monneron, infanticide, y est décapitée.

En juillet 1943, Marie-Louise Giraud, avorteuse, y est décapitée. Elle est la dernière femme guillotinée dans l'Hexagone.

En 1974, la Petite Roquette ferme puis est démolie. Sur son emplacement est aménagé le square de la Roquette.

Remerciements

Merci à Véronique Ovaldé, mon éditrice.

Merci à Jean-Michel Sieklucki, à Laurent Salmon, à Martial Drapeau, à Vivien David et aux musiciens de la Musique de l'infanterie de Lille. Merci à Benoît Menut, à Dana Ciocarlie et à Anne Dodemant.

DE LA MÊME AUTRICE

Romans

BORD DE MER, Actes Sud, 2001.
NUMÉRO SIX, Actes Sud, 2002.
UN SI BEL AVENIR, Actes Sud, 2004.
LA PLUIE NE CHANGE RIEN AU DÉSIR, Grasset, 2005.
SA PASSION, Grasset, 2007.
LA PROMENADE DES RUSSES, Grasset, 2008.
LE PREMIER AMOUR, Grasset, 2010.
CET ÉTÉ-LÀ, Grasset, 2011.
NOUS ÉTIONS FAITS POUR ÊTRE HEUREUX, Albin Michel, 2012.
LA NUIT EN VÉRITÉ, Albin Michel, 2013.
J'AIMAIS MIEUX QUAND C'ÉTAIT TOI, Albin Michel, 2015.
BAKHITA, Albin Michel, 2017.
LES ÉVASIONS PARTICULIÈRES, 2020.

Nouvelles

PRIVÉE, Éditions de l'Arche, 1998.
LA PETITE FILLE AUX ALLUMETTES, Stock, 2004.

Théâtre

LE PASSAGE, Éditions de l'Arche, 1996.
CHAOS DEBOUT, LES NUITS SANS LUNE, Éditions de l'Arche, 1997.

POINT À LA LIGNE, LA JOUISSANCE DU SCORPION, Éditions de l'Arche, 1997.

LE JARDIN DES APPARENCES, Actes Sud-Papier, 2000.

MATHILDE, Actes Sud-Papier, 2001 et 2003.

JE NOUS AIME BEAUCOUP, Grasset, 2006.

UNE SÉPARATION, Triartis, 2009, Albin Michel, 2013.

DES BAISERS, PARDON, Avant-scène, 2014.

UN AUTRE QUE MOI, Albin Michel, 2016.

Composition : IGS-CP
Impression : CPI Bussière en janvier 2022
Éditions Albin Michel
22, rue Huyghens, 75014 Paris
www.albin-michel.fr
ISBN broché : 978-2-226-44804-0
ISBN luxe : 978-2-226-18526-6
N° d'édition : 23848/01 – N° d'impression : 2062098
Dépôt légal : février 2022
Imprimé en France